캐릭터

캐릭터

CHARACTER

장편소설

나가사키 타카시

김은모 옮김

BOOK
HOLIC

· 본문 하단의 각주는 독자의 이해를 돕기 위한 옮긴이 주입니다.

차례

ㅋㅋㅋㅋㅋㅋ

중요한 건 뺨 근육이다. 유리창에 비친 얼굴을 보며 스스로를 타일렀다. 요컨대 광대근과 볼근, 아랫입술내림근, 마지막은 입꼬리당김근에 의식을 집중시키는 것이다.

광대근과 아랫입술내림근을 수축시키고 입술 양 끝을 끌어 올려 앞니가 보이도록 입을 반달 모양으로 만든다. 유리창에 비친 자기 자신을 응시한다. 분홍색으로 염색한 좋아하는 헤어스타일. 원래 나이보다 훨씬 어려 보이는 동안. 거기에 맺힌 미소……, 하지만 아무래도 뭔가 미흡하다.

그 순간, 어머니의 모습이 뇌리를 스쳤다. 어머니는 속이 빤히 들여다보이는 웃음이라 정말로 역겹다고 그를 비웃었다. 모두의 앞에 선 아버지의 미소를 그대로 흉내 냈을 뿐인데……. 억누를 수 없는 분노가 되살아났다. 식칼을 쥔 손이 떨렸다. 하지만 진정해야 한다. 오늘은 하고 싶은 일을 해냈으니 화낼 이유가 없지 않은가. 천천히 돌아섰다.

넓고 청결한 리빙 다이닝. 불빛은 오픈 키친의 환풍기에 달린 전등뿐이다. 창밖의 가로등 불빛이 적당히 비쳐들어 실내가 로맨틱해 보인다. 기념일에 딱 맞을 법한 분위기다. 왼쪽 벽에는 심플하면서도 고급스러움이 넘치는 북유럽 가구가, 뱅앤올룹슨 스피커에서는 정말 좋아하는 오페라가 흘러나온다.

사람이 없을 때 몇 번이나 숨어들어 사전 조사를 했으므로 이 집의 가구와 식기류는 이미 공부를 끝냈다. 프리츠한센 식탁 위에는 막 완성한 스파게티를 담아낸 아라비아핀란드 접시, 스티그 린드베리 컵과 콘 수프, 커다란 이딸라 접시에 담긴 닭구이가 올려져 있다. 프리츠한센 세븐체어에는 웃음을 띤 일가족 네 명이 앉아 있다. 다들 정말 행복해 보인다. 이날이 온 것을 기뻐하고 있다. 기념 촬영은 그의 아이디어건만, 자연스러운 웃음을 지을 수가 없었다. 한번 더 도전해보자. 유리창을 향해 돌아섰다. 입꼬리당김근을 움직이는 거다!

"크크크크크……."

하지만 흐릿한 웃음밖에 나오지 않는다. 그때였다. 유리창에 비친 자기 자신과 눈이 마주친 순간, 뭔가가 시선을 이끌었다. 대문 앞에 선 남자의 모습이었다. 상체를 살짝살짝 흔드는 기묘한 움직임. 정신을 집중해 무언가를 하고 있었다. 얼굴을 보니 즐겁게 웃고 있었다.

"자, 어떻게 할까."

뒤로 돌아섰다. 변함없이 웃고 있는 아버지, 어머니, 남동생 그리고 여동생. 하지만 아까보다 부자연스럽다.

"다들 몸이 기울어졌네."

어째선지 자연스러운 웃음이 흘러나왔다. 지나가던 자동차의 전조등 불빛이 실내를 비췄다. 식탁에 앉은 네 사람은 온몸이 새빨갰다. 리빙 다이닝의 벽도 마찬가지였다. 유리창에 비친 그의 옷과 팔에도 새빨간 색의 무언가가 묻어 있었다.

제
1
장

저벅저벅 저벅저벅.

아까부터 알고 있었다.

이쪽 발걸음에 맞춰 누군가 계속 따라온다는 것을⋯⋯.

큰맘 먹고 뒤를 돌아보자 저 멀리 그것이 보였다.

인간의 그림자 같은 모양새.

새카맣고 두께감 없이 얄따랗다.

고개를 돌려 앞을 보고 다시 걸었다.

저벅저벅 저벅저벅⋯⋯.

다시 한번 뒤를 돌아보았다.

걸음을 옮기면 그것은 아주 조금씩이지만 거리를 좁힌다.

'깡통차기'였던가? 아니다. '달마가 넘어졌다*'에 더 가깝다.

그것은 내가 돌아보면 움직임을 멈춘다.

이번에는 멈춰 서서 그 녀석을 가만히 바라보았다.

그림자는 그림자를 넘어 입체적인 사람 모습이었다.

얼굴이 어떻게 생겼는지 조금은 알 것 같았다.

시선을 집중했다.

처음 보는 남자였다.

그에게 그림자 남자라고 이름을 붙였다.

* '무궁화 꽃이 피었습니다'와 유사한 일본 놀이.

1

그 화풍으로는 무리죠

야마시로 케이고의 꿈은 소박했다. 대학교를 졸업하기 전에 (어디든 상관없으니까) 만화잡지의 신인상을 수상해 (대상이 아니라 가작으로도 충분하다) 데뷔하는 것이었다. 그리고 얼마 안 돼도 좋으니 자기 작품을 사랑해주는 독자들을 거느리고 만화가로 인생을 살아가고 싶었다. 대박을 치지 않아도, 부자가 되지 못해도 상관없었다. 그저 좋아하는 만화를 그릴 수 있다면 그걸로 만족이었다.

하지만 현실은 만만치 않았다. 대학교 4학년 때, 한 주간 만화잡지사에 들고 간 원고는 편집자에게 지독한 혹평을 받았고, "그림은 무난하지만 스토리는 좀 더 공부해야겠어"라는 말과 함께 쫓겨났다. 대학교를 졸업하기 전에 데뷔한다는 목표는 결국 물거품이 됐다.

하지만 그로부터 반년 후, 야마시로를 철저히 혹평했던 편집자가 전화로 혼조 하야토 선생님의 어시스턴트가 되어보지 않겠냐고 제안해왔다. 혼조 하야토는 호러 만화계에서 우메즈 카즈오楳図一雄와 이토 준지伊藤潤二에 필적하는 유명 만화가다. 연재 중인 《오컬트 하우저》는 유령 저택이라는 고전적인 소재를 새로이 해석한 작품으로, 이 장르의 만화치고는 경이적인 인기를 누리고 있었다.

두말없이 승낙했다. 호러나 서스펜스로 승부하고 싶었던 야마시로에게, 혼조를 스승으로 모시는 건 데뷔로 가는 지름길이었다. 물론 어시스턴트 생활은 편하지 않을 게 분명했다. 혼조 휘하에 있는 스튜디오의 근무 형태는 요즘 핫하게 화제인 블랙 기업*과 다를 바 없었다.

정해진 휴게시간도 없거니와 노동시간도 무제한. 이래서는 신작을 그릴 여유가 없었다. 물론 혼조 하야토의 스튜디오만 악조건인 건 아니다. 이상적인 조건으로 어시스턴트를 고용하는 만화 프로덕션은 아주 드물고, 대개는 다 거기서 거기였다.

어시스턴트가 되고 1년쯤 지나자, 동료 사이에도 격차가 있

---

* 노동자한테 비상식적이고 가혹한 노동을 강요하는 악덕 기업을 가리키는 말.

음을 깨달았다. 금수저는 신인상을 수상한 병아리 만화가다. 연재를 위해 배경 그리는 법을 공부하라고 담당 편집자가 프로 만화가에게 맡긴 인재다. 자연물과 건물 그림은 경험치가 중요한데, 이것만큼은 그리면 그릴수록 누구나 실력이 좋아지는 게 분명했다. 그러니 재미있는 스토리가 있거나 편집부 기획과 들어맞으면 연재는 순식간에 결정된다.

은수저는 개성이 두드러지는 작품을 그릴 수 있는 인재다. 그림이 엉망진창이라도 아무나 흉내 내지 못할 뭔가가 있으면, 어느 틈엔가 데뷔나 연재를 따낸다. 그들은 화풍이 너무 독특해서 어시스턴트로서는 대개 큰 도움이 안 된다. 따라서 간단한 일밖에 하지 않으므로, 우수한 어시스턴트보다는 자신의 작품에 전념할 시간이 많다.

최악은 그림 실력은 뛰어나지만 스토리가 재미없고, 캐릭터를 만들어내지 못하는 사람이다. 그런 유형은 만화가가 되기를, 즉 입신을 포기하고 평생 어시스턴트로 살게 된다.

야마시로는 어떠할까. 혼조의 스튜디오에 들어온 지도 벌써 5년이 지났다. 어시스턴트로서는 치프 어시스턴트를 능가하는 에이스였다. 스승인 혼조에게도 높은 평가를 받아서 어려운 배경 그림을 도맡아 왔다. 하지만 직면해야 할 현실이 다가왔다. 예외는 있지만 6년 이상 어시스턴트로 일한 사람은 데뷔가 어렵다는 것이 통설이다.

물론 꿈을 이루기 위해 필사적으로 몸부림쳤다. 고된 업무 틈틈이 신작을 완성해 신인상에도 몇 번 응모했다. 결과는 늘 입선 이상. 그때마다 담당 편집자가 붙었고, 일단 한 회로 완결되는 단편을 그려보자는 의뢰가 들어왔다. 하지만 좀처럼 편집부의 눈에 들지 못해 어느새 담당자의 연락이 끊기고, 기회는 시들어버리는 일이 반복됐다.

"야마 짱, 기회는 또 올 거야. 그리고 혹시 데뷔하지 못하더라도 내 어시스턴트로 일하면 평생 잘 챙겨줄게. 아, 치프와 너 말고 다른 녀석들한테는 이런 소리도 안 해. 내 밑을 떠나서 데뷔를 노리든가, 다른 만화가한테 가보라고 하지."

혼조 선생님은 항상 이렇게 말했다. 그럴 때면 야마시로는 겉으로는 웃으면서 감사 인사를 했지만, 속으로는 또 꿈이 멀어졌다고 실망하곤 했다. 때로는 실망을 넘어 절망까지 맛봤다.

오늘 점심에는 담당 편집자인 오무라와 통화했다. 그는 야마시로가 공모전 대상을 수상한 '히노마루쇼보'의 청년 만화잡지 〈라이징 선〉 편집부에서 대박 제조기라 불리는 편집자다.

"야마시로 씨, 독설을 하는 것 같아서 미안하지만……."

조금도 미안해하는 말투가 아니었다.

"이 콘티, 아무리 고쳐봤자 헛수고일 거야. 몇 번이나 말했지만 야마시로 씨의 만화에는 캐릭터가 없어."

'캐릭터'란 만화에 등장하는 인물의 설정, 성격, 조형을 가리킨다. 만화업계에서는 '캐릭'이라고 줄여서 말하기도 하는데, 특이한 인물상을 창조하는 만화가일수록 재능이 있다는 평가를 받는다.

"없다고 할지, 약하다고 할지……, 평범하다고 해야 할지 모르겠지만, 제일 큰 문제는 리얼리티가 없다는 거야."

한숨을 푹 쉬는 소리가 들렸다.

"왜, 혼조 선생님의 만화를 보면 짜증 내는 녀석이나 심술궂은 놈처럼 어딘가 뒤틀린 녀석이 나오는데, 그런 사람들은 실제로도 존재하잖아? 그리고 야마시로 씨처럼 한없이 좋은 사람도 뭐, 실감이 넘치고."

곧 결론을 말하려는지 침묵이 몇 초 이어졌다.

"하지만 야마시로 씨의 작품은 혼조 선생님과 똑같은 호러 서스펜스 장르인데도 인물이 얄팍해."

"얄팍하다……."

그 말을 되뇐 후 물었다.

"그럼 그 콘티는 포기하고 다른 작품을 그리라는 말씀이신 가요?"

"아니, 나로서는 야마시로 씨를 데뷔시킬 수가 없겠어. 우리 출판사의 다른 잡지에 가져가든가……."

또 침묵이 몇 초 흘렀다.

"아, 다른 출판사라도 상관없고."

일방적으로 끊긴 전화는 사형선고나 마찬가지였다.

"야마 짱, 늦은 시간이라 미안하지만 이것 좀 부탁할게."

야마시로는 혼조의 목소리에 정신을 차렸다. 사형선고의 충격이 아직 가시지 않았다. 작업을 중단하고 일어서서 혼조의 책상 앞으로 갔다.

"이거."

혼조가 자신의 컴퓨터 화면을 보여주었다. 서 있는 주인공 뒤편에 집 모양이 선으로 대강 스케치되어 있었다.

"집 정면이로군요."

콘티를 이미 봤으므로 거기에 뭘 넣고 싶은 건지 바로 이해했다. 혼조는 쓴웃음을 지었다.

"쿠라타한테 부탁했더니 완전히 꽝이라서."

하지만 눈에는 웃음기가 전혀 없었다. 조바심을 내고 있다는 증거다. 그럴수록 요구 사항이 더 빡빡해진다. 어시스턴트 모두가 목을 움츠렸다.

"죄송합니다."

안쪽 테이블의 쿠라타가 고개를 숙이며 큰 소리로 사과했다. 혼조를 향한 사과라기보다 다른 어시스턴트, 특히 야마시로를 향한 사과였다.

"새로운 캐릭인 미콘의 집은……, 짜증이 날 만큼 행복해 보이는 집이어야 해."

혼조는 주변 분위기에는 아랑곳없이 옆에 놓아둔 콘티 노트를 가리켰다.

"야마 짱, 적당한 집을 찾아서 스케치 좀 해올래? 자전거 써도 돼."

"알겠습니다."

야마시로는 자리로 돌아가 외출할 준비를 했다. 분위기를 수습하려는지 치프 어시스턴트인 아마노가 웃으며 말했다.

"그런데 선생님, 짜증이 날 만큼 행복해 보이는 집이라니 너무 추상적이라서 찾기 어려울 것 같은데요."

"어, 그래?"

혼조의 표정이 조금 풀렸다.

"그러고 말고요."

지금 하는 말이 농담임을 알리는 아마노 특유의 말투다.

"하지만 야마 짱이라면 본능적으로 그런 집을 찾아낼 것 같지 않아?"

약속이라도 한 것처럼 어시스턴트들이 고개를 들고 웃음을 지었다. 이 인공적인 분위기에 혐오감을 느끼며 야마시로는 달아나듯 현관으로 향했다. 재킷을 입고 신발을 신으려 할 때, 아마노의 목소리가 뒤따랐다.

"그나저나 야마 짱은 신인상에 백이면 백 이름을 올리는데,

왜 데뷔를 못 하는 걸까요?"

문고리를 잡은 손이 멈췄다.

"야마 짱은 엄청나게 좋은 녀석이잖아. 그래서 그래."

혼조의 목소리다.

"그래서라니요?"

무슨 말인지 전혀 이해가 안 된다는 듯 아마노가 다시 물었다. 혼조의 한숨 소리가 들렸다.

"그러니까, 야마시로라는 인간에게 결점이 있어? 무리한 일을 부탁해도 절대로 싫은 티를 내지 않고, 늘 밝고, 기분 나빠할 때도 없잖아. 그만큼 그림을 잘 그리면서 으스대지도 않고, 나한테 퇴짜 맞은 그림을 녹초가 된 야마 짱에게 맡겨도 퇴짜 맞은 녀석한테 뭐라 한마디를 하지 않아."

혼조가 말을 이었다.

"말도 안 되게 좋은 녀석이잖아."

"좋은 사람이라서 데뷔를 못 한다고요?"

"문제는 캐릭!"

혼조가 다른 어시스턴트에게도 들리도록 말했다.

"그 녀석, 행복하게 자랐는지는 모르겠지만, 실감 나는 악역을 그려내지 못해⋯⋯. 나처럼 호러와 서스펜스물을 지향하면서 말이지. 그래서는 치명적이야."

"어, 그게 무슨 말씀이세요?"

이제 그만하라고 야마시로는 속으로 소리쳤다.

"성격이 안 좋은 사람은 자신이 못된 인간이라는 사실이 들통나면 살아가기 힘드니까 좋은 사람인 척한달까, 자연스레 연기를 해. 참고로 나도 그렇지만."

모두의 나지막한 웃음소리가 들렸다.

"하지만 좋은 사람은 그럴 필요가 없잖아. 그래서 나쁜 사람을 이해하지 못한 채 어른이 돼."

"아아, 그런 뜻이군요."

아마노는 왠지 웃고 있는 듯했다.

"요컨대 녀석의 내면에는 악인이 존재하지 않는 거야……. 그래서는 서스펜스나 호러를 절대로 못 그려. 실은 《피너츠》 같은 만화가 더 적합하지 않겠어?"

"그 화풍으로는 무리죠."

이번에는 일제히 크게 웃음을 터뜨리는 소리가 들렸다. 맨션 복도로 나간 야마시로는 등을 돌린 채 문을 닫았다. "다녀오겠습니다"라고 인사도 하지 않았다.

나도 누군가를 원망하거나 미워하고, 누군가에게 악의를 품기도 한다. 하지만 혼조 선생과 아마노의 대화는 가슴에 사무쳤다. 어렸을 적부터 싸우는 게 싫었다. 남을 험담하는 것도 질색이었다. 그런데 그게 만화가가 되기에 적합하지 않은 이유라고? 맙소사. 얼마 안 되는 장점으로 여겼던 성격이 치명적인 결점이었을 줄이야!

냉정하게 생각해보면 지금이 그만둘 적기인지도 몰랐다. 낮에도 밤에도, 종일 만화가로서 사형선고를 받았다. 혼조의 스튜디오를 떠나는 걸 넘어서, 이제는 만화가라는 꿈도 포기하고 적당한 일자리를 찾아야 하지 않을까. 조금 차가운 11월의 바람을 얼굴에 맞으며 야마시로는 점점 결의를 굳혔다.

'짜증이 날 만큼 행복해 보이는 집'의 후보는 이미 머릿속에 있었다. 혼조의 스튜디오가 있는 고층 맨션에서 보이는, 야마노테 고지대에 자리한 단독주택이다. 늘 늦은 시간까지 불이 환하게 켜져 있는 그 집은 근처에만 가도 웃음소리가 들릴 게 분명했다. 대체 어떤 사람이 살고 있을까, 평소 궁금해하곤 했다.

혼조의 전기 자전거를 타자 요코하마 특유의 가파른 비탈길을 오르기도 그렇게 고생스럽지 않았다. 대략 15분 만에 그 집 앞에 도착했다. 주변에는 정원이 넓은 집들과 외국인이 주로 살 법한 멋진 저층 맨션이 늘어서 있었다. 자전거에서 내려 집 앞에 섰다. 문패를 보았다.

'후나코시 무네유키, 요코, 다카유키, 안리'

가족 모두의 이름이 적혀 있다니 명패만 봐도 화목한 집안임을 알 수 있었다. 집은 건축가가 디자인했으리라. U자 모양의 이층집이 잘 손질된 정원을 둘러싸듯 서 있고, 지붕은 마치 곡목曲木가구를 만드는 기술을 사용한 듯했다. 집 전체가 실로 대담하게 휘어져 있었다.

가방에서 스케치북과 연필을 꺼냈다. 하필이면 오늘 밤 실내에 불이 꺼져 있어 아쉬웠다. 하지만 집을 비운 건 아닌 듯했다. 상상했던 웃음소리 대신 오페라가 큰 소리로 흘러나왔다.

"이웃들은 나중에 귀찮은 일이라도 생길까 봐 항의하지 않는 건가."

무슨 제목의 클래식일까. 음량이 높은 정도를 넘어서 너무 시끄러웠다. 스케치북을 펼치고 연필을 움직였다. 일단 집 전체의 윤곽을 완성했다. 앞쪽에 대문을 그렸다. 가까이 와보고서야 알았는데, 담장까지 집의 형태에 맞춰서 멋들어지게 휘어져 있다. 즐겁다. 역시 그림을 그릴 때가 제일 행복하다. 입꼬리가 올라갔다. 모르는 사람이 보면 분명 섬뜩하다 하겠지만, 그래도 저절로 웃음이 솟았다.

그림이 점점 완성에 가까워졌다. 하지만 기세만으로는 부족했다. 정밀한 선으로 세부적인 부분까지 표현할 필요가 있었다. 덧붙여 혼조는 기세와 정밀한 선만으로는 만점을 주지 않는다.

"내 작품에서는 집도 중요한 캐릭터야."

혼조의 말버릇이었다. 도화지 위에 집을 정확하게 재현하면서, 거기에 그린 사람의 혼까지 담으라고 요구했다. 그래야만 집에 혼이 깃든다고, 그 혼이 바로 캐릭터라고 강조했다.

대문 정면에 섰다. 혼조는 늘 현관을 자세하게 그리라고 요구하는데, 그중에서도 문손잡이에 특히 집착을 보였다. 야마시로는 시선을 집중하며 중얼거렸다.

"재미있게 생겼네."

분명 청동제다. 아주 현대적인 집이지만 문손잡이는 골동품 느낌이 났다. 하지만 휘어진 모양새가 집 형태에 맞춘 것처럼 아주 잘 어울렸다.

재빨리 그림을 다 그렸을 때, 문손잡이가 밑으로 내려가더니 곧 현관문이 살짝 열렸다. 야마시로는 다시 시선을 집중했다. 집 안에는 바깥보다도 짙은 어둠이 깔려 있었다. 어렴풋하지만 사람 형체가 보인 것 같았다. 현관문이 열린 탓에 오페라 소리는 더 크게 울려 퍼졌다. 그래서 당황한 나머지, 어둠 속 사람 형체에게 말을 걸었다.

"수상한 사람이 아닙니다……. 아니, 수상하긴 하죠. 멋대로 남의 집 그림을 그렸으니."

상대는 아무 말도 없었다.

"저기……, 저는 야마시로라고 합니다. 만화가의 어시스턴트인데, 이 집을 그리러 왔어요……. 아, 멋대로 그림을 그려서 죄송합니다."

현관문 틈새로 손이 뻗어 나왔다. 손바닥을 위로 향한 채 손가락을 구부리며 손짓하듯 움직였다. 아무래도 야마시로를 부르는 듯했다.

"어……, 안으로 들어오라고요?"

야마시로는 동요했다. 하지만 몸이 멋대로 움직였다.

"그럼 들어가겠습니다. 현관에서 설명드릴게요."

대문을 밀어보니 잠겨 있지 않았다. 그대로 문을 열고 들어가 현관 쪽으로 나아갔다. 현관문은 살짝 열린 그대로였다.

더 가까이 다가갔다. 어둠 속에 서 있던 사람 형체는 어느덧 사라지고 없었다. 야마시로는 현관문 앞에 서서 고민했다. 알아서 들어오라는 걸까? 그나저나 안은 왜 이렇게 캄캄하지? 생각하는 순간 뒤쪽에서 창문을 거칠게 여는 소리가 들렸다. 뒤돌아보니 맞은편 집에 사는 사람이었다.

그는 이쪽을 가만히 응시했고, 야마시로는 동요했다. 분명 오페라 소리가 너무 크고 시끄러워서 인내심이 한계에 달한 것이리라. 자기 탓도 아니건만 왠지 책임감이 밀려왔다. 빨리 문을 닫는 편이 나을 듯했다.

"실례합니다."

현관문을 열고 안으로 들어갔다. 집 안에 있는 사람에게 들리도록 일부러 현관문을 세게 닫았다. 그 순간, 바다 같은 냄새가 느껴졌다. 컴컴한 현관홀. 현관 턱이 어디쯤인지 간신히 짐작이 갔다.

"저기요……."

복도 앞쪽, 왼편에 있는 문이 열렸다. 남자 같은 형체가 나타났다.

"아, 그럼 설명드릴게요."

야마시로는 자신도 모르게 차렷 자세를 취했다. 사람 형체는 또 손을 뻗어 야마시로를 불렀다. 그러고는 아무 말 없이 방 안으로 들어갔다.

"어?"

당황스러웠지만 입에서 말이 툭 튀어나왔다.

"그럼 들어가겠습니다."

난감했지만 수상한 사람이 아니라는 사실을 확실히 설명하자고 결심한 야마시로는 신발을 벗고 복도로 향했다. 반쯤 열린 문을 열고 방으로 들어갔다. 어두웠지만 밖에서 비치는 가로등 불빛으로 리빙 다이닝이라는 걸 알 수 있었다. 아까 코를 찔렀던 바다 냄새가 더 심해졌다.

커다란 식탁에는 접시들이 놓여 있었다. 혹시 접시에 담긴 요리 냄새일까. 식탁에는 다섯 명이 앉아 있었다. 하지만 어째선지 미동도 없고 마치 밀랍 인형 같았다.

"저기……, 저는 야마시로라고 하는 사람인데요."

자동차가 길을 지나갔다. 한순간이지만 전조등 불빛이 집 안을 비췄다. 벽도 나무 바닥재를 깐 바닥도 모두 새빨갰다.

눈앞에 보이는 다섯 명의 얼굴과 옷도 마찬가지였다. 새빨간 얼굴로 웃고 있지만 그들은 모두 죽은 게 분명했다. 식탁 끄트머리에 앉은 시체가 움직였다. 다리가 풀려 바닥에 주저앉은 야마시로가 비명을 지르려고 했지만 목소리가 나오지 않았다.

순간, 갑자기 불이 켜졌고 눈앞이 환해졌다. 그곳엔 피에 물든 시체가 서 있었다.

"내 얼굴 봤어? 봤구나."

시체의 입꼬리가 올라갔다. 말도 안 되게 자연스러운 미소였다. 야마시로는 두 손으로 얼굴을 덮었다. 소리 없는 비명이 자기 자신에게만 울려 퍼졌다.

2

캐릭터

세이다 슌스케가 막 잠에 빠져들려 할 때, 회사에서 지급한 업무용 휴대전화가 울렸다.

"네, 세이다입니다."

"내일 쉬는 날이었지……, 안됐군."

마카베 코타 반장의 목소리였다.

"지금 세이다 경사 집으로 갈 거니까 준비해."

"무슨 일 있습니까?"

스스로 생각하기에도 불쾌함 가득한 목소리구나 싶어서 곧바로 반성했다.

"나카구에서 일가족 네 명이 살해당했어……. 후나코시라는 사람 집인데, 계장님 말로는 현장이 그야말로 끔찍하대."

"알겠습니다."

세이다는 전화를 끊고 침대에서 일어났다. 잠옷을 벗고 재빨리 와이셔츠로 갈아입었다. 침대 옆 테이블에 놓아둔 테즈카 오사무手塚治虫의 대작《아돌프에게 고한다》가 눈에 들어왔다. 40년쯤 전 〈주간 분슌〉에 실렸던 오리지널판을 복각한 대형본이다. 가격은 무려 2만 2천 엔. 카페에서 커피라도 마시며 느긋하게 감상하고 싶은 작품이지만, 무게만 3.4킬로그램이라 도저히 가지고 다닐 수 없다. 그래서 내일은 온종일 집에 틀어박혀 최대한 많이 읽을 계획이었다.

넥타이를 매면서 잠깐 한숨을 쉬었다. 자초한 업보니까 어쩔 수 없다. 파출소에 근무할 때라면 몰라도, 형사가 되기를 꿈꾸다 원하던 대로 카나가와현경 수사 1과에 배치됐으니까. 준비를 마친 지 10분 뒤, 집 앞에 도착했다는 마카베 반장의 전화를 받았다. 바깥 복도가 있는 맨션이라서인지 문을 열고 나가자마자 조금 추웠다.

"혹시 잤나?"

로비를 나서자 마카베가 운전석 창문을 내리며 말을 걸어왔다.

"아니요, 그냥……."

세이다는 말을 얼버무리며 조수석에 올랐다. 마카베 경위의 나이는 마흔일곱. 키는 크지 않지만 어깨가 넓고 다부진 체격이다. 눈이 가느다란데도 어째선지 동그래 보이고, 전체적으로 귀엽게 생긴 얼굴이다. 귀가 뭉개진 건 유도를 너무 열심히 한 탓이리라. 애처가. 늦둥이가 하나. 밥 먹으러 오라며 세이다를 집으로 자주 부르고는 한다.

마카베가 운전을 하며 세이다를 힐끗 곁눈질했다.

"세이다 경사, 내일은 데이트였나?"

마카베는 계급이 아래인 사람에게도 절대 이름만 부르는 법이 없었다. 별명을 부른다거나 '짱'이라는 호칭도 붙이지 않았다. 즉, 순경이면 반드시 ○○ 순경, 경사면 ○○ 경사라고 불렀다. 계급이 절대적인 사회지만, 부하직원 한 명 한 명을 인간으로 존중한다는 증거다. 세이다는 그런 반장을 존경했다.

"그게 아니라 내일은 온종일 독서나 할까 했어요. 독서라고 해도 만화책이지만."

직속상관이지만 단둘이 있을 때는 어째선지 가벼운 말투가 나왔다.

"어?"

마카베가 세이다를 흘끔 보았다.

"요전에 그 혼혈 느낌의 여자는?"

"아아, 한 달 전이었나……. 헤어졌어요."

마카베는 가속 페달을 밟아 속력을 높이며 말했다.

"세이다 경사, 잘생긴 얼굴만 믿고 여자를 막 갈아치우면 못 써."

"내가 아니라요. 그쪽이 헤어지자고 했는데."

세이다는 자신도 모르게 감정적으로 대꾸했다.

"여자는 자꾸 생기는데 의외로 빨리 차이는군."

마카베는 웃음을 꾹 참는 듯했다.

'미안해, 당신은 내가 생각하던 그런 사람이 아니었나 봐. 내 잘못이야'라고 말하며 이별을 고한 여자가 얼마나 많았는지 세이다는 생각해보았다.

"세이다 경사는 얼핏 보기에는 활발한 인상이라고 할까? 하지만 실상은 그저 영화광에 만화 오타쿠니까."

마카베가 마음을 읽은 것처럼 말했다. 형사라는 직업도 한몫하겠지만, 세이다는 화사한 겉모습과 키가 크고 쪽 빠진 체형 탓에 시원시원한 스포츠맨 타입이나 활동적인 아웃도어족으로 보이는 모양이다. 하지만 실제로는 밖에 나가 몸을 움직이는 것보다는 집에 있는 걸 좋아하는 완벽한 인도어족이다. 지금까지 사귄 여자들은 그러한 환상과 실상의 차이를 알아차리고는 다들 세이다를 떠났다. 하지만 딱히 창피하지는 않았다. 혼자 지내는 게 자신에게는 제일 잘 맞았기 때문이다.

"시끄러워 죽겠네."

"세이다 경사."

마카베가 한순간 날카로운 시선을 던졌다.

"난 자네의 상사야. 차 안에서는 괜찮지만 밖에 나가면 공손하게 대하는 걸 잊지 말도록."

"알겠다니까요."

"그나저나 만화라니?"

"아아, 요즘 고전에 푹 빠졌거든요."

"고전? 《노라쿠로》*라든가?"

세이다는 웃었다.

"그렇게까지 오래된 건 아니고요. 테즈카 오사무의 《아돌프에게 고한다》를 보려고 했어요."

"테즈카 오사무는 알지만, 아돌프 어쩌고는 모르겠군."

"테즈카 오사무의 후기 대표작 중 하나예요. 아돌프 히틀러와 같은 시대에 태어난 두 명의 아돌프를 둘러싼 역사 서스펜스 같은 느낌이랄까."

"흐음."

마카베는 감탄한 듯 고개를 끄덕였지만, 작품 자체에는 흥미가 없는 듯했다. 세이다는 화제를 살짝 비틀었다.

"그런데 히틀러를 어떻게 생각해요?"

"어떻게라니?"

•　　1931년부터 1941년까지 연재된 군대 소재 만화.

"만약 히틀러가 현대에 태어나서 정치가가 되지 않았다면 살인범이 됐을까요?"

"어, 살인범?"

갑작스러운 질문에 마카베는 즉시 답하지는 못했다.

"내 생각에 히틀러가 지금 일본에 산다면 살인을 저지를 것 같아. 그것도 그냥 살인이 아니라……, 사람들의 인생에 오랫동안 영향을 줄 법한 방법으로."

변함없이 재미있는 소리를 하는 상사구나, 하고 세이다는 엉뚱한 부분에서 감탄했다.

나카구 야마노테의 현장 부근에는 경찰차 다섯 대, 경찰관 수송차 두 대, 감식반 차량 한 대, 위장 경찰차 다섯 대가 주차되어 있었다. 골목이라는 골목에는 죄다 출입 통제선을 쳐놨고, 사방이 경찰관으로 넘쳐났다.

마카베는 파란색 시트로 뒤덮인 후나코시의 집에 최대한 가까이 차를 댔다. 차에서 내린 세이다는 바로 맞은편에서 자신들이 소속된 수사 1과 강행범 3계 사람들을 발견했다. 그 옆에 모인 사람들은 강행범 4계 소속으로, 현경 상층부에서 두 개 반을 투입한 듯했다.

마카베가 추위를 견디기 위해 발을 동동 구르는 콘노 반장에게 다가가서 물었다.

"오쿠무라 대리님은?"

"아직 현장에서 안 나오신 모양입니다."

"왔군. 마카베 반장, 세이다 경사."

관할서 형사과와 협의 중이던 후나키 계장이 두 사람을 보고 말을 걸었다.

"피해자는요?"

"어디 보자, 현재 시점에서 알아낸 사실은······."

후나키는 뚱뚱한 몸을 흔들며 양복 안주머니에서 느릿느릿 수첩을 꺼냈다. 아주 우수한 경감이지만 겉보기에는 무사태평한 아저씨 같은 인상이다.

"피해자는 네 명······."

후나키는 수첩을 읽기 위해 고개를 숙였다.

"후나코시 무네유키 54세. 아내 요코 52세, 아들 다카유키 25세, 딸 안리는 22세. 가장인 무네유키는 경영 컨설턴트 회사 사장이고 요코는 전업주부, 다카유키는 긴가은행 본점 근무, 안리는 아버지 회사 사원."

"다들 수고가 많군."

커다란 목소리에 자리에 있던 3계와 4계 인원들이 모두 시선을 그쪽으로 향했다. 현장 확인을 마친 오쿠무라 사건 담당 대리다. 키가 크고 근육질에 잘생긴 중년 남자지만, 오늘은 지친 표정이다.

"감식반 말로는 시간이 좀 더 걸릴 거래. 춥지만 조금만 더 기다려야 한다."

"그야, 대사건이니까요."

마카베가 모두를 대표해서 대답했다.

제일 먼저 사건 현장에 들어가는 건 감식반뿐이다. 수사 책임자인 본부의 사건 담당 대리, 수사반과 감식반의 연락을 담당하기 위해 지명된 형사 한 명 말고는 어떤 경찰관도 감식 수사가 끝나기 전까지는 현장에 발을 들여놓을 수 없다. 따라서 형사에게 현장에서 기다리는 일은 일상다반사다.

오쿠무라 대리는 다른 사람에게는 들리지 않게끔 작은 목소리로 후나키와 마카베에게 말했다.

"30년이나 살인사건을 봐왔지만, 이렇게 처참한 현장은 처음이야."

"흉기는 발견됐습니까?"

마카베가 물었다.

"아니, 아직."

오쿠무라 대리는 한숨을 푹 쉬었다.

"길고 예리한 날붙이인가 보지만."

"목격자는 없습니까?"

세이다는 상사들의 대화에 끼어들었다.

"있었어……. 사건 신고자."

"신고자요?"

마카베가 의아한 목소리로 물었다. 이유는 짐작이 갔다. 그 사람이 진범일 가능성이 충분했기 때문이다. 후나키 계장이 다시 수첩을 펼쳐 확인했다.

"야마시로 케이고라는 20대 남자야. 만화가의 어시스턴트라는군."

"그 사람, 범인을 봤답니까?"

마카베의 목소리가 커졌다.

"아니, 현장에 들어가서 시체를 발견했대."

"어, 왜 그 집에 들어갔는데요?"

후나키 계장이 타이르듯 말했다.

"뭐, 그건 마카베 반장이 본인에게 직접 물어봐. 지금 미나토히가시서에 대기시켜놨으니까."

합장한 후 눈을 뜨자 모두 웃는 얼굴이었다. 포장용 비닐끈으로 몸을 고정해서 의자에 앉혀놓았다. 식탁에는 음식도 차려져 있었다. 일가족의 행복하고 단란한 모습 그 자체였다. 하지만 네 사람의 얼굴과 몸에는 찔린 자국이 수두룩했고, 대량의 피로 온몸이 새빨갛게 물들어 있었다. 벽도 마찬가지였으며 바닥은 피바다였다.

두 시간 후, 현장 확인을 허가받은 세이다는 오쿠무라 대리의 말이 과장이 아니었음을, 실상은 그보다 더 심각하다는 걸 실감했다. 현장 보존을 위해 펼쳐둔 보행판에 함께 서 있는 아사노는 세이다보다 경험이 적은 만큼 토할 것 같은 기분을 억지로 참고 있는 듯했다.

"이건 범인의 작품이로군."

"작품이라니?"

다른 방향으로 놓인 보행판에 서 있는 이시하라 경사가 물었다. 세이다와 동기이자 같은 반 소속이다.

"시신을 사용해 자기표현을 한 것 같잖아."

"아아, 그런 뜻에서."

"빨리 붙잡지 않으면 이 녀석은……."

"응?"

"또 저지르겠지."

아무리 차가울지언정 바깥의 건조한 공기는 지금의 세이다에게 진수성찬보다 더 맛있게 느껴졌다. 그 무겁고 답답한 현장의 공기에서 드디어 해방됐다. 나름대로 시체를 많이 봐왔고 잔혹한 광경도 익숙해질 법했지만, 이번만큼은 너무 특별했다. 크게 심호흡을 하는데 오쿠무라 대리의 목소리가 들렸다.

"녀석을 취조관으로……, 하지만 그 녀석은 트러블메이커 아닌가?"

마카베 반장과 오쿠무라 대리가 위장 경찰차 앞에서 신경전을 벌이고 있었다. 뒤쪽에서 후나키 계장이 그 모습을 걱정스러운 표정으로 지켜보고 있었다.

"녀석은 사람과 거리를 좁힌 줄 안달까……, 피의자의 입을 여는 능력만큼은 탁월하니까요."

"하지만 요전에 폭력반과 한바탕했잖아."

아무래도 자기 이야기를 하는 것 같다고 세이다는 짐작했다.

"아니요, 그건."

마카베가 쓴웃음을 지었다.

"강도질을 한 폭력단 소속의 피의자를 폭력반에서 자기들한테 넘기라고 강요해서예요. 세이다가 벋대는 것도 당연하지 않습니까."

"그런 거였군."

이해했는지 오쿠무라 대리는 손가락으로 귓구멍을 팠다.

"계장은 어때?"

"저는 상관없습니다. 세이다는 언젠가 취조 전문관으로 삼고 싶은 녀석이라서요."

그렇게까지 높이 평가했던 건가 싶어서 세이다는 송구스러운 기분이었다. 전문관이란 어떤 분야에서 두드러지게 유능한 능력을 발휘하는 형사에게 주어지는 비공식적인 직책이기 때문이다. 세이다의 시선을 느꼈는지 마카베가 돌아보았다.

"보고 왔나? 용서할 수 없겠지. 자, 한시라도 빨리 범인을 붙잡자고."

마카베는 아무 일도 없었다는 듯이 웃는 얼굴로 다가와 세이다의 어깨를 탁 두드렸다.

취조 상황을 직접 볼 수 있도록 하라는 지시가 떨어진 결과, 미나토히가시서의 취조실에는 반투명한 매직미러가 급조됐다. 텔레비전이나 영화에서는 어떤 경찰서든 거대한 매직미러가 설치되어 있지만, 실제로 대부분의 취조실에 그런 편리한 장치는 없다.

세이다는 매직미러 너머로 야마시로를 살펴보고 있었다. 현장에 처음으로 달려간 파출소 경찰관, 기동수사대 형사 그리고 관할서 형사에게 같은 질문을 여러 번 받아서 지쳤는지 책상에 푹 엎드려 있다. 복장은 운동복. 감식반에서 옷과 신발을 모조리 증거품으로 압수하는 바람에 경찰서에 있는 누군가의 운동복을 빌려 입힌 것이리라.

거울에서 시선을 느꼈는지 야마시로가 고개를 들었다. 곱슬기가 있는 부스스한 머리. 삐죽삐죽한 수염이 뺨 군데군데 자라 있다. 수수하지만 나쁘지 않게 생겼다. 갸름한 얼굴. 눈썹은 곧게 쭉 뻗었고 눈은 길쭉하니 크다. 약간 매부리코지만 콧대는 높다. 나쁘지 않은 정도가 아니라 꾸미면 잘생긴 남자다.

"진범일까."

마카베가 고개를 갸웃했다.

"어마어마하게 수상하긴 하죠."

세이다는 대답했다. 야마시로와 눈이 마주친 것 같았다. 자기를 이해해달라고 호소하는 듯한 눈빛이었다.

"그럼 갈까요."

문을 열고 복도로 나갔다. 마카베가 바로 따라왔다. 취조실 문을 열자 이번에는 야마시로와 직접 눈이 마주쳤다. 무표정하다. 겁먹은 걸까, 녹초가 된 걸까……. 물론 그런 처참한 범죄 현장을 목격했으니 범인이 아니라면 꽤나 충격을 받았을 것이다. 그런 생각을 하면서 자리에 앉았다.

"일단 이름과 직업부터 물어볼까?"

일부러 웃음을 지었다.

"야마시로 케이고입니다."

한 번 말을 끊었다가 마저 대답했다.

"직업은 만화가의 어시스턴트입니다."

변함없이 무표정하다.

"몇 번이나 같은 질문을 받아서 짜증 나겠지만, 당신이 뭘 어쩌다가 무슨 일을 겪은 건지 한 번 더 이야기해줄래?"

몇 번이나 증언한 결과이리라. 자신이 체험한 바를 술술 말했다. 집을 스케치하고 있었는데 현관문이 열리더니 누군가

안으로 들어오라고 손짓했고, 왜 이 집을 그리고 있었는지 설
명하기 위해 들어갔더니 일가족 네 명이 끔찍하게 살해당해
있었다는 내용이었다.

"한 번 더 확인할게."

이야기가 끝나기를 기다렸다가 신문에 들어갔다.

"야마시로 씨, 왜 후나코시 씨의 집을 스케치했지?"

"선생님이 시키셔서……."

"선생님?"

"만화가……, 혼조 하야토 선생님이요."

"만화가? 혼조 하야토? 처음 들어보는데."

뒤쪽에 서 있던 마카베가 끼어들었다.

"《오컬트 하우저》라는 만화를 연재 중이신데요."

야마시로가 눈을 치뜨고 대답했다.

"만화는 전혀 안 보니까……. 오컬트? 하우저? 세이다 경사
는 아나?"

"집에 붙은 유령과 싸우는 초능력자의 이야기예요."

세이다는 간단하게 설명한 후, 고개를 돌려 마카베에게 말
했다.

"엄청나게 유명하다고요."

"그나저나 그 선생은 왜 그 집을 스케치하라고 지시한 거
지?"

마카베는 일부러 까칠한 말투로 물었다. 압력을 가하려고 야마시로 바로 옆으로 이동했다.

"딱히 그 집이 아니어도 상관없었지만⋯⋯, 제가 그 집을 선택했습니다."

"그건 또 왜?"

"선생님이 어디에서 어떻게 봐도 행복해 보이는 집을 찾아서 그려오라고 하셔서요."

마카베는 이야기를 따라가지 못하겠는지 미간에 주름을 잡고 세이다를 보았다.

"요즘 만화는 배경이 현실적이라 자료 없이는 그리지 못한다는 것 정도는 알아. 하지만 보통은 사진을 사용하지 않나. 사진을 찍으면 단번에 끝나잖아. 왜 굳이 그림을 그려오라는 건데?"

정말로 궁금한 마음에서 세이다는 물어보았다.

"혼조 선생님 말씀에 따르면 집은 캐릭이라고⋯⋯."

"캐릭이라니?"

마카베가 물었다. 야마시로를 대신해 세이다가 마카베에게 설명했다.

"캐릭은 캐릭터의 준말이에요. 등장인물의 성격, 개성, 외견상 특징 같은 거요."

이해한 건지는 모르겠지만 마카베는 고개를 끄덕였다. 이야기를 진행하라는 뜻이다.

"그런데 집도 캐릭터라니?"

"《오컬트 하우저》는 괴기물이라 유령 저택 같은 것도 나와서 집 분위기 자체가 중요하거든요. 평범한 집과 유령이 사는 집은 구분해서 그려야 하니까……."

마카베가 머리를 긁적였다.

"잘 모르겠군."

"그러니까."

야마시로가 처음으로 감정을 드러내며 강한 어조로 말했다.

"행복해 보이는 집을, 제 나름대로 캐릭을 염두에 두고 스케치해오라고 하셔서요. 사진은 그냥 사진일 뿐, 캐릭은 아니잖아요. 어시스턴트가 캐릭을 의식해서, 아니, 그보다는 캐릭이 되도록 마음을 담아서 그리면 집에도 개성이 생긴다는 게 혼조 선생님의 지론이에요."

마카베는 도발이라도 하듯이 야마시로에게 웃음을 지었다.

"그런데 그 행복해 보이는 집에서 우연히 끔찍한 살인사건이 발생했다는 건가? 야마시로 씨, 아무리 그래도 우연이 너무 지나치잖아."

"하지만 정말로 저는 우연히……."

야마시로는 말을 끊고 머리를 끌어안았다.

"야마시로 씨가 후나코시 씨의 집 앞에 있었던 건 밤 10시쯤이었지?"

마카베가 확인했다. 야마시로는 기계적으로 고개를 끄덕였다.

"경찰에 신고한 시각은 11시 15분……. 신고까지 왜 그렇게 시간이 걸렸지?"

"무서워서요. 혼란에 빠져서 무엇을 해야 할지 아무 생각도 안 나더라고요."

야마시로는 고개를 숙인 채 대답했다. 세이다는 문득 야마시로가 테이블에 놓아둔 스케치북에 시선을 주었다.

"스케치북 좀 보여줄래?"

세이다는 손을 뻗었다.

"어, 아아."

긍정인지 부정인지 모를 반응에도 세이다는 개의치 않고 스케치북을 집었다.

"무슨 그림이 있는지 한번 볼게."

대답을 듣지 않고 스케치북을 펼쳤다. 전부 연필로 그린 그림이었다. 다양한 집을 다양한 각도에서 그렸고, 상상했던 것보다 훨씬 그림을 잘 그렸다. 선에서 프로라는 느낌이 확 전해졌다.

여덟 번째 장에 후나코시의 집이 있었다. 세이다는 야마시로의 말을 이해했다. 집을 이렇게 실로 즐거워 보이게끔 그릴 수 있다니. 집이 웃고 있다는 느낌이 들었다. 이것이 집에 캐릭터를 부여한다는 말일까. 그렇게 스케치북을 넘기자 다음 장에도, 그다음 장에도, 그다음 다음 장에도 그림은 없었다. 하지만 그다음 장에는 수많은 사람의 얼굴이 있었다.

"이건 뭐지?"

"아아, 캐릭터 만드는 방법을 공부할 겸 전철 등 다양한 곳에서 눈에 띄는 사람의 초상화를 그리거든요."

"그렇군. 공부란 말이지."

세이다는 고개를 크게 끄덕였다.

"네."

"저기, 야마시로 씨. 평생 어시스턴트로 살 거야? 아니면 만화가로서 독립하고 싶어?"

"어시스턴트는 대부분 만화가로서 홀로서기를 하고 싶어 하죠……. 그래서 프로 만화가 밑에서 가르침을 받는 거고요. 뭐, 그럴 만한 재능이 있어야겠지만요."

꿈을 말하는 것치고는 담담한 인상이었다. 세이다는 야마시로가 어떤 상황에 처해 있는지 대강 이해했다. 큰 뜻을 품었지만 현실에 짓뭉개질 것 같은 상황인 듯했다.

"그럼 말이야. 초상화를 그릴 줄 안다면 몽타주도 그릴 수 있겠군. 기동수사대한테 들었는데, 범인의 얼굴을 얼핏 봤다고 했다면서?"

마카베가 뭔가 생각난 것처럼 큰 소리로 말했다. 만약 가능하다면 이는 사건을 조기에 해결할 열쇠가 되지 않을까. 세이다는 야마시로를 똑바로 응시했다.

"아……."

야마시로의 눈이 크게 벌어졌다.

"아니요, 봤을지도 모르겠다고 했습니다. 지금 생각해보면 제대로 본 게 맞는지 확신이……."

표정 변화에서 부자연스러운 뭔가가 느껴졌다.

"에이, 조금은 기억하겠지. 부탁 좀 할게."

알랑거리는 듯한 마카베의 목소리가 엉겨 붙었다. 야마시로는 눈을 크게 뜬 채 몇 초간 침묵을 지켰다. 무슨 생각을 하는 걸까, 뭔가 숨기고 있는 걸까? 세이다는 더욱 주의 깊게 관찰했다.

그러자 야마시로가 생뚱맞게 느껴질 만큼 의연한 어조로 대답했다.

"기억이 안 납니다!"

"기억이 안 난다고?"

마카베가 김샜다는 듯한 목소리로 말을 이었다.

"하지만 범인이 손짓하는 걸 보고 후나코시 씨 집에 들어갔다고 진술했잖아."

"하지만 어두웠으니까요."

"어두워도 조금은 보였겠지."

"아니요, 손짓 말고는……, 사람 형체 말고는 보지 못했습니다. 그러니까 얼굴은 못 봤어요. 보지 못한 사람 얼굴은 못 그립니다."

야마시로가 딱 잘라 말했다. 순간 문을 두드리는 소리에 긴장감이 깨졌다. 문이 조금 열리고 아사노가 고개를 디밀었다.

"잠깐 괜찮으실까요?"

"아, 그럼 제가."

세이다는 마카베를 제지하고 일어섰다. 복도로 나가자 아사노가 말을 꺼냈다.

"만화가 혼조 하야토에게 이야기를 듣고 왔습니다."

세이다가 가볍게 고개를 끄덕이고 옆방으로 들어가자 오쿠무라 대리와 후나키 계장이 매직미러로 야마시로를 관찰하고 있었다.

"어땠어?"

세이다는 두 사람에게 머리를 살짝 숙여 인사한 후 아사노에게 물었다.

"결론부터 말하자면 야마시로는 결백합니다."

아사노가 대답했다.

"혼조 씨는 야마시로가 밤 9시 반쯤 스케치를 하러 외출했다고 증언했습니다. 부검이 아직이라 정확하게는 알 수 없다지만, 법의관 말로 후나코시 씨 일가는 아마도 저녁 6시부터

8시 사이에 살해당했을 거라고 하니까⋯⋯."

"밤 10시에 스케치를 시작한 야마시로는 범행이 불가능했다는 건가."

후나키 계장은 세이다의 한마디를 놓치지 않았다.

"야마시로가 진범이라고 생각했나?"

세이다는 한숨을 쉬고 고개를 갸웃했다. 그리고 매직미러에 시선을 주었다. 마카베가 무표정한 야마시로에게 질문하는 소리가 들렸다.

"이봐, 정말로 아무것도 못 봤어?"

세이다는 두 상관을 보지 않고 말했다.

"진범이라고 생각지는 않지만⋯⋯, 저자는 분명 뭔가를 알고 있습니다."

3

달걀귀신인가

경찰의 전화에 불응하지 말고 언제든지 출두할 수 있도록 준비해두라는 당부를 받은 후, 야마시로는 겨우 경찰서에서 풀려났다.

아침 6시 반이었다. 옷부터 신발까지 전부 다 감식반에 몰수당한 상황이라 경찰이 빌려준 운동복과 얇은 코트를 입고 나왔다. 가을이라고는 하나 조금 쌀쌀했다. 운동화도 너무 컸다. 혼조 선생님에게 빌린 자전거도 아직 돌려줄 수 없다기에 야마시로는 걸어서 경찰서를 나섰다.

진술을 청취한 형사 두 명이 현관까지 바래다주었다. 50미터쯤 걸어가다 돌아보자 그들은 여전히 같은 곳에 서서 날카로운 시선을 던지고 있었다. 두말할 필요도 없이 자신은 유력한 용의자일 것이라고 야마시로는 생각했다. 당연했다. 살인 사건이 일어난 집을 스케치한 건 완전히 우연이지만, 집 안에서 목격한 사실을 어느 것 하나도 제대로 말하지 않았으니 의심받아도 어쩔 수 없었다.

숨길 작정은 아니었다. 하지만 현장에 제일 먼저 출동한 경찰관에게도, 다음으로 도착한 기동수사대 형사들에게도 어째선지 범인을 똑똑히 보았다고 말할 수가 없었다. 분명 진술 자체도 지리멸렬했을 것이다. 머릿속이 새하얘졌기 때문이다. 정식으로 조사를 받을 때도 앞뒤를 끼워 맞추는 수밖에 없었다. 섣부른 소리를 했다가는 진범으로 오해받기 십상이었으니까.

하지만 제일 큰 이유는 누가 뭐래도 공포였다. 말로는 다 형용할 수 없을 만큼 처참한 현장에서 피로 물든 시체와 함께 앉아 있다가 느닷없이 불을 켜고 야마시로를 향해 몇 초간 웃음 지었던 그 광기. 공포에 얼어붙은 야마시로는 그 얼굴을 똑바로 볼 수가 없었다.

불이 꺼졌을 때는 자신도 찔려서 피해자들처럼 처참한 꼴이 될 줄 알았다. 하지만 범인은 아무 말 없이 거실을 나섰고, 야마시로는 그 자리에 망부석처럼 가만히 서 있었다. 현관문이 닫히는 소리가 들렸지만 범인이 돌아와 자신 역시 죽일 것 같아서였다. 희망이 샘솟은 건 범인이 사라지고 몇십 분이 지나서였을까. 그 후에는 그 집에서 벗어나는 데 급급해 한동안은 경찰에 신고해야겠다는 생각조차 들지 않았다.

더군다나 근본적인 의문이 풀리지 않았다. 그 남자는 대체 왜 자신을 죽이지 않았을까?

야마시로는 생각에 잠긴 채 미하라시 터널을 지나 혼모쿠 길 쪽으로 걸었다. 이미 버스가 다닐 시간이다. 원래 같으면 혼조 선생님의 스튜디오로 돌아가서 무슨 일이 있었는지 보고했겠지만, 너무 피곤해서 집에 가기로 했다. 요코하마역으로 향하는 시영버스에 올라탔을 때, 그 소름 끼치는 목소리가 귓가에 되살아났다.

"내 얼굴 봤어? 봤구나."

그 남자는 대체 왜 자신에게 얼굴을 드러냈을까? 맨 뒷좌석에 앉아 무의식적으로 스케치북을 꺼냈다. 그 불쾌한 형사의 말이 생각났다.

"초상화를 그릴 줄 안다면 몽타주도 그릴 수 있겠군. 기동수사대한테 들었는데, 범인의 얼굴을 얼핏 봤다고 했다면서?"

부정한 것은 거짓말이 아니었다. 범인의 얼굴을 본 것은 사실이지만 자세한 생김새는 기억에서 쑥 빠져나가고 없었다. 야마시로는 아무것도 그려지지 않은 스케치북의 새하얀 면을 펼쳤다. 연필을 꺼내고 스케치북을 내려다보았다. 손이 저절로 움직였고, 어느 틈엔가 그 남자의 윤곽이 나타났다. 몸집이 작고 날씬했으며 후드가 달린 스포츠웨어를 입고 있었다. 오른손에는 길쭉한 식칼 같은 흉기. 그렇다면 얼굴은……?

전혀 기억나지 않았다. 형사에게 진술한 내용은 역시 거짓이 아니었다. 안심한 순간 어째선지 웃음이 흘러나왔다. 후드를 쓴 범인의 얼굴을 떠올려 보려고 한 번 더 시도했지만 여전히 떠오르는 건 없었다.

"달걀귀신인가."

야마시로는 중얼거렸다.

4

미카도

아침 8시 반, 첫 번째 전체 회의가 열렸다. 장소는 혼모쿠에 있는 미나토히가시서의 대회의실. 큰 사건인 만큼 특별 수사 본부가 설치됐다. 사건의 명칭은 '야마노테 2번지 4인 가족 살해사건'이다.

현경 수사 1과의 강행범 3계와 4계를 중심으로 현재 긴급한 업무가 없는 관할 경찰서의 경찰관 모두가 수사관으로 동원됐다. 그 수는 약 200명. 초동수사에 인원을 대량 투입하는 것이 이른바 카나가와식이라는 수사 방식이다.

정면 책상에는 현경 수사 1과 과장과 오쿠무라 대리, 미나토히가시서 서장, 미나토히가시서 형사과 과장, 후나키 계장과 4계 계장 등 **높으신 양반들**이 나란히 앉아 있었다. 사안이 사안인 만큼 평소보다 훨씬 딱딱한 표정이었다.

경례 후 '쉬어'라는 구령과 함께 수사관들이 모두 자리에 앉았다. 원래 1과 형사는 제일 앞줄에 앉아야 하지만, 세이다는 마카베 반장과 함께 대회의실 한가운데쯤에 자리를 잡았다. 둘 다 밤을 꼬박 새운 탓에 10초에 한 번은 하품이 나왔다.

1과 과장이 마이크를 잡았다.

"이건 전대미문의 대사건이야. 따라서 사건의 상세한 내용, 특히 시신의 상태는 절대로 발설하지 말도록."

그는 일단 말을 끊고 참석자 전원을 둘러보는 듯한 동작을 취했다.

"일가족 네 명이 몰살당했다는 것만으로도 언론은 대서특필하겠지. 하물며 엽기적인 피해자의 상태를 알면 야단법석을 떨 거야. 그러니 다들 부탁한다."

"네", "알겠습니다" 등 수사관들은 저마다 대답하며 고개를 끄덕였다.

"그거 알아? 피해자 네 명 모두를 의자에 묶어놓고, 억지로 웃는 얼굴을 만들어놨대."

"완전히 사이코패스네."

"범인이 스파게티, 닭구이, 수프도 만들어서 식탁에 차려놨다잖아."

"그리고 오페라를 시끄럽게 틀어놨다면서?"

"〈미카도*〉라는 희한한 제목의 가극이래."

"그건 뭐야?"

"나도 몰라."

옆자리에서 이야기를 나누는 건 지원을 나온 경찰관들인 듯했다. 물론 후나코시 일가의 시신은 보지 못했고, 식탁의 자세한 상황도 듣지 못했다. 따라서 전부 풍문으로 얻은 정보다. 사건 현장 거실에 틀어놨던 〈미카도〉에 관해서는 야마시로의 진술을 청취한 후, 세이다도 스마트폰으로 검색해보았다.

19세기, 런던 박람회에서 일본의 예술품이 소개된 걸 계기로 이전부터 화제를 모았던 '일본'이라는 국가가 전 유럽에서 한층 붐을 일으키자, 윌리엄 길버트라는 각본가와 아서 설리번이라는 음악가가 공동으로 제작한 오페라였다. 일본의 수도 치치부시에서 펼쳐지는 연애 희극이지만, 도저히 일본이라고는 볼 수 없는 비현실적인 설정 아래 진행되는 이야기다.

세이다도 지역과 순경 시절에 특별 수사본부를 도우러 차출된 적이 몇 번 있었다. 그때 전체 회의에서는 사건의 상세한 내용과 수사 방침을 언급하지 않는다는 사실을 알았다. 담당 경위가 순서대로 지명을 받고 일어서서 수사 진척 상황을

• 일본 황실의 대표이자 일본의 상징적인 국가 원수인 덴노를 가리키는 호칭 중 하나.

발표하는 일은 절대로 없다. 그런 이야기는 각 반의 반장이 개별적으로 상관에게 지시를 받아서 부하에게 전달한다. 수뇌부가 하루라도 빨리 사건을 해결로 이끌라고 수사관을 격려하고 채찍질하는 것이 이제부터 매일 열릴 전체 회의의 목적이다.

회의가 끝나자 후나키 계장이 세이다와 마카베를 비롯한 3계 전원을 모아놓고 이번 수사에서는 3계가 '식シキ'을 담당하고 4계가 '적アシ'을 담당하게 됐다고 설명했다. '식'이란 면식이나 식별을 뜻하는 경찰 은어로 주로 주변인, 즉 피해자의 부모나 친척, 친구나 지인, 업무 관계자에게 이야기를 듣는 수사다. 3계는 역시 '식'을 맡은 미나토히가시서 형사과 형사와 짝을 이루어 둘이 한 조로 수사에 임한다.

한편, '적'이란 행적이나 족적의 줄임말로, 현장 인근 또는 동네 전체에서 목격자나 거동 수상자, 수상한 차량 등을 찾아내는 작업이다. 방범 카메라 확인도 그들의 임무다. 여기에는 많은 인원이 필요하다. 차출된 관할서 경찰관은 대부분 양복으로 갈아입고, 벼락치기 형사로서 둘이 한 조를 이루어 집마다 방문해 탐문 수사를 벌인다. 그러한 작업을 총괄하는 것이 4계의 역할이다.

살인사건의 동기는 대부분 원한이나 개인 간의 갈등이고, 피해자와 안면 있는 사람이 범인인 사례가 압도적으로 많다.

따라서 '식' 팀이 진범을 찾아낼 확률이 높다. '식'이야말로 흉악 사건의 주역이다. 하지만 이번에는 '적' 중심의 수사가 될 것이라고 세이다는 추측했다. 이번 사건은 **뜨내기**, 즉 듣도 보도 못한 반사회적 인격장애자의 범행으로 추정되기 때문이다.

"하지만 처음에는 요 근처에 별이 달린 위험한 놈이 없는지 조사하면 안 되겠습니까?"

세이다와 같은 의견인 듯한 마카베 반장이 후나키 계장에게 진언했다.

"아아, 뭐."

후나키 계장도 마카베 반장의 속내를 금방 알아차렸는지 웃으면서 말했다.

"야근까지 해서 '적'을 도와주고 싶다면야 그쪽 계장에게 말해줄게."

"부탁드립니다. 저랑 세이다가 돕겠습니다."

"잠깐만요. 저는 그렇게까지 일을 좋아하지 않는데……."

세이다가 소리쳤지만 늦었다. 알았다고 대답한 후나키 계장은 냉큼 4계 쪽으로 향했다.

5

만화의 신에게 사랑받지 못한 남자

경찰서에서 풀려난 다음 날, 혼조 선생님이 닷새나 휴가를 주었으므로 야마시로는 미나미구에 있는 본가에 다녀오기로 했다. 바빠서 반년 가까이나 얼굴을 비추지 못했기 때문이다.

구릉지에 있는 2층짜리 집은 요코하마의 작은 광고대행사에 다니는 아버지 켄타가 어머니 유키의 만류에도 불구하고 큰맘 먹고 융자를 잔뜩 얻어서 구입했다. 가끔 성가시기는 해도 화목한 가족이었다. 대학생 때 결혼해 20대 초반에 아이를 낳은 야마시로의 부모님은 친구들의 부모님보다 다섯 살에서 열 살쯤 젊다. 시가지의 무역회사에 다니는 이란성 쌍둥이 누나 아야는 좀처럼 결혼할 것 같지 않다. 현관문을 열자 그 세 사람이 복도에 서서 웃는 얼굴로 야마시로를 맞이했다.

"고생 많았구나."

"밥 차려놨어."

아버지와 어머니가 차례로 말을 건넸다.

"케이고, 오늘은 자고 가라."

아야는 마치 보스처럼 팔짱을 끼고 말했다. 손을 씻고 입을 헹군 후 부엌으로 가자, 식탁에는 된장국과 밥, 오믈렛 외에도 야마시로가 아주 좋아하는 고로케가 수북이 쌓인 접시와 채 썬 양배추가 한가득 있었다. 식탁을 보자마자 배가 고파졌다. 어제부터 식욕이 없어서 밥을 제대로 먹지 않았다. 잘 먹겠습니다, 인사를 하고 바로 식사를 시작했다.

"엄마가 만든 고로케는 역시 맛있어."

야마시로는 그렇게 말하며 젓가락으로 고로케를 하나 더 집었다.

"그나저나 힘들었지?"

"그런 걸 봐버렸으니……."

어머니는 찡한 목소리로 위로했고, 아버지는 고개를 끄덕였다.

"응……."

야마시로는 고로케를 씹으며 대답했다. 갑자기 밥맛이 뚝 떨어졌다.

"만약 네가 그 집에 들어갔을 때 범인이 아직 있었다면 어떻게 됐을까를 생각하니⋯⋯, 어젯밤에 한숨도 못 잤어."

실제로 있었어! 자신은 그 사실에서 도망치고 있었다. 혈압이 높아지는 기분이 들었고, 심장 박동도 갑자기 빨라졌다. 그때 느꼈던 공포가 되살아나려 했다. 야마시로의 얼굴에서 웃음이 사라졌다는 걸 알아차린 아버지가 어머니를 나무랐다.

"여보, 가볍게 꺼낼 말이 아니야."

"가볍게 꺼낸 게 아닌데."

어머니가 입술을 삐죽거렸다.

"자자, 둘 다 그 이야기는 그만해."

아야가 타일렀다.

"어, 아아⋯⋯. 걱정시켜서 미안해."

야마시로는 억지로 입꼬리를 끌어 올렸다. 어떻게든 화제를 돌려야겠다는 마음이었다.

아버지가 야마시로의 얼굴을 빤히 바라보았다.

"왜?"

"저기, 이제 그만하고 회사에 다녀도 괜찮지 않겠니?"

"어⋯⋯."

갑작스러운 충고에 당황스러웠다.

"내가 살인사건 현장을 본 거랑 내 직업이 만화가 어시스턴트라는 건 아무 상관도 없는 일이야. 어시스턴트는 딱히 위험한 직업이 아니야."

"아빠, 사건을 핑계로 케이고의 꿈을 꺾으려는 거구나?"

아야가 끼어들었다. 웃는 얼굴이었지만 진심으로 편들어 줄 생각인 듯했다. 열심히 고개를 저은 아버지가 대답했다.

"아니야! 그저께 케이고가 휘말린 사건과 지금 이야기는 무관해. 그런 게 아니라 만화가가 되는 것만이 인생은 아니잖아? 아직 젊으니까 다른 일도 해보면 어떨까 싶어서."

야마시로는 밥공기를 내려놓았다. 뭐라고 대꾸할 말이 없었다. 사건을 목격하기 직전까지 본인도 이 일에서 슬슬 발을 빼야 할 시기가 아닐까 생각했기 때문이다.

"케이고, 그렇게 고민할 것 없어. 아빠가 그냥 무책임하게 하는 소리야."

아야의 목소리에 정신을 차리고 아버지를 똑바로 보았다.

"힘내서 조금만 더 해볼게. 난 역시 만화를 존경하니까."

그저께 했던 결심은 어디로 가버렸냐고 생각하면서도 야마시로는 그렇게 말했다.

"존경이라……."

아버지는 뜻밖이라는 듯한 표정을 지었다.

"만화는 옳은 건 옳다고, 잘못된 건 잘못됐다고 진심으로 말할 수 있는 매체잖아? 악은 망하고 착한 쪽은 반드시 승리해. 그런 메시지를 고지식하게 드러낼 수 있는 표현 방법은 이제 만화 하나뿐이야. 그래서 꼭 만화가가 되고 싶어."

아버지는 입을 꾹 다물고 알았다는 듯 고개를 두 번 끄덕였고, 어머니가 웃으며 말을 대신했다.

"하지만 너무 열심히 하지는 말고."

"걱정 마, 엄마 아빠 아들이니까."

"그렇고 말고."

아야가 고개를 힘 있게 끄덕했다.

"아, 케이고. 선생님께 휴가 받았잖니. 내일도 같이 밥 먹을래?"

"아니, 내일은……."

비밀은 아니지만 쑥스러워서 입을 다물었다.

"내일은 나츠미와 데이트지?"

카와세 나츠미가 아무리 고등학교 같은 반 동창이라지만 아야는 너무 거리낌이 없달까 섬세함이 부족하달까, 하고 야마시로는 속으로 투덜댔다.

"슬슬 손주 얼굴을 보고 싶으니 나츠미랑 결혼하렴."

예나 지금이나 아버지의 이야기는 브레이크 없이 급발진하곤 한다.

"좀 이르잖아."

"하지만 나츠미는 너랑 동갑이지? 여자는 딱 적령기야."

어머니가 아버지를 거들었다.

"여자도 그 나이면 요즘은 일러."

아야가 즉시 끼어들어 반론했다. 마치 짠 것처럼 아버지와 어머니가 동시에 웃었다.

뭔가 부자연스러운 분위기다. 웃음이 넘치는 단란한 가족을 억지로 연기하려는 듯한 느낌. 전부 다 자신이 그런 이상한 일을 겪은 탓일까.

자정이었다. 목욕을 마친 야마시로가 이만 잠자리에 들려는데 누군가 방문을 두드렸다.

"왜?"

"한동안 둘이서 떠들지도 못했잖아."

문을 열자 아야가 웃는 얼굴로 캔맥주를 들고 서 있었다. 형제자매 사이라도 마음이 맞고 안 맞고가 있다지만, 야마시로와 아야는 한 번도 사이가 나빴던 적이 없었다. 외모가 별로 닮지 않아서 초등학교와 중학교 때는 사귀는 사이가 아니냐고 친구들과 선생님에게 오해를 받았다. 서로 다른 고등학교에 들어간 후로는 더 했다. 오해를 받는 게 당연할 만큼 친밀하고 비밀이 없는 남매였다.

"아야, 남자친구는?"

술기운이 돌자 무심코 그런 질문이 튀어나왔다.

"음……, 없지만 좀 마음 가는 사람이 있기는 한데."

웬일로 아야가 말을 얼버무렸다.

"오, 생겼구나. 이대로 결혼 골인인가."

"어제 처음 만난 사이인데 결혼은 무슨."

"잘생겼어?"

"뭐, 내 취향이랄까?"

아야가 캔맥주 하나를 더 땄다. 세 캔째다.

"하기야 아빠도 빨리 시집이나 가라고 입이 닳도록 잔소리
지만."

"엄마 아빠가 우리 나이일 때는 벌써 우리를 키우고 있었
으니까."

"정말이지 용케 그 나이에 결혼을 했다 싶다."

한 캔을 다 비운 야마시로는 캔맥주 하나를 더 따서 한 모
금 마신 후, 아야에게 얼굴을 가까이 댔다.

"요즘 부부 사이는 어때?"

"변함없이 내 앞에서는 잘 지내."

"아빠의 그거는?"

야마시로는 새끼손가락을 세웠다.

"룸살롱 그 여자? 헤어졌나 봐. 하지만 아빠의 화려한 전적
은 너도 잘 알잖아."

"엄마는?"

아야가 웃으면서 대답했다.

"눈치챘을걸. 그래도 옛날처럼 손목을 긋겠다는 둥 칼로 찔러버리겠다는 둥 협박하거나 집을 나가지는 않겠지만."

"엄마 아빠는 정말로 아직 애정이 식지 않은 걸까."

"글쎄다."

아야는 고개를 갸웃했다. 세 캔째인 맥주를 다 마신 후 말을 이었다.

"케이고, 나한테 뭐 할 말 없어?"

"응……?"

나를 누구보다도 잘 아는 누나다. 어쩌면 범인을 봤다는 사실을, 그걸 경찰에게 밝히지 않았다는 사실을 꿰뚫어 본 걸까? 아니다. 아무리 쌍둥이라도 마음속까지 읽어내기는 불가능하다. 많은 생각이 소용돌이쳤다.

"너, 아빠가 만화가라는 꿈을 이만 단념하는 게 어떻겠느냐고 했을 때 이상한 표정을 지었잖아. 예전 같았으면 길길이 화를 내며 대들었을 텐데, 뭔가 망설이는 듯하면서 하고 싶은 말이 있는 듯한 표정이었어."

그쪽이었구나……. 야마시로는 눈을 내리깔았다. 고개를 들자 아야가 노려보고 있었고, 섣불리 부정할 수 없다는 걸 깨달았다.

"아야한테는 거짓말을 못 하겠네."

야마시로는 억지로 웃었다.

"실은 다음 작품이 실패하면 만화가를 포기할 생각이야."

아야가 말없이 쳐다보았다.

"난 역시 재능이 없어."

"무슨 소리야. 그렇게 그림을 잘 그리면서."

"그림을 잘 그리면 이득이긴 하지만, 사실 만화가가 되는 거랑 그림 실력은 크게 상관없어. 실제로 나보다 훨씬 못 그리는 사람도 데뷔해서 인기 만화가가 됐는걸. 만화는 스토리와 컷을 나누는 센스, 구성……."

야마시로는 잠깐 말을 끊었다.

"하지만 이건 노력해서 훈련하면 어떻게든 보완할 수 있지."

"그럼 케이고는 노력이 모자란 거야. 재능이 없다느니 그런 소리 하지 말고, 좀 더 노력하면 되잖아."

"맞아!"

야마시로는 아야의 눈을 보았다.

"하지만 노력해도 안 되는 게 있어."

"그게 뭔데?"

"캐릭터야."

"캐릭터?"

"독자의 가슴에 딱 와닿을 만한 캐릭터를 만들어내지 못하면, 만화가는 될 수 없어."

야마시로는 설명했다.

"난 그걸 못 만들어."

"못 만들긴."

아야도 무리하게 웃었다.

"맞아, 케이고는 대기만성형이야. 살면서 이런저런 일을 많이 경험하다 보면 분명 멋진 캐릭터를 만들 수 있을 거야."

"그게 안 된다는 걸 깨달았어."

자신도 모르게 눈물이 핑 돌았다. 어떻게든 동생을 격려하려던 아야도 말문이 막힌 듯했다. 야마시로는 있는 힘을 다해 웃었다.

"아직 포기한 건 아니고……, 지금 그리고 있는 작품을 마음에 들어 할 편집자가 분명 나타날 거야."

"당연하지."

아야의 얼굴에 웃음이 돌아왔다.

"꺾이면 안 돼, 케이고."

"하지만 이런 생각도 들어. 난 만화를 그 누구보다 사랑하는데 만화의 신은 날 사랑해주지 않는구나 같은 생각."

야마시로는 한숨을 쉬었고, 그 모습에 아야가 자지러지게 웃었다.

"뭐야?"

"만화의 신이 사랑해주지 않는다고? 그건 프로로 데뷔해서 그럭저럭 먹고살 수 있는 사람이나 할 수 있는 말 아니야? 케이고처럼 데뷔조차 못 한 지망생이 할 말인가?"

야마시로도 웃음을 터뜨렸다.

"듣고 보니 그러네."

6

결혼해주지 않을래

바다가 보이는 공원이었다. 오늘은 햇살도 강렬했다. 토요일이라 그런지 나들이 나온 사람들로 북적거렸다. 야마시로는 벤치에 앉아 나츠미를 기다리는 동안, 새로 구입한 마루만 스케치북을 펼쳤다. 전에 쓰던 스케치북도 종이가 열 장 남짓 남아 있긴 했지만, 사건이 자꾸 떠올라서 바꾸기로 했다.

사람이 많아서 캐릭터 공부를 하기에 딱 좋은 날이었다. 연필을 가방에서 꺼내고 옆 벤치에서 이야기를 나누는 주부 두 명을 관찰했다. 아기를 데리고 나왔는지 근처에 유모차가 있었다.

둘 중 얼굴이 둥그스름한 주부를 선택했다. 웃으면 실눈이 되는 점이 마음에 들었다. 재빨리 얼굴을 그린 후 몸 전체를 스케치했다. 맞은편에서 손자와 축구 놀이를 하는 노인의 얼굴에도 흥미가 생겼다. 오랜 세월 운동이라도 해온 사람인 걸까. 피부가 볕에 탔고 몸짓도 나이에 비해 날렵하다. 손자는 다섯 살 정도일까. 노인의 얼굴 윤곽을 완성했다. 그때 노인이 찬 공이 손자 키를 넘어 야마시로가 앉은 벤치 뒤편의 잔디밭까지 굴러왔다. 뒤로 돌아선 아이가 야마시로를 빤히 쳐다보았다.

"어, 나?"

야마시로는 자기 자신을 가리켰다. 노인이 매력적인 웃음을 띤 얼굴로 야마시로에게 고개를 끄덕였다.

"나한테 공을 주워달라는 건가?"

야마시로는 스케치북을 벤치에 내려놓고 일어섰다. 잔디밭에 들어가서 축구공 쪽으로 다가갔고, 몸을 돌려 손자에게 공을 차주었다. 손자는 기뻐 보였고, 노인도 고개를 꾸벅 숙였다. 야마시로는 벤치로 돌아와 노인의 얼굴을 완성시켰다.

"스케치 열심히 하네."

등 뒤에 나츠미가 눈부시게 웃는 얼굴로 서 있었다.

"오랜만이야."

웃음 짓는 나츠미를 보자 야마시로도 입꼬리가 저절로 올라갔다. 나츠미와는 술자리에서 처음으로 만났다. 대학교 동기가 그저 머릿수를 맞추려고 불렀다는 건 알았지만, 그래도 뭔가 좋은 일이 있을지도 모른다는 기대감을 품고 참석했다. 만화가 어시스턴트는 이성과 만날 기회가 여간해서는 없기 때문이다.

나츠미는 몸집이 아담하고 귀여운 여자였다. 초면에 호감을 품은 이유는 외모 이상으로 웃음이 멋졌기 때문이다. 귀에 쏙 들어오는 맑은 목소리도 호감도 측면에서 높은 점수를 샀다.

결정타는 2차로 갔던 노래방이었다. 나츠미는 반쯤 강제로 마이크를 잡았다. 친구 중 한 명이 "이게 나츠미의 애창곡이야"라고 말하며 MISHA의 〈Everything〉을 선곡했다. 부르기 아주 어려운 노래라는 건 야마시로도 알고 있었다. 그런데 그 노래를 나츠미는 믿기지 않을 만큼 잘 불렀다. 마치 천사와 같은 목소리에 감동했다.

간절한 마음으로 전화번호를 교환한 후, 차일 각오로 밥을 같이 먹자는 문자 메시지를 보냈다. 대답은 예스였다. 이렇게 귀여운 사람이니 분명 사귀는 남자가 있을 줄 알았지만, 밥을 몇 번 같이 먹은 후 물어보자 지금은 아무도 없다고 했다. 과장이 아니라고 강조하며, 목숨을 걸고 하는 고백이니 사귀어 달라고 하자 평소같이 웃는 얼굴로 야마시로를 받아주었다. 믿을 수가 없었다. 누나 아야와 고등학교 같은 반 동창이었다는 사실은 나츠미를 집에 데려왔을 때 알았다.

"진짜 오랜만 아니야?"

나츠미는 뾰로통하게 말하고 옆에 앉았다. 그리고 야마시로의 스케치북을 들여다보며 "변함없이 잘 그리네" 하고 웃었다.

"어릴 적에 텔레비전에서 어떤 유명 만화가가 한 말을 진심으로 믿었거든."

"무슨 말?"

"만화가로서 한순간 반짝했다 사라지고 싶지 않다면, 최대한 많은 캐릭터를 다양하게 그릴 수 있도록 연습하라는 말……. 머릿속에 얼마나 많은 캐릭터가 있느냐로 만화가의 생명이 결정된다고 했어. 많이 가지고 있으면 있을수록 대형 연예 기획사처럼 번갈아 스타를 내놓을 수 있다면서."

"그럴싸하네."

절묘한 맞장구에 야마시로는 평소보다 말이 더 많아졌다.

"……그러려면 일분일초라도 아껴서 스케치를 해라. 거리를 돌아다니는 사람을 재빨리 그려내라. 그러면 얼마나 다양한 얼굴이 있는지 알 거랬어."

"그러한 조언에 성실하게 따랐기 때문에 오늘의 야마시로 케이고가 있는 거구나."

야마시로는 숨을 크게 들이마셨다가 내쉬었다.

"하지만 과연 만화가가 될 수 있을지……. 재능도 별로 없고, 혼조 선생님 말씀처럼 만화가라는 직업에 내 실력은 적합하지 않은지도 모르지."

야마시로는 어젯밤 아야에게 그랬던 것처럼, 나츠미에게도 약한 소리를 하는 자기 자신이 싫어졌다.

"미안한데, 하나 물어봐도 될까?"

"응?"

"그거……, 케이고가 휘말린 무서운 사건과 관계있어?"

나츠미가 그 일을 언급한 건 이번이 처음이었다. 분명 남자 친구를 배려한 것이리라.

"어느 정도는."

"어느 정도라니."

그 일을 겪은 후, 처음으로 남에게 속마음을 드러내기로 결심했다. 나츠미를 진심으로 믿었기 때문이다.

"시체가 가득했어."

뭔가가 목구멍까지 솟구쳤다.

"그것들이 날 보고 있었어. 난생처음으로 몸이 말을 안 듣더라."

나츠미는 응응, 하고 고개를 끄덕였다.

"그 후에 바로 깨달았어."

"뭘……?"

나츠미가 작은 목소리로 물었다.

"인간은 쉽게 죽어. 더구나 언제 죽을지도 모르지. 그런데……."

야마시로는 침을 꿀꺽 삼켰다.

"언젠가 만화가가 될 거라는 현실성 없는 꿈만 추구할 때인가……, 현실을 좀 더 똑바로 바라보고서 포기할 땐 포기하고 건실하게 살아야 하지 않을까 하는 생각이 들었어."

공원 근처 호텔의 커피하우스로 이동했다. 창업한 지 100년 된, 요코하마에서 제일 오래된 호텔에 있었다. 점심때라 야마시로는 나폴리탄 스파게티와 커피, 나츠미는 오므라이스와 민트티를 주문했다. 커피하우스는 커플과 가족으로 북적거렸다. 이 시간인데도 중년 남녀 단체 손님이 맥주를 주거니 받거니 술자리를 벌이고 있었다.

나츠미가 잠깐 끊겼던 화제를 다시 꺼냈다.

"하지만 난 케이고가 현실을 똑바로 보지 않는다고도, 꿈 같은 일을 추구한다고도 생각하지 않아. 만화가 어시스턴트도 보통 사람은 좀처럼 가질 수 없는 직업인걸."

야마시로는 고개를 숙인 채 대답을 잠깐 망설였다. 자기 자신을 괴롭히는 말이었기 때문이다.

"목표나 꿈은 다가가면 다가갈수록 멀게 느껴진다는 걸 깨달았어. 신인상을 타거나 프로 만화가의 어시스턴트가 되거나……, 그러면 선택받은 사람과 그렇지 않은 사람의 차이가 확실히 보이지."

야마시로는 고개를 들어 나츠미를 보았다.

"난 후자였어."

"어, 뭐야? 왜 그렇게 단정하는 건데?"

"난 캐릭터를 못 만들어. 특히 나쁜 인간을 그려내지 못하지. 내 내면에 그런 캐릭이 없으니까."

"암만해도 도무지 모르겠네……."

무거워진 분위기가 싫었는지 나츠미는 억지로 웃음 지었다.

"어떻게 알아? 케이고의 내면에 그런 캐릭이 없다는 걸 그분이 어떻게 아는데?"

"혼조 선생님께 자주 야단맞는다고 푸념한 적 있잖아. 넌 너무 착해빠졌다, 좀 더 못돼져야 할 필요가 있다고 하셨다고……. 좋은 사람은 만화가에 적합하지 않다면서."

야마시로는 한숨을 쉬었다. 종업원이 커피와 차를 테이블에 내려놓았다. 종업원이 물러가자 나츠미가 입을 열었다.

"사람이 좋다는 건 장점이잖아. 그런데 왜 안 된다는 건데?"

"만화의 캐릭에는 결국 자기 자신이 투영되잖아. 특히 나처럼 서스펜스를 그리고 싶은 경우에는 악역 캐릭의 매력과 현실감이 중요해. 그런데 실생활에서 착한 사람은 그런 캐릭을 만들어낼 수 없다고 선생님이 그러셨어."

"응? 정말 무슨 소리인지 모르겠네."

"그 인간 자체의 내면에 악이 없으면 악을 그려내지 못하니까."

"그럼 나쁜 사람은 좋은 사람을 못 그린다는 거잖아."

야마시로는 고개를 저었다.

"그건 아니야. 나쁜 사람은 좋은 사람인 척하면서 세상을 살아가야 하잖아. 그래서 어릴 적부터 무의식적으로 좋은 사람을 관찰해."

나츠미는 어이없다는 표정으로 웃었다.

"그럼 좋은 사람은……."

"원래부터 좋은 사람은 세상을 살아가면서 딱히 무슨 **척**을 할 필요가 없잖아. 나쁜 사람을 관찰하지 않으니까 악인 캐릭을 못 만들어내는 거고."

나츠미는 민트티를 한 모금 마셨다.

"즉, 몹쓸 사람이 아니면 일류 만화가가 될 수 없다는 거네?"

"……그렇다기보다 좋은 의미에서 만화가는 만화를 위해서라면 악마에게라도 혼을 팔아야 된다는 뜻이지."

음식이 나오자 대화는 또 중단됐다. 포크로 스파게티를 말고 있자니 나츠미가 물었다.

"좋은 의미에서라니? 혼을 팔면 어떻게 되는데?"

야마시로는 포크를 접시에 내려놓고 나츠미를 보았다.

"선한 역할과 악한 역할의 캐릭터가 만화가를 떠나 반대로 만화가를 지배하지."

"어, 그건 또 무슨 뜻이야?"

"어떤 유명한 선생님 말로는 자신이 만든 캐릭터가 멋대로 움직인다나 봐……. 종이 위의 등장인물이 작가를 조종하게 되는 거지."

"그럼……."

나츠미는 들고 있던 스푼을 테이블에 내려놓았다.

"캐릭터가 멋대로 행동하면, 작가는 어떻게 해야 좋을지 모른다는 거야?"

"그런 거려나."

나츠미는 야마시로를 물끄러미 바라보았다.

"……그런데 케이고, 애당초 어떤 만화를 그리고 싶어서 만화가를 지망한 거야?"

"만화는 인간의 감성을 풍부하게 하고, 가능하면 용기를 북돋아 주기 위해 존재해. 사람이 살아간다는 건 무엇인가, 죽는다는 건 무엇인가……. 이런 것들을 자연스레 전해주는 최고의 표현 매체가 아닐까? 난 노력해서 꼭 그런 만화를 그려내고 싶었어."

이제 노력하는 것도 마지막일지 모르지만, 하고 속으로 중얼거렸다.

"그럼 몹쓸 사람이 되지 않아도 그릴 수 있는 만화가 있을지도 모르잖아. 꼭 실감 나는 악인이 나오는 작품만 그릴 필요는 없지 않을까?"

확실히 그럴지도 모른다. 하지만 만화가는 자신이 그리고 싶은 것밖에 그리지 못한다. 선택한 장르에 재능이 없더라도, 그걸로 승부를 볼 수밖에 없다. 그렇게 말하려고 입을 열었을 때, 나츠미가 진지한 표정으로 말을 이었다.

"케이고 같은 사람은 팔면 안 돼."

"뭐……? 팔다니?"

"악마한테 말이야."

귀에 쏙 들어오는 목소리였다.

"악마 따위한테 혼을 팔면 안 돼. 케이고는 그러지 않아도 분명 멋진 만화가가 될 수 있을 테니까."

야마시로는 아무 대답도 하지 못하고, 그저 묵묵히 고개만 끄덕였다.

"으헉!"

크게 외치는 소리가 들렸다. 야마시로 자신의 목소리였다. 움찔 반응하며 몸을 벌떡 일으켰다.

"……왜? 무서운 꿈이라도 꿨어?"

옆에서 나츠미의 졸린 듯한 목소리가 들렸다. 눈을 떴다. 커튼 틈새로 햇빛이 희미하게 보였다. 한순간 여기가 어디인지 기억나지 않았다. 맞다, 나츠미의 집이다. 집에서 술을 마시며 이야기하다 과음한 채로 나츠미의 침대에서 잠들었다. 아무래도 악몽에 시달리다 소리를 지른 모양이었다. 방금 건 꿈이다, 꿈이다, 하고 마음을 다독였지만 심장은 빠르게 쿵쿵 뛰었다. 숨소리도 거칠었다. 나츠미는 잠이 다 깬 모양인지 꾸물꾸물 움직였다.

"미안, 아무것도 아니니까 더 자."

나츠미가 야마시로의 어깨에 손을 얹었다.

"케이고, 뭔가 경찰에 말 못 한 일이라도 있어?"

눈치가 좋은 걸까, 아니면 어젯밤에 취해서 쓸데없는 소리라도 한 걸까. 지금 야마시로는 심연으로 빠져드는 듯한 두려움 속에 있었다. 나츠미의 목소리가 마치 구원하러 온 천사의 목소리처럼 느껴졌다.

"난 밥벌이도 제대로 못 하는 데다 앞으로 어떻게 될지도 모르는 상황이야. 만화가가 되느냐 마느냐의 고비에 서 있고, 내년에는 다른 일을 할지도 몰라. 하지만……."

"어……, 뭔데?"

"나랑 결혼해주지 않을래?"

7

전부 제가 그랬습니다

세이다가 그 남자를 건진 건 운 좋게도 우연이 여러 번 겹친 덕분이었다. 강행범 4계를 중심으로 가용 인원을 총동원해 사건 현장 근교에서 수상한 인물을 찾아내려 애썼지만, 수사 선상에 올릴 만한 사람은 없었다.

특별 수사본부는 사건 현장 근처에 설치된 방범 카메라에 기대를 모았다. 하지만 영상을 전부 분석했는데도 범인을 밝혀낼 만한 정보는 얻지 못했다. 범인은 아무래도 거리에 설치된 방범 카메라의 위치를 숙지하고 있는 듯했다. 범행 시각 전후, 후나코시의 집 근처를 달렸던 일반 차량의 블랙박스 영상도 최대한 확보했지만 결과는 마찬가지였다.

세이다와 마카베 반장이 묘한 소문을 들은 곳은 혼모쿠길에 있는 술집이었다. 일을 마치고 한잔 걸치러 간 것이 아니라, 반장이 자청한 '적' 업무차 인근에 사는 사람들에게 이야기를 듣기 위해 들른 가게였다. 혼텐초와 야치요초는 후나코시의 집이 위치한 구릉 아래에 있으며, 구릉 위쪽이 요코하마에서 제일가는 고급 주택가인 것과는 반대로 오래된 서민 동네의 분위기가 남아 있는 곳이다.

그 이야기를 들려준 사람은 중화요리점을 운영하는 한 노인이었다.

"요컨대 형사님들은 수상한 인간을 찾는다는 거지? 그럼 위쪽 저택 동네로 이어지는 초이자케길을 뒤져봐. 거기 있는 연립주택에 미성년자일 때 사람을 여럿 죽인 놈이 산다는 소문이 있었어."

"정확히 무슨 짓을 저지른 사람입니까?"

세이다가 츄하이 잔을 카운터에 내려놓고 물었다.

"응? 그건 잘 모르는데."

"그거잖아, 그거."

노인 맞은편에 앉은 70대 스낵바 마담이 대신 대답했다.

"30년도 넘었지. 니가타에서였나, 고1 남학생이 여자애를 스토킹하다가 그 아이를 포함해 일가족 세 명을 죽인 사건이 있었잖아."

30년도 넘었으면 세이다는 갓난아기일 때라 기억이 없다. 스마트폰으로 찾아보려는데, 마카베가 갑자기 기억해냈다.

"내가 중학생일 때 그런 사건이 있었어. 엄청나게 무서운 사건이라면서 반에서도 화제가 됐지."

마카베가 긴장된 표정으로 마담을 보았다.

"정말로 그 소년……. 지금은 아저씨겠지만, 이 근처에 산다는 소문이 있습니까?"

세이다는 즉시 4계 계장에게 전화로 보고했다. 4계는 이 정보를 무겁게 받아들인 듯했다. 다음 날 후나키 계장이 혐의자가 후나코시의 집 부근에 사는지 수사를 진행할 예정이라고 했다.

혐의자의 이름은 헨미 아츠시. 1986년에 발생한 사건으로 범행 당시 헨미는 15세였다. 너무나 엽기적인 사안이라 의료 소년원*에 수용됐다가 15년 복역 후 퇴소했다고 했다. 그 후에는 개명을 하고 취직도 했지만, 어딜 가나 과거가 금방 들통 나서 전국을 전전한 모양이다. 하지만 세월이 30년 넘게 지나자 세상 사람들의 기억에서도 희미해졌고, 헨미도 그 뒤로는 사건을 저지르지 않았으므로 특별 수사본부에서도 전혀 눈여

---

* 심신에 현저한 장애가 있다고 판단된 12세 이상 26세 미만의 범죄자를 수용해 치료와 교정교육을 실시하는 시설.

겨보지 않았던 듯하다.

"헨미 아츠시……. 이름을 바꿨지만 역시 근처에 살고 있었어."

전체 회의가 끝난 후, 감사의 마음을 표시하려는지 4계 계장이 직접 세이다와 마카베에게 웃는 얼굴로 알려주었다. 그러고는 약간 아쉽다는 표정으로 덧붙여 말했다.

"실은 수사관이 이미 방문한 집이었더군. 이름을 스즈키 미츠오로 바꿨고, 수사관 말로는 평범하기 짝이 없는 아저씨였다는군. 못 알아볼 만도 하지."

"당연히 주변 수사와 행동 확인에 착수하시겠죠?"

마카베가 물었다.

"물론이지. 그때 둘 다 올 건가?"

4계 계장은 힘 있게 고개를 끄덕이며 물었다.

"좋지, 다녀와."

후나키 계장이 웃으며 말했다.

중요 참고인에게 임의 동행을 요구할 경우는 나름의 절차를 밟아야 하지만, 빠르면 일주일, 늦어도 2주 후에는 헨미를 경찰서에 데려올 수 있다.

혼덴초 상점가는 넓은 차도 양쪽에 점포가 늘어서 있다. 특히 북쪽 보도 위에 자리한 편측식 아케이드*의 상점가는 쇼와**

시대부터 변함없는 모양새다.

헨미 아츠시는 편의점 비닐봉지를 들고서 그 길을 슬렁슬렁 걸어가고 있었다. 채소가게에 들러 양파를 구입하고 혼모쿠 방면으로 향했을 때, 수사관 네 명이 앞길을 막았다. 형사 중 한 명, 4계 반장이 경찰수첩을 제시하며 말했다.

"헨미 아츠시 씨. 이야기를 좀 듣고 싶은데."

헨미는 흠칫 놀란 것처럼 뒷걸음치더니 뜻밖의 행동에 나섰다. 컵라면 등이 담긴 편의점 비닐봉지와 양파가 담긴 봉지를 느닷없이 수사관에게 내던지고는 "으아아아아아아아" 하고 괴성을 지르며 몸을 돌려 쏜살같이 달아났다.

세이다와 마카베는 그 광경을 조금 떨어진 곳에서 지켜보고 있었다. '식' 담당으로서 어디까지나 손님 같은 기분이었다. 하지만 헨미가 이쪽으로 달려오니 대비하지 않을 수 없었다. 헨미는 두 사람이 형사인 걸 알아차렸는지 갑자기 오른쪽으로 꺾어서 야치요초 방면으로 방향을 바꾸었다.

허옇게 센 머리, 비쩍 마른 데다 얼굴도 궁색해 보이는 남자였다. 헨미의 모습이 시야에서 사라지자 마카베가 느긋한 어조로 말했다.

•   도로 전체를 덮지 않고 한쪽에만 설치된 아케이드.
••   1926~1989년까지 사용된 일본의 연호.

"세이다 경사, 뛰어."

"어, 싫어요. 우리는 옵서버잖아요. 우리가 고생하지 않아도 금방 확보할 텐데 뭘."

"세이다 경사."

마카베가 쓴웃음을 지으며 시선을 흘끗 주었다.

"몸만 보면 스포츠에 만능일 것 같은데, 정말 운동을 싫어한다니까."

"아, 들켰나?"

세이다도 미소를 지었다.

"경찰학교 때 체육과 무도 시간이 힘들어서 때려치울까 싶었을 정도니까요."

두 사람은 헨미가 들어간 골목 쪽으로 천천히 걸어갔다.

"운동을 싫어하면 경찰관 직무를 감당할 수 없을 거라는 생각은 안 해봤어?"

"저는 범죄자의 마음속에 들어가서 그들을 속속들이 알고 싶달까……. 영화 〈양들의 침묵〉 속 스털링처럼 프로파일러가 되는 게 꿈이었거든요."

"아쉽게 됐군. 일본 경찰에 그런 전문 부서는 없으니……, 체질이 낡아빠진 우리 현경은 특히나 더하고."

골목으로 들어가자 길을 막은 수많은 수사관 때문에 이러지도 저러지도 못하게 된 헨미가 우두커니 서 있었다. 공무집

행 방해죄로 체포할 수도 있지만, 요즘은 안이하게 그런 방법을 사용하지는 않는다. 권력을 남용해 인권을 무시했다고 비난받을 수도 있기 때문이다. 그래서 수사관들은 어디까지나 설득을 시도하는 듯했다.

아까 경찰수첩을 제시했던 4계 반장이 드디어 세이다 뒤쪽에 도착했다. 그가 뒤편에서 말을 걸었다.

"헨미 씨, 왜 도망치는 거야? 이야기를 듣고 싶었을 뿐인데."

헨미가 세이다와 마카베, 4계 반장 쪽으로 몸을 돌렸다. 그리고 무너져 내리는 것처럼 갑자기 땅에 무릎을 꿇었다.

"죄송합니다, 죄송합니다, 죄송합니다……."

울면서 머리를 조아린다.

"전부 제가 그랬습니다."

"전부라니 뭐가? 뭘 어쨌는데?"

뭔가 중요한 진술을 얻으려면 지금밖에 없다는 생각이었으리라. 4계 반장도 빈틈이 없는 사람이다. 헨미 앞으로 나서서 캐묻자 그가 고개를 들었다. 아랫것이 주인이라도 뵙는 것처럼 우스꽝스러운 동작이었다.

"그 일이요……, 일가족 네 명을 죽인 거. 그거, 제가 그랬습니다."

수사관 모두가 뜻밖이라는 표정을 지었다.

"순순히 불었네."

마카베가 중얼거렸다. 세이다도 너무나 어이없는 결말에
말문이 막혔다.

8

내 얼굴 봤어? 봤구나

이세자키초길 뒤편, 지하 1층에 위치한 '펍 13번지'는 원래 야마시로의 아버지 켄타가 단골인 술집이다. 아버지가 여기에 뻔질나게 드나드는 이유는 점장이 고등학교 1년 후배이기 때문이다. 야마시로와 아야가 스무 살이 됐을 때, 아버지가 처음으로 데려온 술집도 여기였다.

디근자 모양의 카운터와 카운터 앞쪽에 자리한 테이블 다섯 개, 가게 안쪽에는 노래방 기기와 모니터까지. 술집 한복판에 공간을 마련해놓은 건 춤을 추기 위해서다. 아무튼 레이와 시대인 현재에도 이런 고풍스러운 술집이 있나 싶겠지만, 손님은 대부분 50대 이상이다. 70~80대도 드물지 않다. 물론 호기심에서 20대도 찾아온다. 그런 손님들 덕분에 지금까지 망하지 않고 영업하고 있다.

휴일 마지막 날 밤, 야마시로는 혼자 한잔하고 싶어졌다. 하지만 세련된 고급 바는 분수에 맞지 않고, 프랜차이즈 술집은 너무 시끄러웠다. 다른 가게를 뚫을 돈도 여유도 없어 결국 여기로 왔다. 카운터에 앉으면 점장 말고는 아무도 말을 걸지 않는다. 오후 6시 반이라 손님은 얼마 없었다. 맥주를 주문하자 점장이 친근하게 물었다.

"케이고, 오랜만이네. 아버지랑 만나기로 했어?"

"아니요, 오늘 아빠가 오는 거면 저는 이만 갈게요."

농담임을 알 수 있도록 웃으며 대답했다.

"아아아아! 안 와, 안 와. 이삼일 전에 왔으니까 오늘은 안 올 거야."

"어쨌거나 오늘은 저 혼자예요."

"그래? 여자친구는? 케이고가 결혼을 결심했다고 아버지한테 들었는데."

"네? 어휴, 입이 왜 그렇게 가벼운지 몰라!"

야마시로가 청혼한 건 거의 2주 전 아침. 본가에 전화로 알린 게 일주일 전 아침이다. 그 후 '펍 13번지'에 한잔하러 온

•   2019년부터 사용 중인 일본의 연호.

아버지가 당연하다는 듯이 그 사실을 점장에게 이야기했다는 뜻이다. 기뻐서 그랬다고는 하나, 어처구니없는 것도 사실이다.

"경사잖아. 좀 봐드려."

해서는 안 될 말을 했다고 생각했는지 점장은 아버지를 편들었다. 그리고 어물어물 넘어가려는 듯 "아, 여자친구도 데려와"라고 말하며 웃었다. 야마시로는 맥주를 반쯤 마시고 점장을 바라보며 입을 뗐다.

"그런데 결혼해도 괜찮을까요? 이제 와서 겁이 나네요."

"어, 뭐야? 혼전 우울증? 엄청난 인기 만화가의 어시스턴트잖아. 생활도 안정적이겠다, 걱정 붙들어 매."

야마시로는 웃으면서 오른손을 좌우로 흔들었다.

"붙들어 매기는요. 어시스턴트는 월급도 짜고 생활도 비참한걸요."

"음, 혼조 선생님이랬나?"

"네."

점장이 눈을 돌려 입구 쪽에 시선을 주었다.

"아, 어서 오세요."

야마시로에게 살짝 고개를 끄덕이고 카운터를 나섰다. 단골손님이 온 것이리라. 드디어 간섭받지 않고 술을 마실 수 있겠다는 생각에 안심했다.

"어? 혼조 하야토 선생님의 어시스턴트세요?"

점장과 나누는 이야기를 들었는지 누군가가 말을 붙였다. 귀에 잘 들어오는 목소리였다. 남자는 권하지도 않았는데 야마시로 옆자리에 앉았다. 분홍색 머리카락이 얼핏 눈에 들어왔다.

"《오컬트 하우저》 잘 보고 있어요. 악수 한번 부탁드립니다."

"어, 저는 그냥 어시스턴트인데요."

옆으로 눈을 돌려 남자의 얼굴을 보았다. 잘못 본 게 아닌지 역시 분홍색 머리였다. 앳된 얼굴이 언뜻 보기에는 미성년자같이 느껴질 만큼 어려 보였다. 남자가 야마시로의 오른손을 꽉 잡았다.

"저는 모로즈미라고 해요."

"야마시로입니다."

야마시로는 웃음을 지었다.

"야마시로 씨, 요 부근에 사세요?"

뜬금없이 묘한 질문을 하는구나 싶었다.

"그게, 그러면 혼조 선생님의 작업실도 요 부근이 아닐까 해서요."

팬심에서 비롯된 질문인가. 그렇다면 이해가 간다.

"확실히 혼조 선생님의 스튜디오는 여기서 가까워요. 제 본가도 가깝지만……, 저는 니시구 쪽에 살아요."

"이야, 가족이 총 몇 분이신데요?"

또 위화감을 느꼈지만 일단 대답했다.

"어……, 네 명인데요."

"아버지, 어머니, 형?"

위험한 놈에게 걸렸다 싶었다. 일단은 심기를 거스르지 말기로 했다.

"누나요. 이란성 쌍둥이예요."

야마시로는 쑥스럽게 웃었다.

"그런데 야마시로 씨도 만화가를 지망하시나요?"

이야기가 본론으로 돌아와 다행인 듯했지만 지금의 야마시로에게는 가혹한 질문이었다.

"데뷔할 수 있을지는 모르겠지만……, 일단은."

"만화가라니, 좋겠다."

아까 잡은 손을 그는 아직 놓지 않았다.

"저기, 나중에 저를 만화에 출연시켜주세요."

만화를 잘 모르는 작자들이 흔히 하는 말이다. 그냥 적당히 받아넘기기로 했다.

"알겠습니다. 데뷔하게 되면요."

"악역이나 살인귀가 좋겠네."

"살인귀……?"

역시 위험한 놈이다. 어떻게든 떼어내야 하는데…….

"이봐, 고개 돌려서 내 얼굴 봐봐."

어쩐지 불안한 기분이 들었다. 어디서 들어본 것 같은 목소리였기 때문이다.

"내 얼굴 봤어? 봤구나."

그때 들었던 그 목소리다! 알아차린 순간, 온몸이 딱딱하게 굳고 목소리도 나오지 않았다. 모로즈미는 야마시로의 손을 더 세게 잡고 위아래로 흔들었다.

"살다 보면 사람을 죽여보고 싶다는 생각, 한두 번쯤은 하잖아? 칼로 푹푹 찔러버리고 싶다는 생각."

온몸에 한기가 느껴졌다. 이 남자의 얼굴을 볼 용기조차 나지 않았다.

"4인 가족일수록 더. 어쩐지 옛날부터 네 명은 행복을 상징했잖아. 그런 사람들에게 천벌을 내리고 싶지 않아?"

"저기, 당신……."

겨우 목소리가 나왔지만, 꽉 잠긴 목소리였다. 그때 갑자기 모로즈미가 손을 놓았다.

"그냥 놀려본 거예요."

침묵이 흘렀다. 야마시로는 용기를 내어 옆을 보았다. 하지만 옆자리에는 아무도 없었다. 손이 부들부들 떨리더니, 이윽고 몸 전체로 떨림이 번졌다.

"케이고, 맥주 더 줄까?"

어느 틈엔가 카운터 안쪽으로 돌아온 점장이 야마시로에게
물었다.

"방금 제 옆에 있었던 사람……, 자주 오나요?"

점장의 목소리를 듣자 떨림이 잦아들었다.

"어? 누구?"

점장은 그렇게 말하고 고개를 좌우로 돌렸다.

"방금까지 있었던 사람이요, 갑자기 사라졌지만……."

"그러니까 누구?"

"어……, 펜 있나요?"

"자."

점장이 가슴주머니에 꽂아둔 볼펜을 야마시로에게 건넸다.
볼펜을 꼭 쥐자 조금은 안심이 됐다. 종이로 된 잔 받침을 뒤
집어 재빨리 볼펜을 움직였다.

"이렇게 생긴……."

아직은 모로즈미의 얼굴이 머릿속에 선명하게 남아 있었
다. 순식간에 초상화를 완성했다. 점장은 돋보기안경을 끼고
손에 든 잔 받침을 유심히 들여다보았다.

"젊은 사람? 처음 보는 얼굴인데."

"그래요?"

안도와 실망이 동시에 솟았다.

"그나저나 정말 잘 그리네. 기념으로 줘. 케이고가 유명해

지면 자랑하게."

점장이 돌아서서 압정으로 벽에 잔 받침을 붙였다.

놈이다, 틀림없이 놈이다. 그 집에서 자신에게 웃음을 지었던 그 남자다. 날씬한 몸에 분홍색 머리, 귀에 잘 들어오는 보이 소프라노 같은 목소리…….

야마시로는 바닥이 푹 꺼지는 듯한 기분을 맛보았다.

제 2 장

죽을힘을 다해 달렸다.

다리가 꼬여서 속력이 안 난다.

몸이 비틀거린다. 당장이라도 넘어질 것 같다.

뒤에서 그림자 남자의 리듬 있는 발소리가 들려온다.

빠르다. 빨라서 점점 거리가 줄어든다.

하지만 돌아볼 용기는 없다.

누굴까?

그림자 남자는 대체 누굴까?

9

밧줄로 묶었다고?

아홉 시간에 걸친 헨미 아츠시의 진술 청취가 끝났다. 체포에 이르지 못한 이유는 그가 묵비권을 행사해서가 아니라, 오로지 "제가 그랬습니다"라는 한마디로 일관했기 때문이다.

보기보다 교활한 인간이라 심신미약이나 심신상실을 핑계로 감형을 노리는 게 아니겠냐고 4계 계장과 취조관은 짐작했다. 그런 반면, 헨미는 모니터에 띄운 지도에서 후나코시의 집 위치를 순순히 가리켰고, 습격 경로와 도주 경로도 구체적이었으며, 인근의 방범 카메라 위치도 잘 기억해냈다. 3개월 전부터 그 집을 습격하기로 마음먹고 주도면밀하게 준비했다는 것이다. 하지만 동기와 살해 당시 상황을 물어보면 갑자기 진술이 애매모호해졌다.

"그 집은 늘 늦게까지 불이 환히 켜져 있고, 가족들의 웃음소리가 들립니다……. 성질나지 않습니까?"

아무리 생각해도 심신미약을 주장하기에 적합한 동기였다.

"찔렀습니다. 그 후로는 어떻게 했는지 전혀 기억이 안 나고요. 흉기? 글쎄요, 식칼 같은 칼이었는데, 어디 버렸는지는 기억 안 납니다."

너무 구체적이지 못했다. 이래서는 제자리걸음이라며 4계 취조관은 결국 백기를 들었다. 3계의 세이다와 마카베에게 차례가 돌아온 건 아무래도 오쿠무라 대리가 두 사람을 지명했기 때문인 듯했다.

마주 앉아 정면에서 본 헨미의 특징은 어디를 보는지 알 수 없는 눈이었다. 취조관이 바뀌었는데도 모르는 건지 흥미가 없는 건지 반응이 전혀 없었다. 경찰서로 연행하자마자 약물과 알코올 검사부터 했을 정도로 하는 행동과 용모를 보면 확실히 의심이 갈 수밖에 없었다.

세이다는 일부러 느릿느릿하게 헨미의 이력서와 미성년자 때 저지른 살인사건 관련 자료, 아까까지 기록한 진술조서를 테이블에 늘어놓았다.

"헨미 씨, 취조에 임하는 형사가 제일 유의해야 할 점이 뭔지 알아?"

헨미는 세이다를 몇 초 노려보다가 천천히 입을 열었다.

"어……, 모르겠는데요."

세이다는 웃음을 유지한 채, 헨미처럼 몇 초 뜸을 들인 후 대답했다.

"상대가 이쪽이 바라는 대로 말해도, 그 말을 곧이듣지 않는 거야."

"네?"

눈의 움직임으로 헨미가 정상임을 알 수 있었다.

"난 실은 헨미 씨가 후나코시 씨 일가를 죽이지 않았다는 방향으로 생각해볼 작정이야."

헨미의 눈에 분노가 담겼다. 분명 처음으로 본모습을 내보인 순간이리라.

"일단 동기."

뒤에 서 있는 마카베가 험악한 표정으로 말했다.

"뭐야, 행복해 보여서 성질이 났다고? 그래서 석 달이나 전부터 범행을 준비했다? 난 전혀 이해가 안 되는데."

"정말 죄송합니다만 왜 죽였는지 기억이 안 난다고요."

헨미가 머리를 마구 쥐어뜯었다. 아아, 이게 4계 취조관을 난감하게 만든 수법인가, 하고 세이다는 생각했다.

"아니요, 반장님. 이해가 갑니다."

세이다는 진술조서에 시선을 주며 말했다.

"행복해 보이는 가족을 대하면 성질날 법도 하지. 헨미 씨의 심정은 이해해."

허를 찔렸으리라. 헨미는 머리를 쥐어뜯는 걸 멈추고 다시 무표정한 얼굴로 되돌아왔다.

"하지만 그 심정을 우리 경찰의 높으신 양반이나 검사님한테 이해시키기는 좀……."

세이다는 얼굴 가득 웃음을 지었다.

"흉기의 구체적인 종류와 그걸 어디에 버렸는지는 말해줘야지."

"기억 안 납니다."

"후나코시 씨 일가족을 살해한 후, 시신을 어떻게 했지?"

"어떻게 했느냐고요?"

헨미가 질문을 되뇌었다.

"아아."

헨미의 눈이 커졌다.

"밧줄로 묶어서 의자에 고정시켰습니다."

"왜?"

세이다는 일부러 흥미 없다는 듯 물었다.

"벌을 준 겁니다."

"벌을 줬다니?"

"봐라, 죽으면 너희가 좋아하는 것도 결국엔 아무 의미 없다. 그런 뜻이죠."

"그래서 밧줄로 묶었다고?"

"네."

세이다는 잠시 침묵을 지키다가 질문을 재개했다.

"그 후에 음식을 만들어서 테이블에 차려놨잖아. 뭘 만들었는지 기억나?"

"……잊어버렸습니다."

"왜 음식을 만들었지?"

"왜일까요……."

헨미는 고개를 갸우뚱했다.

"기억이 안 납니다."

"무슨 곡을 틀었는지는 기억해?"

"그냥 적당히 틀어놓은 거라, 기억이 안 나네요."

"어떤 장르였는지는?"

"장르?"

어디를 보는지 모를 눈이 되돌아왔다.

"……기억이 안 납니다."

두 사람은 진술 청취를 마치고 복도로 나왔다.

"어떻게 생각해?"

마카베가 물었다.

"어떻게라……."

매직미러가 있는 옆방 문이 열리고 후나키 계장이 손짓했다. 어두운 방에는 오쿠무라 대리와 미나토히가시서 형사과 과장, 4계 계장도 있었다.

"세이다 경사, 잘했어. 이제 체포할 수 있겠군."

오쿠무라 대리가 흥분한 어조로 말했다.

"시신 이야기……, 잘 끌어냈어."

세이다가 일가족의 시신을 어떻게 했느냐고 물어본 걸 칭찬하는 말이다. 묶어서 의자에 고정시켰다는 건 진범만 아는 사실이니까 아주 유력한 증언에 해당한다는 뜻이리라.

"과연 그럴까요?"

하지만 세이다의 생각은 달랐다.

"후나코시 씨 일가족의 시신을 묶는 데는 포장용 프리컷 끈이 사용됐습니다."

세이다는 매직미러로 피의자를 보았다. 그는 그저 무표정하게 앉아 있었다.

"헨미는 밧줄로 묶었다고 했잖습니까."

"하지만 그 정도 차이쯤이야."

오쿠무라 대리의 말에 나머지 세 사람도 고개를 끄덕였다.

"그리고 저 녀석은 벌을 주기 위해 의자에 묶어두었다고 했잖습니까."

세이다는 입꼬리를 살짝 끌어 올렸다.

"죽으면 너희가 좋아하는 것도 결국엔 아무 의미 없다는 그 말?"

마카베가 보충했다.

"그게 아무래도 석연치가 않아요."

"그럼 세이다 경사 생각은 어떤데?"

오쿠무라 대리가 물었고, 세이다는 대답했다.

"범인은 그 가족에게 벌을 준 게 아니라, 그 가족을 동경했던 거라고 생각합니다."

"단란한 가족의 구도를 만들어놓고, 자기도 거기에 끼고 싶다……. 그런 느낌?"

세이다의 분석이 당황스러웠는지 다들 한순간 침묵했다.

"덧붙여 범인은 스스로를 예술가랄까, 일종의 크리에이터로 여기는 놈입니다. 그렇다면 헨미는 범인상에 들어맞지 않아요."

"그렇게까지 단정해도 되겠나?"

오쿠무라 대리가 타이르듯 물었다.

"혐의는 뭐, 충분한 것 같습니다만……."

후나키 계장이 다른 관점에서 걱정을 표했다.

"일부만 구체적이고 나머지는 잘 모른다, 전혀 기억이 안 난다고 주장하는 피의자를 송치한들 과연 검찰이 받아들일까요? 하다못해 흉기를 어디에 버렸는지 정도는 확실히 알아내라고 하지 않겠습니까?"

"헨미가 뭔가를 더 불 것 같나?"

오쿠무라 대리가 세이다를 보았다.

"더 이상은 무리겠죠."

"마카베 반장은 어때?"

"저도 같은 의견입니다."

"반장은 헨미가 진범이라고 생각하나?"

오쿠무라가 매달리는 듯한 눈빛을 던졌다.

"진술만 들어서는 모르겠습니다. 하지만 수상하게 보면 한없이 수상하기도 하고요."

다섯 명은 또 입을 다물었다.

"하지만 헨미는 34년 전에 비슷한 사건을 저질렀고……, 그걸 고려하면 더없이 범인상에 가깝다고 할 수 있지 않겠습니까. 50점 더하기 50점은 100점이니, 검찰도 인정하지 않을까요?"

형사과 과장이 지금까지의 이야기를 정리하듯이 말했다. 판단은 특별 수사본부의 최고 책임자인 현경 본부장에게 달린 듯했다.

만화사상 가장 흉악하고 악랄한 캐릭터

텔레비전에서 흘러나온 소식에, 혼조 스튜디오의 모든 사람이 텔레비전으로 눈을 돌렸다.

"요코하마시 나카구에서 발생한 일가족 살해사건의 용의자가 체포됐습니다."

"야마 짱, 범인 붙잡혔네."

혼조가 야마시로에게 축하 인사라도 하는 것처럼 말했다. 야마시로도 작업하던 손을 멈추고 텔레비전 화면을 주시했다.

"올해 50세인 용의자 헨미 아츠시는 34년 전, 니가타에서 일가족 세 명을 살해한 혐의로 의료 소년원에서 15년을 복역했습니다."

텔레비전 화면에 헨미의 얼굴 사진이 떴다.

"야마 짱, 저 얼굴 기억나?"

아마노가 태평한 목소리로 물었다.

"아니요……."

야마시로는 반사적으로 부정했다. 텔레비전 화면에는 여전히 헨미의 얼굴 사진이 떠 있었다.

"캐릭이 아니네."

혼조가 말했다.

"네?"

야마시로는 되물으며 혼조를 보았다.

"별 볼일 없이 너무 평범한 아저씨라 주인공을 맡을 캐릭터가 아니라는 뜻이야. 이게 만화와 현실의 차이겠지."

몹시 지친 얼굴의 중년 남자였다. 어디를 보는지 모를 눈빛과 삐쩍 말라서 광대뼈만 두드러진 생김새는 확실히 으스스하다. 하지만 네 사람을 차례차례 찔러 죽이고 의자에 묶어둘 만큼 비정상적인 기운은 느껴지지 않았다. 야마시로는 가방에서 스케치북을 꺼내 책상에 펼쳤다. 그리고 깨끗한 종이에 방금 본 헨미의 얼굴을 그려보았다.

"전혀 다른데……."

남몰래 중얼거리고는 지우개로 그의 얼굴을 지웠다.

"야마 짱, 일생일대의 기회를 놓쳤네."

혼조가 말했다. 남을 놀리거나 비아냥거릴 때 또는 심술을 부릴 때 나오는 말투였다.

"네?"

스케치북을 덮으면서 그쪽으로 고개를 돌렸다. 혼조는 뭔가 즐거운지 웃는 얼굴이었다.

"이 업계에 살인사건을 진짜로 체험한 사람은 한 명도 없어. 요전에 야마 짱이 겪은 재난은, 생각하기에 따라서는 살인자의 캐릭을 실제로 취재할 수 있는 기회였던 거야."

야마시로는 잠자코 있었지만 실은 혼조의 무신경한 발언에 화가 났다. 그걸 모르는 혼조는 기분 좋은 표정으로 말을 이었다.

"그런 캐릭이 야마 짱에게 내려왔다면 좋은 사람이라는 딱지를 뗄 수 있었을지도 몰라. 만화가로 독립해서 앞날에 멋진 신혼 생활이 기다리고 있었을지도 모르지."

야마시로는 아무 대꾸도 할 수 없었다. 다른 스태프들도 쥐 죽은 듯 조용했다. 치프인 아마노를 제외하고는 다들 또 선생님의 괴롭힘이 시작됐다고 생각하는 듯했다.

"만화가가 되려면 그 정도 매운맛은 있어야지."

설교가 끝나자 야마시로는 마지못해 고개를 끄덕였다. 이런 만화가의 제자라면 되지 말 걸 그랬다. 후회와 굴욕……. 아니, 자기혐오가 더 컸다. 만화고 나발이고 이 직장을 떠날 때가 왔다고 굳게 결심했다.

밤 10시가 되어 일을 마쳤다. 나츠미든 가족이든 누구와도 만나고 싶지 않았다. '펍 13번지'에서 코가 비뚤어지게 마신 후 전철 막차를 타고 집에 돌아왔다. 자신에게 좀 더 상처를 주고 싶었다. 아침까지 술을 더 마실 생각으로 역 근처 편의점에서 캔맥주 다섯 개를 샀다.

엘리베이터가 없는 오래된 맨션이라 4층까지 계단으로 올라갔다. 바깥 복도를 걸어 집 현관문 앞에 섰다. 청바지 호주머니를 뒤졌지만 열쇠가 좀처럼 손에 잡히지 않았다. 어디 떨어뜨린 걸까. 5분이 지나서야 가방에서 겨우 찾아내서는 몸을 비틀거리며 현관문을 밀고 안으로 들어갔다.

"일생일대의 기회를 놓쳤다고? 좋은 사람이라는 딱지를 뗄 수 있었다고?"

혼잣말하는 자신의 목소리가 들렸다. 작업용 책상 앞에 놓인 의자에 앉아 편의점 비닐봉지를 내려놓고, 캔맥주 하나를 꺼내서 땄다. 혼조의 얼굴이 떠올랐다.

"이 자식아, 직접 한번 봐봐라. 그런 소리가 나오나."

맥주를 벌컥벌컥 마셨다.

"그렇게 비참한 광경을 본 것도 모자라 그런 괴물과 마주치고……, 무서워서 경찰에는 아무 말도 못 하고……, 나중에 그놈을 다시 만났는데 텔레비전에서는 웬 이상한 아저씨가 범인으로 잡혔다는 뉴스가 나오질 않나."

일어서서 방바닥에 놓아둔 골판지상자로 향했다. 상자에는 예전에 사용한 스케치북을 보관해두었다. 난폭하게 몇 권을 꺼내서 제일 최근에 사용한 스케치북을 찾아냈다. 후나코시의 집을 그린 스케치북이었다.

의자에 도로 앉아 버스에서 그린 그림을 펼쳤다. 오른손에 길쭉한 식칼을 쥔, 후드가 달린 스포츠웨어를 입은 달걀귀신 같은 남자가 나타났다. 책상 위의 연필꽂이에서 연필을 꺼내 남자의 얼굴 오른쪽에 커다란 말풍선을 그렸다. 그리고 그 안에 "내 얼굴 봤어? 봤구나"라고 글씨를 써넣었다. 아무것도 없어 밋밋한 얼굴을 내려다보다 텔레비전에 나온 헨미의 얼굴을 떠올렸다. 밋밋한 얼굴에 헨미의 얼굴을 그려 넣었다. 다 그린 후 확인했다.

"역시 아니야. 내가 본 건 그 아저씨가 아니라고."

지우개로 얼른 얼굴을 지웠다. 그러고는 아무 생각도 하지 않으려 애쓰며 연필을 놀렸다. 오토마티즘, 마치 자동기술법처럼 무의식적으로 손을 움직였다. 머릿속에 나츠미의 말이 떠올랐다.

"악마 따위한테 혼을 팔면 안 돼."

스케치가 완성됐다. 달걀귀신에게 얼굴이 생겼다. 예쁜 소년 같은 얼굴에 웨이브가 들어간 분홍색 머리칼. 이 얼굴이다, 분명 이 얼굴! 야마시로는 웃음이 나왔고 어째선지 웃음은 멈추지 않았다. 곧 그는 큰 소리로 외쳤다.

"만화사상 가장 흉악하고 악랄하고 리얼한 캐릭터가 탄생했어!"

뺨에 닿는 초여름의 미지근한 바람이 몹시 찝찝하게 느껴졌
다. 양옆은 잡목림. 배추벌레 같은 색깔의 나뭇잎 사이로 햇
빛이 약하게 비쳐 들었다.

산길은 생각보다 가팔랐다. 배낭을 메서 그런지 등이 땀으
로 축축했다. 숨도 조금 찼다. 예정대로라면 좀 더 일찍 만났
어야 하건만, 기다리는 차는 좀처럼 오지 않았다. 위장 언저리
가 스멀거렸다. 자신을 억누를 수 없을 때 나타나는 징후다.
이대로 누구에게라도 벌을 주지 않으면, 자기 자신에게 벌을
주게 된다.

한계가 찾아왔을 때 엔진소리와 웃음소리가 가까워졌다.

뒤를 보지 마, 그냥 지친 여행자인 척하며 차를 지나 보내는 거야. 5인승 스테이션왜건이 속력을 낮춰 그를 피하듯이 옆을 지나쳤다. 차에 눈길 한번 주지 않고 걷는 데 전념했다. 곧 브레이크를 밟는 소리가 났다. 천천히 고개를 들자 10미터 앞에 좀 전의 그 차가 서 있었다. 운전석 창문이 열리고 중년 남자가 고개를 내밀었다. 볕에 탄 스포츠맨 유형. 취미는 테니스일 거라고 추측했다.

"1킬로미터쯤 밑에 있는 미니밴, 그쪽 겁니까?"

쾌활한 웃음이다. 연습한 대로 입꼬리당김근에 의식을 집중했다.

"네. 오래된 차라 배터리가 방전돼서요. 걸어가려고 했는데 힘드네요."

"긴급 출동 서비스 안 불렀어? 아니면 휴대전화도 배터리가 다된 건가?"

그가 젊다는 걸 안 남자는 갑자기 친구를 대하듯 친근한 말투를 썼다. 분명 소속 커뮤니티에서 후배나 부하가 남자를 잘 따를 것 같다고 추측했다.

"아니요, 목적지가 근처라 일단은 그냥 가볼까 해서요."

"이 근처에 가정집이 있던가."

친구를 대하듯 굴지만 어디까지나 부드러운 말씨다. 친절한 사람 혹은 느낌이 좋은 사람이라고 누구에게나 인정받고 싫어 하는 캐릭터다. 그러니까 지금이 밀어붙일 때다 싶었다.

"아, 죄송하지만 괜찮으면 좀 태워주시겠어요? 정말 근처거든요."

"아, 잠깐만 있어 봐."

남자가 고개를 집어넣었다. 이렇게까지 이야기한 이상 거절할 수는 없을 것이다. 그렇지만 가족은 경계하리라. 차 안에서 아내와 두 아이에게 설득을 시도한다. 3분쯤 지났을까, 남자가 다시 고개를 내밀었다. 남편의 얼굴로 돌아와 있었다.

"괜찮아, 타."

그는 입꼬리를 끌어 올린 채 부리나케 차로 다가갔다. 뒷좌석 문을 열고 안을 들여다보았다. 안쪽에는 오빠인 고등학생 아들이, 앞쪽에는 여동생인 중학생 딸이 앉아 있었다. 그는 쑥스러운 듯 웃으며 고개를 꾸벅 숙였다. 둘 다 예쁘장한 외모였다.

"나 때문에 비좁아졌네, 미안해."

"아니요……."

여동생이 뒷좌석 중간으로 옮겨 앉았다. 이내 시선이 느껴졌다. 조수석에 앉은 아내였다. 미인이지만 딱딱하게 굳은 표정은 느닷없이 나타난 히치하이커를 경계하는 것이리라. 올라타자마자 차가 출발했다.

"어디까지 가?"

운전대를 잡은 남편이 힐끗 돌아보았다.

"조금만 더 가면 돼요."

웃음을 유지한 채 말했다.

"여러분은 어디까지?"

"별장이 있거든."

"우와, 좋겠다."

실은 알고 있었지만 시치미를 뚝 떼고 그렇게 말했다.

"한 달에 한 번은 거기서 지내."

아내가 고개를 홱 돌려 남편에게 매서운 시선을 던졌다. 낯선 사람 앞에서 너무 무방비하게 군다고 여긴 것이리라. 아주 현명한 여자다.

"저는 촌구석에서 자라서 본가 자체가 별장 같은 느낌이었거든요. 가족이 다 함께 어딘가 놀러가다니 부럽네요."

"우리 집은 요코하마 시내야. 뭐든지 구하기 쉬워서 살기 편해. 그건 좋은데 공기는 탁하지, 시끄럽지, 오히려 시골에서 사는 게 좋겠다는 생각도……. 뭐, 어디에도 낙원은 없다는 거겠지."

남편이 이야기를 맞춰주었다.

"가족은 총 네 분이세요?"

"응."

"4인 가족이라니, 참 좋네요."

"그래?"

"세 명도 아니고, 다섯 명도 아니고, 네 명이라니……, 어쩐지 행복한 가족의 상징처럼 느껴져요."

"그런가……."

남편은 살짝 웃으며 말을 이었다.

"행복은 숫자가 아니라 알맹이에서 비롯되는 거겠지. 대가족은 물론이고, 아이가 하나인 집도 행복한 가정은 행복하니까."

"음."

그는 머리카락을 헤집었다.

"저한테도 동생이 있었다면 아버지도 어머니도 가정을 좀 더 돌보지 않았을까 싶어요. 특히 어머니는 그렇게 잘나가지도 않으면서 바쁘다는 소리를 입에 달고 살았고……, 가족끼리 단란하게 보내는 시간이 없었죠."

생판 처음 보는 사람이 갑자기 집안 사정에 관해 불평을 꺼내놓자 성가셨던 듯하다. 남편은 이야기의 화제를 돌렸다.

"어머님이 일을 하셨어?"

"인기 없는 만화가였어요."

"이야, 만화가라. 대단한걸."

아무래도 상관없었겠지만 남편은 과장되게 놀란 척했다. 반대편 창가에 앉은 남자아이를 보았다. 이어폰으로 음악을 들으며 〈라이징 선〉이라는 주간 만화잡지를 열심히 보고 있었다.

"어? 〈라이징 선〉 좋아해?"

들리지 않은 모양이다. 여동생이 팔꿈치로 오빠를 쿡 찔렀다.

"아……, 왜?"

여동생을 보고서야 오빠는 무슨 상황인지 알았는지 이어폰을 빼고 "네?" 하고 대답하며 그를 보았다.

"그 만화잡지, 좋아해? 나도 매주 보거든."

"아아, 네. 꽤……."

이 나이대 아이에게 흔한 모호한 말투다. 앞을 보았다. 그에게서 벗어나 안심한 듯 남편은 운전에 전념하고 있었다. 아내는 낯선 이와 아이들의 대화에 귀를 기울이고 있었다.

그는 개의치 않고 말을 이었다.

"작년 연말부터 연재가 시작된 〈34〉라고 알아? 나, 거기에 푹 빠졌어."

"〈34〉라……."

아이는 페이지를 넘겨 작품의 타이틀 페이지를 펼쳤다. 주인공 세 명이 나란히 서 있었다.

"아아, 이거. 자극적인 만화지만 재미있죠. 인기 많잖아요."

"여기 나오는 악역 주인공……, 대거라는 캐릭 말이야. 나랑 좀 닮지 않았어?"

아이가 페이지를 넘겼다. 독특한 헤어스타일의 잘생긴 남자가 단검으로 사람을 찌르는 장면이 커다란 칸에 그려져 있었다.

"아아⋯."

아이는 그 캐릭터를 유심히 바라보았다.

"진짜 아저씨랑 똑 닮았네요."

옆에서 들여다보던 여동생이 먼저 반응했다.

"맞아, 닮았어!"

남자아이도 동의하며 그를 보았다. 흡족한 기분이었다.

"대거는 주저 없이 사람을 푹푹 찌르잖아. 어쩐지 기분 좋을 것 같더라고."

남매는 비위를 맞추는 웃음을 띤 채 갑자기 말이 없어졌다.

조수석에 앉은 아내의 옆얼굴이 보였다. 내심 아주 경계하는 듯했다. 이만 물러날 때구나 싶어서 그는 배낭에 손을 넣고 말했다.

"아, 이쯤에서 세워주세요."

"응?"

남편은 어디까지나 호인인 모양이었다.

"하지만 여기는 가정집이고 뭐고 아무것도 없는데."

"괜찮아요. 세워주세요."

"정말?"

"뭘 자꾸 물어? 여기서 세워달라시잖아."

아내가 톡 쏘는 투로 말했다.

"어라, 어머님."

그가 말을 걸자 아내가 돌아보았다.

"혹시 뭐 이렇게 기분 나쁜 인간이 다 있냐고 생각하시는 건가요?"

자연스러운 웃음이 흘러나왔다. 아내는 아무 말도 없이 허둥지둥 고개를 앞으로 돌렸다.

차가 멈추자 그는 배낭에서 대형 지퍼백을 꺼냈다. 옆에 앉은 여자아이가 지퍼백에 담긴 물건을 보고 곤혹스러운 표정을 지었다.

"아, 이건 안 쓸 거야."

아이에게만 들릴 목소리로 말했다. 시뮬레이션은 끝났다. 반대쪽 창가에 앉은 아들을 제일 먼저, 그다음은 딸. 앞좌석의 두 사람은 뒤로 미룬다. 왜냐하면 일단 뒤쪽 상황을 인식하는 데 몇 초가 걸릴 테고, 그 후에 도망을 치든 저항을 하든 안전벨트부터 풀어야 할 테니까. 반대로 말하면 그에게는 충분히 여유가 있었다.

그는 회칼을 꺼냈다.

12

34 - Ⅱ

달력상으로는 아직 초여름이지만 한여름이라고 해도 될 만큼 더웠다. 야마나시현에 인접한 구릉지대라면 조금 시원하지 않을까 기대했지만, 창문을 열자 뜨거운 바람이 불어 들었다. 하라 씨 일가족 살해사건 현장까지 40분은 걸린다. 세이다는 이마에 맺힌 땀을 손수건으로 닦았다.

"역시 산속이라도 덥네. 에어컨 틀 테니까 창문 닫아."

같은 기분이었는지 운전대를 잡은 마카베 반장이 세이다를 힐끗 곁눈질하며 말했다. 공무를 볼 때는 상관인 마카베가 늘 운전을 자청했다. 세이다에게는 절대로 운전대를 맡기지 않았다. 마카베는 말버릇처럼 "세이다 경사의 내면에는 위험

한 뭔가가 도사리고 있으니까 운전을 맡기기는 좀⋯⋯" 하고
말했다.

자신을 위험인물로 여기다니 천만뜻밖이었지만, 마카베 반
장에게는 독특한 지론이 있었다.

"경찰은 정의만 부르짖는 사람들의 모임이어서는 안 돼. 세
이다 경사처럼 악을 이해하는 사람도 있어야 수사할 때 감이
라는 게 발휘되지. 다만, 그런 사람은 위험해서 나 같은 감시
자가 필요해."

이 말은 입에서 나오는 대로 늘어놓은 게 아닌 본심인 듯했
다. 다른 반장이라면 세이다의 뜬금없는 의견을 들은 척도 않
겠지만 마카베는 진지하게 들어주었다. 지금 향하고 있는 살
해사건 현장도 그랬다. 세이다는 이 사건이 후나코시 씨 일가
족 살해사건을 모방한 것은 아닐까 추측했다.

"에이, 그건 아니지."

부하의 의견에 귀 기울여 주는 마카베도 처음에는 부정했
다. 하라 코이치와 부인 료코, 아들 히데유키 그리고 딸 사츠
키는 요코하마시 호도가야구에 사는 4인 가족이다. 일가족은
야마나시현과 카나가와현의 경계에 있는 별장에서 황금연휴
를 보낼 계획이었다. 하지만 연휴가 끝났는데도 회사와 학교
에 나오지 않아 실종됐음을 알았다. 교통사고일 가능성을 고
려해 산길도 수색했지만 실마리는 찾을 수 없었다.

그런데 사흘 전, 산골짜기를 돌아다니며 산나물을 캐던 민박집 주인이 도로에서 수십 미터 아래의 비탈에 떨어져 있는 스테이션왜건을 발견했다. 경찰관이 조심조심 비탈을 내려가 차 안을 들여다보자 부패한 시신 네 구가 있었다. 차 안은 피투성이였고, 시신마다 찔린 자국이 아주 많았다. 차를 나뭇가지와 나뭇잎으로 교묘하게 엄폐해 수색할 당시에는 발견하지 못한 모양이었다. 기동수사대가 출동해 얼굴을 조회한 결과, 하라 씨 일가족이 틀림없다고 했다.

"하라 씨 일가족도 네 명이기는 하지만, 차 안에서 찔려 죽었어. 후나코시 씨 일가족이 살해된 상황과는 완전히 다르잖아."

"차 안에서도 단란한 일가족이었겠죠."

따지는 기색 없이 덤덤하게 말하자, 마카베는 투덜거리면서도 후나키 계장 자리로 가서 담판을 지었다.

"하지만……."

마카베 반장이 긴 한숨을 쉬었다.

"이번 사건은 2계의 고다 계장님 담당이야. 계장님은 내 스승 같은 분인데."

"그러니까 부탁 좀 해봐요. 잠깐이면 됩니다."

20분쯤 달리다 대형 크레인차와 마주쳤다. 산길에서는 보기 드문 차량이다. 하라 씨 일가족의 차량을 끌어 올리기 위해 현경에서 임대한 차량이리라. 출입 통제선과 로드콘, 도로가 봉쇄된 지점이 보였다. 교통을 정리하고 우회로를 알려주기 위해서인지 경찰관 다섯 명이 서 있었다.

어느덧 주변이 어두침침해졌다. 마카베 반장이 경찰수첩을 제시하자 경찰관 한 명이 "고생 많으십니다" 하고 경례한 뒤 로드콘을 치웠다.

현장에는 경찰차 네 대와 위장 경찰차 세 대, 감식반 차량과 경찰관 운송용 버스가 주차되어 있었다. 방해해서는 안 된다고 생각했는지, 마카베는 꽤 멀찍한 곳에 차를 세웠다. 현장으로 걸어가는 도중에 안면 있는 감식관 몇 명과 마주쳤다.

"다 끝났습니까?"

마카베가 감식반 반장을 불러세웠다.

"대충은……. 아아, 이제 볼 수 있어."

감식 작업이 끝나고 형사들이 시신 확인을 위해 현장으로 들어간 듯했다. 또 다른 출입 통제선 앞에 2계 계장 고다가 서 있었다. 툭 튀어나온 광대뼈와 각진 얼굴, 가느다란 눈썹 그리고 얇은 입술. 박력 있게 생긴 얼굴에는 불만이 가득했다.

"후나키 계장이 전화했길래 일단 알았다고 했지만, 3계 형사가 왜 시신을 보고 싶은 건데?"

마카베는 저자세로 공손하게 설명했다. 2계 계장은 수긍한 눈치가 아니었지만, 오래 알고 지낸 마카베를 봐서 마지못해 허락해주었다. 두 사람은 차로 다가갔다. 2계 형사들이 세이다와 마카베를 수상쩍게 바라보았다. 가끔 합동으로 수사한다고는 하지만, 영역 의식은 지울 수 없기 때문이다.

벼랑에서 끌어 올린 차는 파손이 심했다. 굵은 나뭇가지나 바위에 부딪혔는지 앞 유리와 옆 유리는 박살 나 있었다. 차는 원래 흰색이었던 듯하지만, 진흙과 나뭇잎 때문에 무슨 색인지도 모를 지경이었다. 두 사람은 차 안을 들여다보는 형사들 뒤쪽에 섰다. 형사들을 유도하는 사람이 친분 있는 감식관이었으므로 세이다는 물어보았다.

"칼에 찔려 죽은 거죠?"

"뭐, 날붙이를 사용한 살인이지."

잠시 후, 드디어 두 사람 차례가 돌아왔다. 두 손을 모으고 나서 안을 들여다보았다.

"끔찍하군."

마카베가 중얼거리듯이 말했다. 좁은 공간에서 참변을 당한 탓인지 후나코시 씨 일가족의 시신보다 피범벅 정도가 심했다. 공통점은 끈으로 몸을 좌석에 동여맸다는 점이었다. 하지만 죄다 부패가 진행돼서 사망한 후에 웃는 얼굴까지 만들어두었는지는 알 수 없었다.

"……행복한 가족이었겠죠."

"그럴지도 모르지만, 후나코시 씨 일가족이 살해당한 상황과는 전혀 다르잖아."

어느 틈에 다가왔는지 2계 계장이 뒤에서 나무라듯 세이다에게 말했다.

"제 눈에는 똑같아 보입니다만."

"저도 모방범일 가능성을 검토해야 한다고 생각합니다."

마카베도 세이다와 같은 의견이었다. 세이다는 화난 기색의 2계 계장을 무시하고 자세를 낮추어 차 천장을 올려다보았다. 운전석 바로 위쪽의 천이 살짝 찢어져 있었다.

"뭐지?"

마카베도 그걸 발견했는지 의문을 던졌다. 세이다는 가까이 있는 감식관을 불렀다. 현장에서 자주 마주치는 통통한 남자인데 이름은 잊어버렸다.

"여기 천장이 찢어진 부분, 조사했습니까?"

"네? 아직 안 했을걸요."

감식관은 고개를 저었다.

"그러고 보니 부자연스럽게 느껴지는군."

마카베가 지원 사격을 해주었다. 세이다는 장갑을 끼면서 물었다.

"천 속에 손을 넣어도 될까요?"

"어, 그게……."

감식관은 뒤를 돌아보고 카메라를 든 부하를 불렀다.

"여기 와서 사진 좀 찍어."

부하가 다가와서 재빨리 문제시되는 부분을 촬영했다.

"실례하겠습니다."

다치지 않도록 신중하게 깨진 유리 틈새로 손을 넣었다. 천장으로 팔을 뻗어 일단 손가락을 찢어진 천 사이에 넣었다.

"아, 뭔가 있는데."

감식관이 천 사이로 들어간 손의 모습을 카메라로 촬영했다. 2계 계장과 그 자리에 있던 형사들이 세이다의 움직임을 주시했다. 천장 틈새로 뭔가가 나타났다. 녹슨 금속 손잡이였다. 끄집어내자 끈적끈적한 피가 묻은 회칼이었다.

"일가족을 살해한 흉기인가?"

2계 계장이 흥분한 기색으로 몸을 내밀었다.

"공을 세웠군, 세이다 경사. 감이 대단해."

마카베가 유쾌한 어조로 말했다.

하지만 차로 돌아오자마자 마카베는 불쾌한 표정을 드러냈다.

"세이다 경사, 어떻게 된 거야?"

안전벨트를 매려는 세이다에게 마카베가 소리쳤다.

"아무리 그래도 그렇지, 자동차 천장에 회칼을 숨겨놨다는 걸 감만으로 어떻게 알아? 뭔가 숨기고 있는 거지?"

예상했던 반응이었다.

"하지만 감은 감이죠."

세이다는 부드럽게 웃으며 백팩에 손을 넣었다.

"이 책 제목……, 《산쥬시さんじゅうし》라고 하는데요."

"《산쥬시》?"

마카베가 세이다를 보았다.

"프랑스의 알렉상드르 뒤마였나? 그 작가의 유명한 모험소설 《삼총사》를 말하는 거야?"

"아아, 지금 말한 책은 제목을 숫자로 삼십사라고 쓰거든요. 《34》."

"말장난'이었어?"

세이다는 책을 꺼내서 마카베에게 내밀었다. 마카베는 표지를 보고 의외라는 표정을 지었다.

"만화?"

"네. 형사, 역사민속학자, 영 능력자로 이루어진 주인공 세 명이 대거라는 인간 같지 않은 살인귀를 붙잡기 위해 힘을 합한다는 스토리죠. 셋 다 나이는 서른네 살이고, 고등학교 동창생이에요."

"역시 말장난이었네……. 뭐, 그건 됐고. 감이라는 건?"

---

* 일본어로 '34'는 '삼총사'와 똑같이 '산쥬시'로 발음할 수 있다.

세이다는 실내등을 켰다. 그리고 포스트잇을 붙여둔 곳을 따라 책을 펼쳤다. 뛰어난 극화체, 약간 탐미적인 화풍이라고도 할 수 있겠다.

"어…….."

펼쳐진 페이지를 보고 마카베는 말을 잇지 못했다. 계곡의 산길과 잡목림의 비탈에서 크게 파손된 자가용을 크레인으로 끌어 올리는 장면과 그 광경을 올려다보는 수많은 경찰관. 산길에 내려진 자동차를 감식관과 형사가 들여다본다. 차 안에는 무참하게 살해당한 4인 가족의 시신이 그려져 있다.

"잠깐, 줘봐."

"그럼 여기부터 보세요."

세이다는 페이지를 앞으로 조금 넘겼다.

"대거가 표적으로 삼은 일가족을 죽이는 장면부터……."

마카베는 빼앗다시피 책을 낚아채 내용을 확인했다.

산길을 달리는 차 한 대.

차 안에서 즐겁게 웃고 있는 4인 가족의 모습.

길에 서 있는 몸집이 작은 남자의 뒷모습.

급브레이크를 밟는 아버지.

서 있는 남자는 대거, 매력적인 웃음을 짓는 그.

차가 산길을 달린다.

아버지   "이런 산길에서 차가 고장 나다니, 난감했겠네요."

대거   "덕분에 살았습니다."

대거, 옆을 보고 뒷좌석에 함께 앉게 된 고등학생쯤 되어 보이는 오빠와 중학생쯤 되는 여동생에게 말한다.

대거   "나 때문에 비좁아졌네, 미안해."

조수석에 앉은 아이들의 어머니가 말을 걸어온다.

어머니   "어디 가는 중이셨어요?"

대거   "이 근처 민박집에요."

여동생   "어, 우리랑 똑같네."

아버지   "그럼 가족이 한 명 더 늘어난 셈 치고……, 바래다 드릴게요."

대거   "4인 가족이 아닌 5인 가족이라!"

그다음에 나오는 적나라한 살해 장면을 마카베는 넌더리 난다는 표정으로 건너뛰었다.

벼랑 아래. 그리고 떨어진 자동차.

차 안을 들여다보는 주인공 형사와 다른 형사A 그리고 감식관 네 명.

차 안. 백골 시체가 네 구.

토쿠라 "천장이 찢어진 게 마음에 걸리는데."

형사A "저기에 손을 넣어봐도 될까?"

감식관B "그러시죠."

형사A "허가받았다, 토쿠라."

토쿠라 "그럼."

토쿠라가 장갑을 낀 후 손을 찢어진 틈새로 넣는다.

긴장된 표정으로 지켜보는 형사A와 감식관 네 명.

"이 녀석이 주인공?"

마카베가 고개를 들었다.

"이름을 뭐라고 읽는 거지?"

"주인공 세 명 중 한 명……, 이름은 '토쿠라'."

마카베는 말없이 고개를 끄덕이고 책으로 눈을 돌렸다.

형사A와 감식관 네 명이 가만히 바라본다.

형사A　　"！"

감식관B　"뭡니까, 뭔가가 있나요?!"

토쿠라의 손에 쥐어진 회칼.

감식관B　"피 묻은 회칼……, 흉기일까요?"

"뭐야 이거……."

마카베의 얼굴이 창백해졌다.

"이 만화를 봤기 때문에 이번 사건에 깜짝 놀란 거예요. 그리고 혹시나 싶어서 차 천장을 살펴봤더니……."

"만화와 똑같이 찢어진 부분이 있어서 손을 넣어보고 싶어졌다……?"

이해가 됐는지 마카베는 고개를 끄덕였다.

"그게 세이다 경사의 감이라는 건가."

감식반 반장이 두 사람이 탄 위장 경찰차 앞에 서서 뭐라고 지시했다. 아무래도 시신을 실은 차가 나가야 하니까 빨리 차를 빼라는 듯했다. 차를 출발시킨 마카베가 내리막길의 커브에서 운전대를 꺾으며 물었다.

"그 만화, 언제 나온 거야?"

"2권은 지난달이요. 원래 〈라이징 선〉이라는 주간 만화잡지에 연재한 분량을 묶은 거예요."

"즉, 좀 더 빨리 접할 수 있었다는 건가."

"네. 잡지에는 2월에 실렸던 내용이라."

"잡지를 본 건지 책을 본 건지는 모르겠지만, 이 만화에 자극받은 등신이 범죄를 모방했다는 뜻?"

"그렇게 생각하는 게 보통이겠지만……, 그렇게 단순한 일이 아니에요."

"응?"

마카베가 고개를 돌려 세이다를 보았다.

"제1화 첫머리에서 악역인 대거가 일가족 네 명을 살해하는데, 세세한 점까지 후나코시 씨 일가족 살해사건과 똑같거든요. 마치 보고 온 것처럼……."

"만화가의 상상력이 만들어낸 우연?"

"그 이상이죠."

"그게 무슨 소리야?"

세이다는 1권의 마지막 페이지를 펼쳤다.

"상상력만으로 이렇게 똑같이 표현할 수 있느냐는 의문과 함께, 대체 작가가 누구냐는 궁금증이 샘솟더라고요."

"누군데? 들어도 모르겠지만."

"야마시로 케이고."

"야마시로 케이고?"

들어본 기억이 나는지 마카베가 입을 벌렸다.

"후나코시 씨 일가족 살해사건 현장에 있었던 사람……, 사건의 신고자."

두 사람은 상당히 늦게야 요코하마시에 도착했다. 시간상 바로 퇴근해도 됐지만, 나카구 카이간길에 있는 현경 본부로 돌아가기로 했다. 전철도 끊긴 이 시간, 역시 수사 1과에도 사람이 그렇게 많지는 않았다. 이번 사건을 어떻게 해석하고 무엇을 해야 할지 몰래 상의하기에 딱 알맞은 시간이었다.

일단 마카베가 문제의 만화책 두 권을 보고 싶다고 청했다. 마카베는 자기 자리에 앉아 《34》를 펼쳤다. 이미 몇 번이나 본 세이다는 이 작품의 내용을 완벽하게 기억하고 있었다.

만화는 어둠 속에서 대거로 추정되는 인물이 칼을 들고 살인 현장을 둘러보는 장면으로 시작된다. 피해자들의 얼굴, 찔린 자국, 대량의 피, 식탁에 차려진 음식, 접시 무늬부터 스피커까지, 깜짝 놀랄 만큼 후나코시 씨 일가족 살해사건 현장과 꼭 닮은 컷이 이어진다.

동시에 진행되는 형태로 고등학교 동창회 장면이 그려진다. 여기서 재회하는 미우라 히후미, 토쿠라 타케루, 시구마 사토루. 서른네 살인 이 세 사람은 이 작품의 주인공이다.

미우라는 여태 자아 찾기를 하고 있는 아르바이트생이지

만 실은 영 능력자. 토쿠라는 경시청 수사 1과 소속의 능력 있는 형사. 시구마는 대학교에서 교편을 잡고 있는 역사민속학자다.

세 사람이 하잘것없는 잡담을 나누던 중, 호기심 강한 시구마가 토쿠라에게 캐묻는다.

> 시구마 　"토쿠라 너, 요즘 전국을 들었다 놨다 하는 일가족 연쇄 살해사건의 특별 수사본부에 있지?"
>
> 토쿠라 　"야야, 난 형사야. 네 그렇습니다, 하고 대답할 수 있겠냐."
>
> 시구마 　"뭘 숨기고 그러냐! 너희 상관이 나한테 조언을 부탁했으니 내가 외부자도 아닌걸."
>
> 토쿠라 　"역사민속학자인 너한테 왜 조언을?"

두 사람 사이에 선 미우라, 무표정하게 이야기를 듣고 있다.

> 시구마 　"100년 전에도 비슷한 사건이 있었거든……, 교토에서."
>
> 토쿠라 　"엇, 다이쇼˙시대 이야기? 왜 그런 옛날 일을?"

•　　1912~1926년까지 사용된 일본의 연호.

시구마 "그거랑 똑같은 사건이 다이쇼시대로부터 100년
전……, 즉 에도시대•에 나가사키에서도 벌어졌다면
어떻게 할래?"

토쿠라 "뭐야, 그게?"

시구마 "너희 상관은 역사 속에서 되풀이되는 4인 가족 살
해사건을 어떤 사회에서, 어떤 인간이, 어떤 심경으
로 저질렀는지 궁금해했어."

쨍그랑! 바닥에 떨어져서 깨지는 미우라의 글라스.

와인이 사방으로 튄다.

깜짝 놀라서 미우라를 쳐다보는 토쿠라와 시구마.

토쿠라 "왜 그래, 미우라?!"

시구마 "야, 괜찮아?!"

눈을 꼭 감은 미우라는 선 채로 실신한 듯한 상태다.

그러다 눈을 번쩍 뜨는 미우라.

시구마 "정신이 들어?"

•　1603~1867년까지 도쿠가와 막부가 일본을 통치했던 시대.

토쿠라가 휴대전화를 꺼내며 말한다.

토쿠라　　"구급차 부를까?"

미우라　　"그건 예술이야……. 법인은 시체를 사용해 작품을
　　　　　　창조하고 있어!"

영문을 몰라 어리둥절한 표정인 토쿠라와 시구마.

그때 갑자기 토쿠라가 들고 있던 휴대전화가 울린다.

휴대전화를 귀에 대고 "네, 토쿠라입니다" 하고 대답한다.

토쿠라　　"!"

시구마　　"뭐야, 사건이야?"

토쿠라, 떨떠름한 표정으로 대답한다.

토쿠라　　"아……, 응. 그럼 다음에 또 보자."

시구마　　"수사 1과 형사님은 참 바쁘네."

미우라　　"그 자식이 또 저질렀지? 이번에는 네리마구인가?"

토쿠라　　"야……. 내가 방금 들은 정보를 네가 어떻게 아는
　　　　　　거야!"

미우라, 고개를 숙인 채 대답한다.

미우라　　"난……, 보이거든."

"골 때리는군. 이렇게 실감 나는 예언서 같은 만화였다니."

마카베가 중얼거리는 소리를 듣고 세이다는 정신을 차렸다.

"그런데 세이다 경사, 이걸 어떻게 해석할 거야?"

"어떻게라니……."

자신의 의견을 말해본들 동의해줄 것 같지 않아서 세이다는 말을 얼버무렸다.

"이 만화, 잘 팔리나?"

"잘 팔리죠."

1권의 마지막 페이지를 펼쳤다.

"봐요, 판권장에."

"판권장?"

"책 마지막 페이지에 작가 이름이니, 발행인 이름이니, 출판사 이름이 실려 있잖아요. 그거."

세이다는 설명하면서 판권장을 가리켰다.

"여기 있어요. 제1쇄 2021년 2월 10일……, 그 밑에 제4쇄 2021년 4월 10일."

"이렇게 어둡고 잔인한 만화가 잘 팔린다는 거야?"

"2월에 나온 책을 두 달 만에 세 번 증쇄했다는 뜻이니까요."

다음으로 2권의 판권장도 펼쳤다.

"이쪽은 지난달에 나왔고 이번 달에 2쇄를 찍었어요."

"그 시원찮아 보이던 녀석이……."

"꿈을 이룬 셈이지만, 그 사람이 어떻게 이런 내용을 그리게 됐을까 의문도 드네요."

세이다는 저절로 고개가 갸웃거려졌다.

"사람이 확 변하지 않고서야."

"아무튼 모방범은 《34》의 애독자라는 건가? 아니면 혹시 사람이 확 변한 야마시로 케이고 본인?"

"가능성이 하나 더 있죠."

세이다는 자신의 의견을 밝히기로 마음먹었다.

"뭔데?"

"후나코시 씨 일가족 네 명과 하라 씨 일가족 네 명을 살해한 건 동일 인물이다……. 다시 말해 헨미 아츠시는 누명을 썼다."

마카베는 앉은 상태로 허리를 쭉 폈다.

"하지만 헨미는 자백했는걸. 너도 들었잖아?"

감정이 격해진 것이리라. 마카베가 세이다를 '너'라고 부른 건 처음이었다.

"범행 동기도 기억이 안 나, 자세한 살해 방법도 기억에 없어, 엽기적인 의식을 치른 이유도 설명을 못 해……. 반장님도 반신반의했잖아요?"

하지만 못 미더워도 어쩔 수 없었다. 헨미를 검찰에 송치한 건 상부의 판단이니 말단 형사는 이의를 제기할 수 있는 입장이 아니다.

"만약 헨미가 무고하다면……."

마카베가 날카로운 눈빛을 던졌다.

"우리는 또 여론의 뭇매를 맞을 거야. 생각만 해도 오싹하군."

세이다도 말없이 동의했다.

"그나저나 세이다 경사는 어떻게 하고 싶은데?"

이번 사건은 어디까지나 2계 담당이다. 세이다와 마카베가 소속된 3계는 지원이라 할지라도 명령받지 않는 한 제삼자다. 《34》에 관해 보고하면 고마워는 하겠지만, 수사 대상이 만화 모방범으로 확대될 뿐 후나코시 씨 일가족 살해사건을 재수사하는 방향으로 나아가지는 않으리라.

"……야마시로 케이고를 조사해보고 싶은데요."

마카베는 깍지 낀 두 손을 뒤통수에 가져다 댔다.

"비번 때 뭘 하든 그건 자유지. 만약 위에 걸리면 내가 적당히 둘러댈게. 후나코시 씨 일가족 살해사건에 의문이 좀 있었다는 식으로."

13

발명이 아니면 뭐겠어요

혼조 하야토의 스튜디오는 야마시타 공원 근처 고층 맨션의 꼭대기 층에 있었다. 현재도 연재 중인 대표작 《오컬트 하우저》는 세이다는 물론, 만화를 좋아하는 사람이라면 모르는 이가 없었다. 이런 유의 장르에서는 이례적으로 큰 인기를 누리고 있기 때문이다.

주인공은 집에 썬 영혼과 대화할 수 있는 초능력자. 흔한 설정이지만 괴기스러운 에피소드 외에도 무심코 눈물을 찔끔 흘릴 만큼 유령과 인간의 해후나 이별을 중후하게 그려낸 회차도 많아서 이색 호러 만화로서 독자의 마음을 사로잡은 모양이었다.

철저한 계산 아래 표현된 절제된 작풍에서 세이다는 혼조라는 만화가를 날씬하고 키가 큰 미남이 아닐까 상상했지만, 만나보니 풍채가 정반대였다. 통통하고 작은 몸집에 안경을 낀 빡빡머리. 사전 정보가 없다면 나이와 직업이 불분명한 거동 수상자로 여길 만한 인상이었다.

전망 좋은 넓은 스튜디오였다. 수많은 만화책과 자료집이 꽂힌 커다란 서가. 작업 책상은 총 일곱 개. 하지만 오늘 책상에 앉아 있는 사람은 혼조뿐이었다.

"오늘은 콘티를 짜는 날이라 저 혼자입니다."

갑작스러운 방문을 사과하자 혼조는 싹싹하게 대답했다.

"콘티가 뭡니까?"

"아아, 스토리보드랄까 러프스케치랄까……. 뭐, 만화의 설계도 같은 거예요."

혼조가 대학 노트를 펼쳤다. 그 안에는 연필로 그어서 만든 칸에 대충 묘사한 인물과 배경이 그려져 있었다. 말풍선의 대사만큼은 제대로 적혀 있다.

세이다는 본론으로 들어갔다.

"실은 제자이신 야마시로 씨가 휘말린 사건과 관련해 자세하게는 말씀 못 드리지만……, 추가로 여쭤볼 게 있어서요."

너무 파고들지 말기를 바라면서 궁색한 핑계를 댔다.

"야마 짱, 아니지, 야마시로 군에 관해서요? 네, 물어보시죠."

혼조는 딱히 의문을 품지 않은 듯했다.

"야마시로 씨는 이제 여기에……?"

"사건이 발생하고 한 달 후니까, 작년 12월인가? 연재가 결정됐다면서 갑자기 그만뒀어요. 우리 치프보다 그림을 잘 그려서 많이 의지했는데 느닷없이 그만둬서 난감했죠."

혼조는 자조하듯 웃었다.

"아아, 그때《34》의 연재가 결정된 거로군요."

"그렇겠죠……."

묘하게 모호한 말투였다.

"그나저나 깜짝 놀랐습니다. 분명 처음에는 〈라이징 선〉 중간호였어요. 그게 인기를 끌었는지 연말에 갑자기 본지에 새로 연재되더라고요. 스타가 되는 탄탄대로에 올라탄 거죠."

"야마시로 씨는 어떤 분이었습니까?"

"아……."

어째선지 혼조는 천장을 올려다보았다.

"얌전하고 뭐랄까……, 참 착한 녀석이었어요. 그래서《34》같은 만화를 그린 게 의외였죠."

"의외라니요?"

"제가 사람 보는 눈이 없어서 그런지, 야마시로 군은 만화가가 못 될 거라고 생각했어요. 그렇게 좋은 사람은 뭐랄까,

캐릭터가 없달까 약하거든요. 아무리 그림을 잘 그려도 실력만으로는 힘들어요."

"그럼 《34》의 대거는 어떻게 된 걸까요?"

"제 말이 그겁니다."

혼조의 목소리가 커졌다.

"그런 실감 나고 귀기 넘치는 캐릭터를 발명하다니, 정말깜짝 놀랐습니다."

"그런 것도 발명이라고 하는군요."

"그 캐릭이 발명이 아니면 뭐겠어요?"

혼조의 목소리가 점점 높아졌다.

"인터넷에 '설마 그 작가, 정말 사람을 죽여본 거 아니냐'라는 글이 올라오기도 하지만, 야마 짱을 아는 저로서는 절대로그건 아니라고 생각해요. 그런 캐릭터가 아니거든요."

"그런 캐릭터가 아니라는 거군요."

세이다는 확인하듯 혼조의 말을 되뇌었다.

비밀리랄까, 개인적으로 야마시로 케이고의 수사에 나섰으므로 경찰이 소유한 정보로 그의 주거지를 알아내기는 망설여졌다. 그래서 세이다는 〈라이징 선〉 편집부에 연락해 신분을 밝히고 당당하게 주소를 물었다. 야마시로의 담당 편집자오무라는 거절은 하지 않았지만, 만날 거면 자신도 동석시켜

달라는 조건을 내걸었다.

그 조건을 받아들였으므로 세이다는 오무라와 함께 요코스가선을 타고 이동하는 중이었다. 도쿄 진보초에 있는 〈라이징 선〉의 발행처 히노마루쇼보 본사에서 만나 함께 요코하마로 돌아오는 길이었다. 오늘은 마감이 끝난 직후라, 야마시로는 단행본 원고를 수정하는 일을 할 거라서 비교적 시간 여유가 있다고 말했다.

"《34》는 잘나가는군요."

전철 천장에 매달린 광고를 보고 세이다가 말했다. 탑승한 차량에 마침 주간 〈라이징 선〉의 광고가 있었다.

'매주 목요일 발매! 권두 컬러―

야마시로 케이고의 《34》!

형사, 역사민속학자, 영 능력자인 서른네 살의 동갑내기 히어로 세 명이 불사신 살인귀 대거와 맞서 싸우는 전율 가득한 사이코 서스펜스!

단행본 누계 120만 부 돌파!'

"아직 2권밖에 안 나왔잖아요. 그런데 120만 부를 넘겼습니까?"

"저희로서는 오랜만에 맛보는 대박입니다."

오무라는 쓴웃음을 지었다.

"하지만 저랑 야마시로 씨 말고는 아무도 잘될 거라고 생각하지 않았죠."

"히트를 친 요인은 뭘까요?"

"캐릭터 아니겠습니까."

"역시 캐릭터인가요?"

혼조 하야토의 말이 머릿속에 떠올랐다.

"현실감 있는 캐릭터랄까……."

오무라는 고개를 갸웃했다.

"그런 호러나 서스펜스 같은 장르가 잘되기 힘든 건, 등장인물에서 현실감이 느껴지는 작품이 별로 없기 때문일 겁니다."

"왜 별로 없죠?"

"작가는 실제로 사람을 죽여본 적이 없고, 살인사건을 목격한 적조차 없잖습니까. 그게 독자에게 전해진다고 할까……. 등장인물의 캐릭이 어쩐지 허무맹랑하게 느껴지죠."

오무라는 말이 많았다.

"뭐, 야마시로 씨는 정말로 살인 현장을 목격한 경험을 만화로 살릴 수 있었으니, 그 점이 다르다고 생각합니다."

"야마시로 선생님이 그 경험 때문에 변했다고 생각하십니까?"

"그건 틀림없습니다."

오무라는 힘 있게 고개를 끄덕였다.

"야마시로 씨가 저희 회사의 신인상을 수상한 후로 쭉 제가 담당을 맡아왔어요. 그림 실력은 좋았죠. 하지만……."

"수상 후에 작품은 나오지 않았다?"

"도중에 안 되겠구나 싶었거든요."

"캐릭터의 문제로요?"

"오, 형사님, 예리하시네!"

오무라는 서글서글한 웃음을 지었다.

"캐릭이 천편일률적이라고 할까, 없다고 할까. 캐릭을 그려내지 못하는 신인은 절대로 성장할 수 없거든요. 야마시로 씨가 그림은 잘 그리니까 스토리 작가라도 붙여줄까 싶었지만, 애초에 캐릭을 그려내지 못하면 스토리 작가를 붙여도 소용없으니까요."

"그럼 《34》라는 작품은 어떻게 연재로 이어진 겁니까?"

"뭐, 솔직히 말하자면 야마시로 씨를 쳐냈어요. 다른 출판사에 가보라는 식으로요."

성격은 밝은 듯하지만 아무렇지도 않게 무신경한 소리를 하는 남자다. 어쩌면 만화 편집자는 다들 어느 정도 냉담한 편인지도 모르겠다.

"그런데 12월이었나? 갑자기 전화가 와서 신작을 그렸으니 봐달라는 거예요. 어차피 별로일 텐데 어떻게 거절할까 고민했죠. 하지만 저도 사람이 좋은 건지……, 결국엔 일부러 올 것 없이 우편으로 보내라고 했어요."

자기 이야기에 스스로 열 올리는 성격인 듯했다. 오무라는 열띤 어조로 말을 늘어놓았다.

"얼마 후 두툼한 봉투가 도착했죠. 어차피 재미없을 테고, 바쁘기도 바빠서 짜증 나더라고요. 그래서 후딱 보고 잡지에는 못 싣겠다고 연락할 마음으로 원고를 펼쳤죠."

오무라는 결말을 말하기 전에 일단 말을 끊었다.

"그런데 어찌나 재미있는지……! 와, 야마시로 씨가 이런 만화를? 그런 기분이었다니까요."

"예전의 야마시로 선생님에게는 기대할 수 없을 만한 작품이었던 거군요."

"저희 업계에서는 느닷없이 각성했다고 말하기도 하는데요. 이만큼 오래 편집자 생활을 해오면서도 각성한 작가는 처음 봤습니다."

"그래서 즉시 연재에 들어간 건가요?"

"일단 증간호에 특별 단편으로 실어봤는데, 평판이 정말 좋아서 본지에 연재하라고 편집장님이……."

"그 후로 대박 행진이었던 거군요."

"저기, 형사님."

오무라가 갑자기 가라앉은 투로 말했다.

"이렇게까지 이것저것 이야기해드렸으니, 무슨 용건으로 야마시로 씨를 만나고 싶은 건지 말씀 좀 해주시죠."

"야마시로 선생님은 좋은 사람입니까?"

세이다는 질문에 대답하지 않고 궁금했던 점을 물었다.

"전에는요……. 배려심이 아주 많은, 정말 좋은 사람이었습니다."

"지금은 아니고요?"

"마감에 늦는 것도 아니고, 편집부에 이상한 요구를 하지도 않으니 좋은 사람은 좋은 사람이죠. 다만……."

오무라는 고개를 오른쪽으로 비스듬히 기울였다.

"예전 같지는 않아요. 뭔가 이상하게 자기 관리에 엄격해졌다고 할까……. 만화에 씐 것 같은 느낌입니다."

"만화에 씌었다고요……."

전철이 요코하마역에 도착했다. 야마시로의 집은 네 정거장 다음인 오후나역 인근의 니시토츠카에 있었다.

"야마시로 씨가 무슨 일을 저질렀나요?"

오무라가 질문을 바꿔서 물고 늘어졌다.

"아니요, 그런 건 아닙니다. 그 사건과 관련해 추가로 여쭤볼 게 있어서요."

"어, 그 사건! 아직 수사 중입니까?"

"뭐, 그런 셈이죠."

얼버무리는 데 성공한 듯했다. 내릴 역에 도착할 때까지 오무라는 더 이상 아무 질문도 하지 않았다.

니시토츠카는 신흥 부유층의 보금자리로 일컬어지는 요코하마에서도 인기 있는 구역이지만, 고층 맨션이 즐비하게 늘어선 광경이 세이다에게는 너무 인공적으로 느껴졌다.

야마시로의 집 겸 작업실은 역 바로 앞, 한층 눈길을 끄는 고층 맨션에 있었다. 맨션의 경비가 아주 엄중해서 세이다는 놀랐다. 야마시로가 사는 층에 가려면 로비에서 한 번, 엘리베이터에서 또 한 번 인터폰을 눌러야 했다. 오무라 말로는 맨션 거주자라도 자신이 거주하는 층 말고는 갈 수 없는 시스템이라고 했다.

"야마시로 선생님은 결혼하셨습니까?"

세이다는 엘리베이터를 타고 올라가면서 물었다.

"아니요, 독신입니다."

어쩐지 그럴 것 같다는 생각이 들었다.

엘리베이터에서 내린 후, 긴 복도를 지나 야마시로의 집에 도착했다. 로비에서부터 몇 분이나 걸린 걸까. 오무라가 문 옆에 자리한 인터폰을 눌렀다. 벌써 세 번째, 자신의 이름을 세 번씩이나 대야 하는 건가 싶어 세이다는 넌더리가 났다.

"네."

목소리가 들리고 족히 1분 후에야 문이 열렸다. 음울한 인상의 어시스턴트인 듯한 젊은 남자가 현관에 서 있었다.

"아아, 고생 많으십니다."

오무라가 기운찬 목소리로 인사하고 안으로 들어갔다. 남자는 무표정하게 두 사람을 맞이했다. 그제야 세이다는 그가 야마시로 케이고 본인임을 깨달았다.

형사라는 직업상, 사람 얼굴을 잊어버리지 않도록 훈련한다. 하물며 발생한 지 1년도 안 된 사건의 관계자를 못 알아볼 리 없다. 그만큼 야마시로의 인상은 변했다. 그 섬세하고 여리고 차분하지 못한 눈빛의 사람 좋아 보이던 청년은 어디에도 없었다. 현관에 서 있는 그는 오무라의 말처럼 뭔가 한 가지 일에 씐, 귀기 넘치는 인상의 남자가 되어 있었다.

"바쁘실 텐데 죄송합니다."

세이다는 내심 동요를 감추고 가볍게 고개를 숙였다.

"아니요."

야마시로는 완벽히 무표정한 얼굴로 고개를 끄덕했다.

"그럼 잠깐 실례하겠습니다."

오무라는 많이 와봐서 익숙한 듯 신발을 벗고 멋대로 슬리퍼를 신었다. 들어오라는 말도 없이 야마시로는 복도를 나아가 끝에 있는 문을 열고 모습을 감추었다.

"자, 형사님도요."

오무라가 내민 슬리퍼를 받아 들고 세이다도 신발을 벗었다. 야마시로가 들어간 방은 널찍한 거실이었다. 고층 맨션 상층부답게 문 반대편에는 천장부터 바닥까지 이어지는 커다란 창문이 있었다. 맑은 날엔 후지산이 보일 듯했다. 한복판에는 호화로운 응접용 소파, 한쪽 벽에는 60인치가 넘을 듯한 대형 4K 텔레비전, 반대쪽 벽에는 천장까지 닿는 붙박이 책장. 생활감이라고는 전혀 없는 모델하우스 같았다.

"아, 이쪽입니다."

오무라가 문 옆의 하얀 나선계단을 가리켰다. 복층 구조 맨션으로 계단을 오르자 야마시로의 작업실이 나왔다. 안쪽에는 커다란 책상이 있었고, 큼지막한 작업용 컴퓨터 앞에 앉아 야마시로는 묵묵히 일을 하고 있었다. 손님은 안중에도 없는 듯했다.

뒤쪽 벽에는 《34》의 주인공 및 등장인물의 그림과 창작 메모 등이 덕지덕지 붙어 있었다. 양쪽 벽 앞의 책장은 만화책과 자료 서적, 파일로 가득했고, 책장에 다 꽂지 못한 자료는 바닥 여기저기에 수북이 쌓여 있었다.

거실과 비교하면 여기는 생활감이 넘쳤다. 분명 야마시로는 이 방에 틀어박혀 지내는 것이리라. 그야말로 세이다가 상상했던 만화가의 작업실이었지만 어떤 위화감이 느껴졌다. 답은 바로 나왔다. 실내가 너무 밝았다.

"야마시로 씨, 형사님이세요……. 세이다 씨라고, 예전에 만난 적이 있다는데."

야마시로가 기계적으로 고개를 들어 세이다를 보았다.

"카나가와현경의 세이다 형사입니다. 저, 기억하십니까?"

세이다는 자기소개를 했다.

"네……."

목소리도 무표정하다. 세이다는 다음 말을 꺼내지 않고 야마시로를 새삼 관찰했다. 역시 예전에 만났을 때와는 사람이 싹 변한 것처럼 느껴졌다.

"혼자 그리시는군요. 왜 혼조 선생님도 그렇듯이, 프로 만화가한테는 어시스턴트가 몇 명 있는 줄 알았는데요."

"있기는 있는데요."

그 질문에는 오무라가 대답했다.

"야마시로 씨는 디지털로 작업하니까, 어시스턴트도 자기 집에서 데이터를 보냅니다."

"아아, 만화업계도 그 정도까지 발전했군요."

세이다는 감탄해서 한숨을 쉬었다.

"그럼 드라마나 만화에서 편집자가 원고를 받으러 오는 장면도 실제가 아닌 거네요?"

"이제는 원고를 전부 데이터로 넘기는 만화가가 많지만, 야마시로 씨의 작품은 종이로 출력한 게 최종본이라서 제가 매번 받으러 오죠."

"용건은?"

야마시로가 두 사람의 대화에 끼어들었다. 도저히 우호적이라고 받아들일 수 없는 분위기였다.

"실은 말이죠.《34》의 내용에 관해 여쭤보고 싶어서요."

"엥?"

예상외였으리라. 오무라가 괴상한 소리를 질렀다.

"야마시로 선생님, 뉴스는 보십니까?"

"아니요⋯⋯."

"전혀요?"

"전혀요."

야마시로는 딱 잘라 말했다.

"야마시로 씨는 바쁘니까요."

중재하려는 듯한 오무라의 목소리에 세이다는 약간 짜증이 났다. 편집자라기보다 대변인이다.

"그럼 야마나시현과 카나가와현 경계에서 발생한 4인 가족 살해사건도 모르시겠군요."

"네."

또 단언하는 듯한 말투였다.

"피해자는 하라 씨라고 하는데요⋯⋯."

"사건 자체를 모릅니다."

어쩐지 도전적인 말투로 들렸다.

"그런가요."

세이다는 머리를 긁적이며 난감한 척 연기했다. 메고 있던 백팩을 내리고 안을 뒤졌다.

"실은《34》의 2권 말인데요……."

포스트잇이 붙은 책을 꺼내 문제의 페이지를 펼쳤다.

"잠깐만 실례."

세이다는 야마시로에게 다가갔다.

책상을 사이에 두고 야마시로의 눈앞에 책을 펼친 채 내밀었다.

"《34》에도 차를 타고 산속을 지나가던 4인 가족이 대거라는 살인귀에게 살해당하는 장면이 나오죠."

"우연 아니겠습니까?"

"특히 여기 말인데요."

세이다는 두둔하고 나서는 오무라를 무시하고 페이지를 넘겼다. 주인공 형사가 피해자의 자동차 천장에서 피 묻은 회칼을 꺼내는 장면이었다.

"이 장면이 왜요?"

야마시로가 처음으로 흥미를 보였다.

"이거랑 똑같습니다."

야마시로의 눈에 놀란 빛이 서렸다.

"어, 뭐가요?"

오무라도 당황한 듯 세이다가 펼친 페이지를 들여다보았다.

"매스컴에는 공개하지 않았는데요……. 하라 씨의 차 천장에서도 피 묻은 흉기가 나왔습니다."

"회칼이요?"

오무라가 깜짝 놀라서 소리쳤다. 그리고 "진짜!" 하고 한 번 더 중얼거렸다. 예상 이상으로 중대한 문제임을 깨달은 듯했다. 하지만 야마시로는 여전히 아무 말도 없었다.

"뭔가 짚이는 구석은 없으십니까."

세이다는 느릿한 어조로 물었다.

"없습니다."

즉답이었다. 야마시로의 얼굴을 몇 초 바라보았지만, 거짓말인지 아닌지는 알 수 없었다.

"모방범이라는 말씀이신……. 100퍼센트 그렇다고 장담하실 수 있습니까?"

오무라가 따지고 들었다. 대처가 빠른 남자다. 아니면 편집자는 다 이런 걸까. 작품을 지키려고 전투 태세에 들어갔다.

"아니요, 모방범인지는 모릅니다."

세이다는 오무라를 보고 대답했다.

"다만, 너무나 공통점이 많아서 이야기를 들어보고 싶었던 거예요."

"우연일 가능성도 있다는 거군요."

이제는 완전히 세이다를 적대시하는 말투였다.

"물론 그럴 가능성도 있습니다. 다만……."

세이다는 시선을 야마시로에게 되돌렸다.

"이 작품에서 대거가 처음으로 저지른 살인사건……. 그것도 분명 후나코시 씨 일가가 모델이에요. 실제로 있었던 살인사건 말이죠."

"그야 야마시로 씨는 크리에이터니까요. 그런 경험을 하면 영향을 받는 게 당연하잖습니까. 하지만 대거의 범죄를 악으로 표현하고 정의의 사자가 그에 맞서는 이야기니까, 후나코시 씨 일가족 사건을 그저 오락거리로 삼은 건 아닙니다."

"아니요, 비난하려는 게 아니에요."

세이다는 어디까지나 야마시로에게 이야기하고 있음을 강조하기 위해 오무라를 보지 않고 대답했다.

"《34》의 애독자나 팬 중에 어쩐지 위험하게 느껴지는 사람은 없었습니까."

"그거라면 제게 물어보시죠."

오무라가 또 넉살 좋게 나섰다.

"야마시로 씨의 주소와 전화번호는 일절 공개하지 않았거든요. 팬의 엽서나 전화는 전부 편집부로 오고, 담당자인 제가 확인합니다."

"위험한 사람은 없었습니까?"

"없었습니다."

자신만만한 대답이 바로 튀어나왔다.

"야마시로 씨에게도 다시 묻겠습니다. 누군가 생각나는 사람은 없습니까?"

"없습니다."

"그렇군요."

세이다는 표정을 풀었다.

"그리고 한 가지만 더 질문드리겠습니다만……."

컴퓨터 화면으로 얼굴을 돌린 야마시로가 귀찮다는 듯이 다시 고개를 들었다. 세이다는 책의 표지를 가리켰다.

"이 주인공 악역의 대거 말인데요, 모델이 있습니까?"

동요한 기색이 야마시로의 얼굴에 희미하게 번졌다. 하지만 대답은 빨랐다.

"없는데요."

"정말로요?"

세이다는 야마시로의 얼굴을 노골적으로 들여다보았다.

"그 캐릭터는 제가 창조한 겁니다."

이야기를 더 끌고 가려는 마음을 눈치챘는지 야마시로가 들으라는 듯 한숨을 푹 쉬고 말했다.

"이제 그만 일 좀 했으면 하는데요."

"실례 많았습니다."

세이다는 백팩을 메고 얌전히 돌아가는 척하다가 돌아보고
질문을 던졌다.

"마지막으로 차의 천장에서 나온 회칼……, 일가족을 살해
한 흉기인가요?"

야마시로와 오무라가 시선을 교환했고, 오무라가 난처한
표정으로 입을 열었다.

"실은 아직 정하지 않았습니다."

"어, 안 정했다니요? 그래도 되는 겁니까?"

오무라가 또 야마시로의 얼굴을 보았다. 말없이 허락을 구
하는 모양새다.

"독자가 알면 실망하겠지만, 만화는 그때그때 재미있는 떡
밥을 던져놓고 나중에 앞뒤를 맞추거나, 한동안 복선 회수를
미뤄서 독자의 기대감을 높이고는 합니다. 어쨌거나 이 회칼
이 일가족을 살해한 흉기라면, 이야기 전개상 하나도 재미없
지 않습니까……. 그래서 어떻게 할까 둘이서 머리를 짜내고
있어요."

"그럼 좋은 아이디어가 떠올랐을 때, 복선을 회수한달까 손
안의 패를 공개해 놀라움을 선사한다는 겁니까."

"그렇죠. 실은 다음 회쯤에서 그 복선도 회수해야 한다고
야마시로 씨에게 말은 했어요."

마치 독자에게 변명하는 듯한 말투였다.

"책으로 치면 4권의 제1화에 해당하니까요."

"그렇습니까?"

세이다는 확인하듯 야마시로를 보았다.

"네."

야마시로는 고개를 끄덕였다.

"덧붙여……."

세이다는 개인적으로 궁금해서 물어보았다.

"다음에 그리실 원고는 언제쯤 독자가 볼 수 있을까요?"

"아아……."

오무라가 대답했다.

"사흘 전에 마감한 원고가 다음 주에 발매되니까, 다음 원고는 다다음 주에 볼 수 있습니다. 우리 회사는 대개 잡지가 발매되기 열흘 전에 마감하는 스케줄이거든요."

"독자로서 기대하겠습니다."

세이다는 인사한 후 신발을 신으며 확신했다. 야마시로 케이고는 분명 뭔가를 숨기고 있었다. 범인을 알 수도 있고, 공범일 가능성도 있으니 야마시로의 뒤를 철저히 캐보자고 다짐했다. 비번 날에만 수사할 수 있으니 미행이나 행동 확인에는 한계가 있지만, 가족과 교우 관계 정도는 충분히 조사가 가능하리라 생각했다.

왜냐하면 이 같은 살인이 또 벌어질 게 틀림없었으니까.

14

콘티를 내버려 두고 도망온 거야

세이다 형사가 돌아간 후, 야마시로는 오무라에게 솔직한 의견을 물어보았다.

"이 만화, 그만둬야 할까요?"

"아니, 아직 판단을 내리기는 일러."

오무라는 당황한 목소리로 말했다. 형사가 돌아갔으므로 평소처럼 반말이다.

"우연일지도 모른다고 아까 그 형사도 그랬잖아."

"하지만 이런 우연이 있을까요?"

"모방범이라고 확실하게 밝혀졌을 때 생각해보도록 하자. 이렇게 인기를 끌고 있는데 우리끼리 판단해서 될 안건도 아니고……. 편집장 권한을 넘어 회사 수준에서 검토해야 할 문제겠지. 그리고 야마시로 씨, 오랜 세월 어시스턴트로 고생했잖아. 겨우 연재를 시작해서 이제는 대히트가 눈앞에 있는걸. 지금은 그만두면 안 돼. 꼭 계속해야 해."

설득력이 있었다. 그렇다기보다 야마시로 본인이 설득되고 싶었다. 후나코시의 집에서 범인의 얼굴을 보았다는 사실을 경찰에게 밝히지 않아서 한동안은 양심이 아팠다. 겁이 나서 얼굴은 잊어버렸지만 봤다는 사실은 말해야 했다고 후회했다.

헨미 아츠시가 체포됐을 때도 다른 사람을 잘못 체포한 것이 아닐까 의심했다. 하지만 헨미가 전면적으로 자백했음을 알고, 오히려 자신이 범인의 얼굴을 착각했던 거라며 가슴을 쓸어내렸다. 인상을 잘못 증언했다면 헨미의 체포가 늦어졌을 가능성도 있었다.

그때였다. 야마시로의 머릿속에 엄청난 캐릭터가 탄생한 것은! 대거라고 이름을 붙였다. 대거는 멋대로 움직이기 시작했고, 어느 틈엔가 야마시로는 신작을 그려냈다.

그러자 운명이 180도 바뀌었다. 행운에 외면당했던 인생은 어딘가로 사라졌다. 아주 간단하게 데뷔가 결정됐고, 대번에 연재를 의뢰받아 손쉽게 인기 만화가가 됐다. 이제는 뒤로 물러날 수 없는 상황에 이르렀다.

그래서 만화 내용과 똑같은 살인사건이 발생했다는 말에,

마침내 신이 천벌을 내렸구나 싶었다. 역시 요 몇 달의 일은 꿈이었나 보다. 해서는 안 될 일을 저질러버린 탓이리라.

그런 심경을 맛보고 있을 때 오무라의 격려가 날아들었다. 고마웠다. 조금 더, 조금만 더 지금의 일장춘몽을 즐기고 싶었다. 무엇보다 하라 씨 일가족 살해사건은 자신이 정보를 은폐한 일과는 별개의 사건이었다. 설령 진짜로 모방범의 소행이라 한들 자신 역시 일종의 피해자가 아닌가.

"그나저나 아까 그 형사가 지적한……, 천장에서 나온 회칼은 어떻게 할 거야?"

"슬슬 향방을 결정하는 편이 나을까요?"

"그렇지."

오무라는 고개를 끄덕였다.

"다음 달에 나올 3권……. 거기서는 전혀 언급하지 않았고, 아까도 말했듯이 이번에 털어야 할 원고가 4권 제1화에 해당하니까 이쯤에서 잘 써먹으면 멋지겠지."

"알겠습니다. 오늘부터 콘티 작업에 들어가니까 그런 방향으로 생각해볼게요."

"부탁해."

아연실색한 표정의 하리모토 경위.

하리모토 "토쿠라 경사, 그 차 천장에 숨겨져 있던 흉기 말인
데……."

토쿠라 "감식 결과가 나온 거군요?"

하리모토 "그게, 어떻게 해석해야 좋을지……."

토쿠라 "네……?"

연필을 쥐고 움직이던 야마시로의 손이 멈췄다. 오히려 멈
춰졌다고 해야 옳다. 오무라가 돌아가자마자 다음 콘티 작업
에 들어갔지만, 그 다음을 어떻게 끌어나가야 할지 아무 생각
도 나지 않았다. 두뇌 활동이 마비된 것 같은 기분이었다.

혼자뿐인 작업실에서 야마시로는 머리를 쥐어뜯었다. 천장
에서 발견된 회칼의 향방은커녕 이번 회차의 스토리조차 전
혀 떠오르지 않았다. 어쩌면 좋지? 어쩌지, 어쩌지, 어쩌지. 역
시 내게는 재능이 없어…….

세이다라는 형사의 방문도 콘티 작업에 진전이 없는 이유
중 하나였다. 모방범이라면 그나마 다행이다. 제일 무서운 상
황은 후나코시 씨 일가족을 살해한 진범이 헨미가 아니라, 후
나코시의 집에서 야마시로에게 말을 걸고 '펍 13번지'에서 손
을 꽉 붙잡았던 분홍색 머리 남자일 경우다. 그 살인귀가 자
신의 욕망이 시키는 대로 또 살인을 저지른 것이다.

그리고 하라 씨의 자동차 천장에서 나온 회칼은 야마시로

에게 보내는 메시지. 아니, 후나코시 씨 일가족 시신 앞에서 그랬듯이 야마시로를 놀리는 건지도 모른다.

한편, 살인 현장에서 목격한 그 청년이 야마시로와 마찬가지로 헨미가 범행을 저지르고 나서 그 집에 들어왔고, 뒤를 이어 들어온 야마시로를 놀린 후 달아난 것이라는 설도 무시하기는 힘들다. 근거는 헨미의 자백이다. 극형을 선고받을 게 뻔한 죄를 선뜻 받아들일 무고한 인간이 어디 있겠는가.

'펍 13번지'에서 야마시로에게 기묘한 소리를 한 분홍색 머리 청년도 어쩌면 그냥《오컬트 하우저》의 팬, 호러 분야의 열혈 독자일지도 모른다.

진정하자. 진정하고 생각하자. 콘티를 내일까지 완성하면 마감까지 시간은 충분하다. 기분 전환이 필요하다. 야마시로는 재킷을 들고 밖으로 나갔다.

식탁에 야마시로가 좋아하는 카레라이스가 놓였다. 샐러드를 듬뿍 담은 접시도 있었다.

"케이고, 정말 오랜만에 집에 들렀네."

어머니가 가느스름하게 뜬 눈으로 사랑스럽다는 듯이 야마시로를 바라보았다.

"응……."

야마시로는 무뚝뚝하게 대답하고 숟가락을 입으로 가져

갔다.

영화라도 보려고 외출했지만, 그럴 기분이 나지 않아서 결국 본가로 왔다. 언제까지고 자립하지 못하는 자기 자신에게 짜증과 패배감을 느꼈다.

"그렇게 바빠서야 원. 밥은 제대로 챙겨 먹는 거야?"

아버지는 몹시 걱정인 듯했다.

"응…….'

입안의 돼지고기를 씹었다. 야마시로는 진심으로 자신을 걱정해주는 부모님을 보러 오길 잘했다고 마음을 고쳐먹었다.

"그나저나 참 대단해. 케이고 너, 지금 만화계에서 엄청나게 유명해졌잖아. 나도 참, 눈뜬장님이 따로 없었다니까."

"인기 만화가라서 콧대가 높아진 거야? 아니면 대단하신 선생님이다 그거니? 연락 한 번 없다가 불쑥 집에 오고 말이야."

아야가 독설을 날리는 데는 익숙해졌지만, 오늘은 평소보다 가시가 더 뾰족했다.

"뭐 어때, 남의 집도 아닌데."

어머니가 부드럽게 달랬다.

"아참, 다음 달 5일에 집에 안 올래?"

아버지가 말했다.

"5일?"

"토요일이야."

"요일을 묻는 게 아니라, 무슨 일 있어?"

"너희 누나가 집에 남자친구를 데리고 온대서."

"그걸 왜 말해!"

아야는 아무래도 진심으로 화가 난 모양이었다.

"왜 그러니?"

어머니가 진지한 표정으로 물었다.

"누나가 남자친구를 집에 초대했다는 이야기를 왜 동생한테 하면 안 되는데."

불쾌해하는 아야를 보고 아버지도 기분이 좀 상한 듯했다.

"아아, 그래서 나도 오라고?"

"넌 안 왔으면 좋겠어."

불똥이 야마시로에게 튀었다.

"왜 나한테 화풀이야?"

"케이고, 하나 물어보자."

진심으로 화났을 때 아야는 상대를 쥐 잡듯 몰아세우는 버릇이 있다. 이번에는 자기가 찍혔음을 야마시로는 단번에 이해했다. 그러면서 무엇 때문에 화가 났는지 궁금하기도 했다.

"얼마나 히트를 쳤는지는 모르겠지만, 나츠미를 버리면서까지 그 만화를 그릴 가치가 있어?"

야마시로는 한순간 말문이 막혔지만 타이르듯 대답했다.

"버리기는 누가 버렸다고 그래……. 이런저런 사정이 있었어. 잘 알지도 못하면서 함부로 말하지 마."

결혼 약속이 깨진 건 분명 연재가 결정됐을 무렵이었다. 하지만 그건 《34》와는 아무 상관없었다. 무엇보다 나츠미가 먼저 헤어지자고 했다. 처음에는 농담인 줄 알았지만, 나츠미는 진심이었다. 그리고 단단히 결심한 듯했다. 그래서 일부러 더는 이유를 묻지 않고 헤어졌다.

실제로는 야마시로도 무거운 짐을 내려놓은 기분이라 마음이 놓였다. 연재를 앞두고 담당 오무라의 기대가 아주 컸기 때문이다. 그 기대는 일종의 고통이자 처음 경험하는 기분 좋은 압박감으로 다가왔다. 반대로 결혼은 어느새 좀 더 미루고 싶은 이벤트로 바뀌어 있었다.

"이런저런 사정이 있었다고? 아니지, 다 그 만화 탓이야."

하지만 아야는 자기 의견을 굽히지 않았다.

"나도 《34》는 싫어. 잔인하기만 하잖아. 안 팔려도 케이고가 예전에 그렸던 만화가 훨씬 좋았어. 나츠미는 케이고가 변했다는 걸 나보다 더 절실하게 깨달은 거야."

"애, 왜 갑자기 그런 소리를 하는 거니?"

어머니가 수습에 나서듯이 물었다. 마음을 진정시키기 위해서인지 아야는 크게 숨을 들이마셨다가 내쉬었다.

"요전에 고등학교 시절 친구들과 밥 먹었다고 했잖아?"

"아, 지난주에."

어머니가 고개를 끄덕였다.

"그때 평소처럼 누구는 결혼했다는 둥 누구는 아직 남자친구가 없다는 둥 주위들은 소문을 하나둘 늘어놨어. 거기서 나츠미 이야기가 나왔고."

야마시로는 왠지 긴장됐다.

"그 친구 말로는 지금 나츠미의 배가 불룩한데……, 가을쯤에는 아기를 낳지 않겠느냐는 거야."

"나츠미, 결혼했어?"

아버지가 물었다. 야마시로는 한순간 나츠미에게 누군가 다른 사람이 생겨서 결혼 약속을 깬 건가 싶었다. 하지만 그게 아니었다.

"케이고 말고 다른 사람과 결혼했으면 차라리 낫지. 그런데 아니래. 미혼모가 되기로 결심한 것 같았대."

아버지와 어머니는 아야가 무슨 소리를 하는 건지 이해하지 못한 듯했다. 하지만 야마시로는 바로 이해했다.

"그거……."

야마시로는 말을 머뭇거렸다.

"정말이야, 아야?"

"미쳤다고 이런 거짓말을 하겠냐?"

불붙은 분노에 기름을 부은 듯했다.

"나츠미는 일하던 가구점도 그만두고 본가로 돌아갔대."

부모님은 그제야 아야가 화난 이유를 이해하고 허둥지둥거
렸다.

"알았어. 내일 내가 직접 확인해볼게."

야마시로는 자리에서 일어났다. 더는 견딜 수 없었다.

"잘 먹었어. 갈게."

그렇게만 말하고 돌아갈 준비를 했다.

"안 자고 그냥 가려고?"

아버지가 얼빠진 질문을 던졌다.

"아직 할 일이 있어서……. 실은 아무 생각도 안 나서 작업
실에 콘티를 내버려 두고 도망온 거야."

돌아가기 위한 핑계였지만 사실이기도 했다. 현관에서 신
발을 신으면서도 내일 나츠미에게 어떻게 연락할지만 고민
했다.

"아참, 친구인가? 너한테 우편물이 왔는데."

일부러 태평한 어조로 말하는 어머니의 목소리에 뒤를 돌
아보았다.

"아니면 팬이려나."

어머니가 A3용지 크기의 봉투를 들고 서 있었다.

"이름이 뭔데?"

어머니는 봉투에 적힌 보낸 사람의 이름을 확인했다.

"하라 사츠키 씨……."

"모르는 사람인데."

야마시로는 봉투를 받아들며 말했다.

"편집부가 내 주소를 공개하지 않았으니 팬레터는 아니겠지만, 가끔 만화가의 본가 주소를 알아내는 사람이 있다고는 들었어."

야마시로는 봉투를 가방에 넣고 어머니를 보았다.

"그럼 종종 들르렴."

"응, 또 올게."

야마시로는 억지로 웃음을 지었다.

"조심해서 가."

복도 안쪽에서 아버지가 고개를 내밀었다. 아야의 모습은 보이지 않았다. 나츠미 일 때문에 아직 화가 풀리지 않았나 보다. 아야의 이야기를 곧이곧대로 믿는 건 아니지만, 만에 하나 사실이라면 무슨 형태로든 책임을 져야 했다. 부디 아무 근거도 없는 소문이기를, 그리고 나츠미의 배 속에 내 아이가 없기를…….

야마시로는 문고리를 돌렸다.

15

혹시 내 짐작이 틀렸나

세이다가 대문 옆에 걸린 문패를 보고 중얼거렸다.

"화목한 4인 가족이라."

맨션에서 나온 야마시로를 내내 미행했다. 앞길에서 택시를 잡길래, 세이다도 허둥지둥 택시를 잡아탔다. 어디로 가는 걸까? 만약 공범이라면 주범을 만나러 가는 건지도 모른다.

기대와 달리 목적지는 요코하마바시 상점가의 남쪽에 있는 언덕 중간쯤의 집이었다. 야마시로는 인터폰도 누르지 않고 대문을 열더니 성큼성큼 안으로 들어갔다. 바로 알아차렸다. 여기는 야마시로의 본가다. 그리 크지 않은 2층짜리 분양주택이었다. 손질이 잘된 화단. 작은 행복이 느껴지는 집이었다.

"혹시 내 짐작이 틀렸나?"

세이다는 또 혼잣말을 했다. 야마시로 케이고는 부모님이 애정을 쏟아 소중하게 키운 아들인 듯했다. 그런 사람은 여간해서는 범죄에 손을 대지 않는다. 뭔가 감추고 있다는 의혹은 완전히 빗나간 착각이었을지도 모른다. 만약 자신이 이런 가정에서 자랐다면 어떻게 됐을까. 과연 경찰관이 되는 길을 선택했을까? 그건 모르겠다. 다만, 이렇게는 말할 수 있었다. 적어도 소년 시절에 관한 따스한 추억 하나쯤은 남아 있을 거라고.

세이다가 아버지 얼굴을 떠올렸을 때, 갑자기 현관문이 열리고 야마시로 케이고가 나왔다. 대문 앞에 서 있는 사람을 보면 분명 수상쩍게 여기리라. 세이다는 퇴근하는 회사원인 척 얼른 언덕길을 올라갔다. 몇 걸음 나아가다 돌아보자 멀어지는 야마시로의 뒷모습이 보였다. 야마시로는 바쁘게 언덕길을 내려갔다.

아슬아슬하게 들키지 않은 듯했다. 야마시로 케이고는 세이다가 생각한 캐릭터와는 달랐다. 작전 변경이 필요할 수도 있었지만, 일단 행동 확인을 재개했다.

언덕길을 내려간 야마시로는 요코하마바시 상점가를 가로질러 큰길의 공원을 따라 이세자키초 방면으로 걸어갔다. 요코하마시 주요 지방도로 80호를 건너서 왼쪽으로 꺾었다. 이

세자키초길 바로 앞 골목으로 향했다. 분명 단골 술집에라도 가는 것이리라. 세이다의 감은 적중했다. 야마시로는 '펍 13번지'라는 간판이 달린 가게의 문을 열고 안으로 들어갔다.

세이다는 가게 앞에 서서 밖에서 기다릴까 안에 들어갈까 망설였다. 행동 확인을 비번 날에만 하다 보니 한계가 분명했다. 예상과 달리 야마시로에게는 화목한 가족이 있으며, 그는 남과 절대로 접촉하지 않는 유형이 아니라는 걸 알았다. 역시 작전을 변경해 야마시로에게는 좀 더 접근해야 하지 않을까. 결심한 세이다는 문을 열었다.

카운터가 눈에 들어왔고, 손님은 야마시로뿐이었다. 가게 주인인 듯한 남자가 세이다를 보고 "어서 오세요" 하고 인사했다.

카운터로 다가가며 의외로 가게가 넓다고 생각했다. 카운터 앞쪽에 테이블이 놓여 있고 한복판에는 춤도 출 수 있을 만한 공간이 마련되어 있었다. 그 너머에는 노래방 기기도 있었다. 쇼와 시절 골목길에나 있을 법한 가게인데 용케 살아남았구나 싶어 감탄스러웠다.

카운터 앞에서 뻔히 들여다보이는 연극을 했다.

"어? 야마시로 씨 아니세요?"

야마시로가 돌아보았다. 조금 귀찮은 듯한 표정이었다.

"이런 우연이 다 있네요."

세이다는 활짝 웃으며 야마시로를 내려다보았다.

"우연……?"

야마시로가 대꾸했다.

"저를 미행한 겁니까?"

"설마요."

세이다는 천연덕스럽게 부정하고는 야마시로의 옆자리에 앉았다.

"아, 저도 맥주 주세요."

야마시로는 맥주를 꿀꺽꿀꺽 마시고 조용히 잔을 내려놓은 후, 세이다를 보았다.

"저는 정말 아무것도 모릅니다."

"지금은 근무시간이 아니니까, 그 이야기는 됐습니다."

맥주가 나오자 "그럼 한잔할까요?"라고 말하고 잔을 들어 올렸지만, 야마시로는 건배할 마음이 없는 모양이었다. 세이다는 맥주를 두 모금 마시고 말했다.

"그나저나 굉장하네요, 야마시로 씨. 만화가로 성공하기는 참 힘들잖아요."

"운이 좋았을 뿐이에요."

"운이 전부는 아니잖습니까. 재능이랄까 실력도 있어야지."

대답이 없길래 세이다는 멋대로 이야기를 이어나갔다.

"야마시로 씨, 옛날부터 만화를 좋아했어요?"

"네."

세이다는 자신도 만화를 좋아한다는 사실은 숨기고 물었다.

"만화의 어떤 점이 좋은데요?"

"주인공은 늘 지는 쪽에서 시작해요. 약한 사람, 가난한 사람, 공부를 못하는 사람, 운동을 못하는 사람, 인기 없는 사람……."

조용하지만 열띤 말투였다.

"그런 사람들이 노력하죠. 그러면 기적이 일어나고요."

"그렇군요."

동의한다는 걸 알려주기 위해 세이다는 고개를 크게 끄덕였다.

"그런데《34》는 어떤가요? 나 같은 일을 하는 사람은 순수하게 즐길 수 없는 작품이라 혹평도 나오는 건가."

"형사님이 보시기에는 불쾌한 작품인가요?"

야마시로가 세이다를 향해 고개를 돌렸다. 진지한 표정이었다.

"야마시로 씨가 그려낸 살인자의 심리에는 흥미가 있지만, 살해당하는 측이나 유족 측의 심정에 관해서는 묘사가 별로 없지."

"그러게요."

야마시로는 선선히 인정하고 맥주를 마셨다.

"우리들 경찰관은 유족과도 만나서 슬픈 마음을 접하잖아. 그런 관점에서 볼 때, 야마시로 씨는 사람을 죽이는 장면을 너무 적나라하게 그리는 것 같아."

야마시로가 아무 말도 없길래 이야기를 계속했다.

"살해당한 피해자의 유족에게 사건은 늘 현재 진행형이야. 시도 때도 없이 피해자를 생각하고, 평생 미련을 버리지 못하지……. 그때 이랬으면 좋았을걸, 그런 말은 하지 말걸, 하면서."

"제 작품……, 정의가 승리해도 문제일까요? 만화의 가장 큰 장점은 마지막에 악이 패배하고 정의가 승리하는 건데요."

세이다는 호기심이 생겨서 물어보았다.

"《34》에서는 착한 역인 세 명이 이겨?"

야마시로는 맥주잔을 내려놓고 세이다를 곁눈질했다.

"혹시 대거가 이길 거라고 생각하셨어요?"

"음, 그게……, 그 살인귀가 너무 멋지게 나오잖아. 야마시로 씨는 주인공 세 사람보다 대거에게 더 애착이 있는 줄 알았어."

"과연 독자에게는 그렇게 보이는 건가."

야마시로가 작게 중얼거렸다.

"아차차."

세이다는 명함을 꺼내 야마시로 앞에 내려놓았다.

"무슨 일 있으면 여기로 연락 줘. 휴대전화 번호도 적혀 있으니까."

"어휴……."

야마시로는 당혹감 어린 표정으로 명함을 집었다. 세이다는 호주머니에서 휴대전화를 꺼냈다.

"야마시로 씨도 번호 알려줄래? 오무라 씨에게 일일이 전화 걸기도 미안하니까."

한순간 망설인 듯했지만 상대가 형사라서인지 야마시로는 마지못해 스마트폰을 꺼냈다.

"그 명함의 전화번호로 전화해."

세이다는 반쯤 강제로 시키고는 휴대전화 화면을 바라보았다. 야마시로는 명함을 보고 번호를 눌렀다.

"고마워."

바로 전화가 왔다. 그제야 휴대전화 화면에 부재중 전화 알림이 여러 개 표시된 걸 알아차렸다. 마카베의 전화였다.

"아, 잠깐 전화 좀 하고 올게."

세이다는 휴대전화를 들고 자리에서 일어나 황급히 가게 밖으로 나갔다.

"여보세요, 마카베 반장님? 죄송해요, 전화 온 줄 몰랐네."

"세이다 경사, 지금 어디야? 밖에 있는 것 같은데……."

번화가의 소음이 고스란히 들리는 듯했다.

"아, 사적인 일이니까 노코멘트."

전화기에서 웃음소리가 들렸다.

"데이트인 척하지만, 절대 데이트는 아니겠지? 인도어족인 세이다 경사가 외출했으니 야마시로를 수사 중인가."

"노코멘트라고 했잖아요."

거나하게 취한 모습으로 맞은편 술집에서 나온 회사원들의 웃음소리가 시끄러웠으므로 세이다는 골목을 빠져나와 큰길 쪽으로 향했다.

"후나키 계장님께 내밀히 《34》에 관해 설명하고 읽어보시라고 했어. 내 생각 이상으로 놀라시더군. 오쿠무라 대리님께 이야기하신다니까 어쩌면 사적으로가 아니라 공무상으로 야마시로를 조사할 수 있을 거야."

"실은 지금 야마시로 씨와 한잔하고 있어요."

솔직하게 밝히기로 했다.

"흉금을 털어놓고 이야기해보니 의외로 순수하고 좋은 녀석이더라고요."

"뭐!"

마카베가 소리쳤다.

"너무 독단적으로 행동하면 곤란해."

16

'펍 13번지'에 계세요?

야마시로도 똑같은 생각을 하는 중이었다. 자신을 의심하고 감시한다는 건 알고 있었지만, 만화 이야기를 할 때만큼은 세이다라는 형사가 꺼림칙하게 느껴지지 않았다. 오히려 관계를 잘 유지하면 《34》의 주인공 형사 토쿠라 타케루의 캐릭터에 입체감을 더할 수 있을지도 모르겠다는 생각이 들었다.

"어때, 요즘 많이 바빠?"

혼자 남은 야마시로에게 점장이 말을 붙였다.

"네……, 뭐."

"그나저나 이제 케이고라고는 못 부르겠네……. 야마시로 선생님?"

"에이, 왜 그러세요."

야마시로는 쓴웃음으로 답했다.

"오늘은 본가에 다녀왔어? 요새 통 안 온다고 아버지가 툴툴거리더라."

"그래서 아까 얼굴 비치고 왔어요."

"하지만 마감이 있지? 힘들겠네……."

주문하지도 않았는데 점장은 새 맥주잔을 내려놓고 빈 맥주잔을 치웠다. 마감이라는 말에 야마시로는 자신이 콘티 작업을 피해 도망쳐 나왔다는 사실을 다시 인식했다. 일단 줄행랑부터 치고 이후에 재정비해볼 작정이었지만, 그게 마음대로 안 됐다. 자동차 천장에서 발견된 회칼을 어떻게 처리하면 될지 좋은 아이디어가 떠오를 것 같지 않았다.

진동 모드로 해둔 스마트폰이 드르르 떨렸다. 누군지 확인도 하지 않고 전화를 받았다.

"네?"

"선생님, '펍 13번지'에 계세요?"

"여보세요?"

예전에 들어본 목소리였다.

"옆에 있던 사람은 형사?"

"당신, 누구야?"

답은 이미 알고 있었다. 손이 떨렸다.

"요전에 그 가게에서 우연히 만났던 모로즈미입니다."

"모로즈미……."

야마시로는 왠지 모르게 그 이름을 되뇌었다.

"2권에 나온 자동차에서 벌어진 살인, 내가 현실화시켰다는 건 알죠?"

"무슨 소리야?"

알고 있었지만 인정하고 싶지 않았다.

"에이, 모르는 척하기는……. 그런데 선생님, 그 차 천장에서 발견된 회칼 말이에요. 어떻게 할지 결정도 안 하고 그린 거죠?"

야마시로는 가슴이 철렁했다. 모로즈미라는 이 남자는 내 마음을 읽을 수 있는 걸까?

"그래서 말인데요. 좋은 생각이 났거든요."

귀를 비집고 들어오는 목소리.

"한번 들어볼래요?"

거절해야 한다는 걸 머리로는 알고 있었다. 하지만 그럴 수 없었던 야마시로는 어느새 귀를 기울이고 있었다. 무시하기에는 너무나 재미있는 아이디어였다.

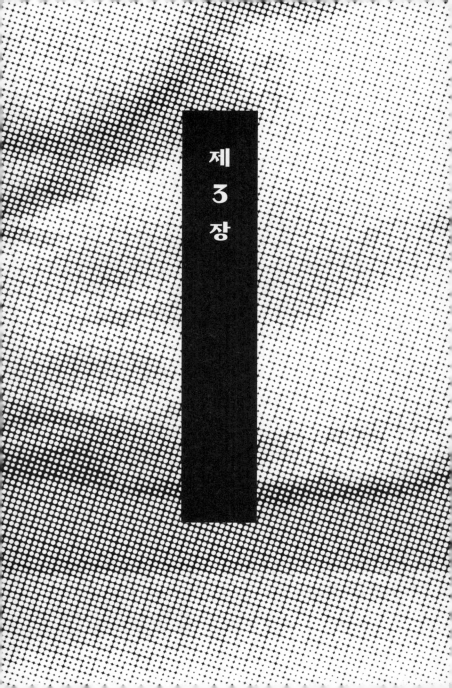

제
3
장

심장이 터질 것 같다.

숨을 못 쉬겠다.

다리도 움직이지 않는다.

더 이상은 무리라는 생각에 멈춰 섰다.

그 순간 뒤따라오던 발소리도 멈췄다. 아주 선명하게 들렸다.

거리가 아주 가까워졌다.

두려움에 팽창된 온몸의 혈관이 당장이라도 터질 것만 같았다.

하지만 아직 살아 있다.

그렇다. 공포를 극복하고 냉정해져야 한다.

머뭇머뭇 돌아보았다.

아주 가까이에 그림자 남자가 있었다.

전보다 훨씬……, 표정이 잘 보였다.

웃고 있는 것 같았다.

그 순간,

어쩌면 그림자 남자가 더 자유로운지도 모르겠다는

뜻밖의 생각에 사로잡혔다.

17

사실 저는 안 봤습니다

수화기 너머 마카베 반장의 설교는 약 10분간 계속됐다. 그동
안 세이다는 안절부절못했다.

"행동 확인 대상자에게 너무 접근하지 마!"

야마시로의 마음을 여는 데 겨우 성공했다. 빨리 가게로 돌
아가야 하는데! 부랴부랴 문을 열고 들어가자 어느새 가게는
손님으로 붐볐다. 카운터에도 손님이 세 명이나 앉아 있었다.
하지만 야마시로는 보이지 않았다.

"어? 야마시로 씨는요?"

점장에게 물었다.

"좀 전에 가셨습니다. 뭔가 급한 볼일이 생겼나 봐요."

"급한 볼일······?"

기회를 놓친 것보다 그 급한 볼일이 더 마음에 걸렸다.

"그럼 저도 이만 가겠습니다. 계산 부탁드릴게요."

세이다는 의자에 놓아둔 백팩을 들었다.

"야마시로 씨가 손님 것까지 계산하셨어요."

"이런, 난 공무원인데······."

세이다는 백팩을 메며 물었다.

"야마시로 씨는 이 가게에 자주 옵니까?"

"아니요. 옛날에는, 그러니까 어시스턴트 시절에는 아버지나 여자친구랑 자주 왔지만, 인기 작가가 된 후로는 처음으로······."

점장은 카운터의 손님에게 하이볼을 내주었다. 맥주잔과 똑같은 잔이었다.

"여자친구요?"

"음."

점장은 고개를 갸우뚱했다.

"마지막으로 왔을 때였나, 결혼을 약속했다고 들었으니까, 지금은 와이프?"

세이다는 야마시로의 자택 겸 작업실을 머릿속에 떠올렸다. 몹시 널찍한 맨션에 여자가 생활하는 흔적은 없었다. 오무라도 야마시로는 독신이라고 했다. 생각하는 사이에 저도 모

르게 시선이 움직였다. 점장 뒤쪽 벽에 붙은 잔 받침에 눈이
멈췄다. 틀림없이 야마시로 케이고의 그림체였다. 잔 받침에
그려져 있는 건 대거의 옆얼굴……?! 잔 받침을 가리키며 세
이다가 물었다.

"저거, 야마시로 씨가 그린 겁니까?"

"아아, 이거요?"

점장은 뒤쪽을 힐끗 보고 얼굴을 되돌렸다.

"맞습니다."

"대거로군요."

"네? 대거라니요?"

"야마시로 씨가 지금 연재 중인 《34》에 등장하는 캐릭터입
니다."

"사실 저는 안 봤습니다."

점장은 머쓱하게 웃었다.

"그런데 이 사람, 야마시로 씨 옆에 앉았던 사람인가 봐
요……. 옆에 있었던 사람이 여기에 자주 오느냐고 야마시로
씨가 물어본 적이 있거든요."

세이다는 흥분한 기색을 감추고 물었다.

"그래서요? 자주 오는 분입니까?"

"그게, 다른 손님이랑 이야기하느라 야마시로 씨 옆에 누가
있었는지도 몰랐을 정도라……."

"계산할 때 얼굴 못 보셨습니까?"

"그날은 아르바이트생이 있어서……, 계산도 제가 안 했던 것 같은데."

세이다는 벽에 붙은 잔 받침을 다시 바라보았다. 대거는 참고해 그릴 모델이 있었던 건가……? 그렇다면 실제로 존재하는지도 모른다.

섬뜩한 공상에 한기가 온몸을 감쌌다.

18

케이고가 무서워졌어

미우라 히후미가 다음으로 볼 환영은? 토쿠라 타케루가 무엇에 분노해 어디로 향할지, 시구마 사토루가 어떤 일에 흥미를 품고 무슨 말을 할지, 야마시로는 주인공 세 명의 행동과 생각을 손바닥 들여다보듯이 알 수 있었다. 그리고 작가 본인에게도 제일 수수께끼 같은 존재인 대거가 무슨 계획을 세우고 세 사람에게 어떤 덫을 놓을지, 그 답안이 완벽하게 보였다.

아무 고민도 없었다. 연필을 쥔 손이 마치 귀신이라도 썬 것처럼 알아서 움직였다. 그들은 이제 야마시로의 손아귀에서 벗어났다. 더는 캐릭터들을 제어할 수 없고, 그럴 필요도 없다. 왜냐하면 그들은 살아 있기 때문이다.

이렇게 즐겁게 일한 것이 얼마 만일까. 야마시로는 순식간에 콘티를 완성했다. 다시 훑어보자 저절로 미소가 맺혔다. 자동차 천장에서 나온 회칼은 대체 무엇이었는가? 이만큼 독자를 깜짝 놀라게 할 충격적인 전개가 또 있을까! 나는 멋진 걸작을 만들어내고야 말았다.

의자에서 일어서서 기지개를 켰다. 아주 짧은 시간에 작업을 끝낸 줄 알았건만, 커튼 틈새로 보이는 하늘이 희붐했다. 시간을 확인하자 동틀 녘이었다. 기분 좋은 피로감을 느꼈다. 하지만 졸리지는 않았다.

컴퓨터에 저장한 콘티를 오무라의 메일로 보내고 나니 문득 누군가에게 한 말이 떠올랐다.

"어떤 유명한 선생님 말로는 자신이 만든 캐릭터가 멋대로 움직인다나 봐……. 종이 위의 등장인물이 작가를 조종하게 되는 거지."

나츠미에게 한 말이었다. 앞뒤 생각도 하지 않고 나츠미에게 청혼하기 전날이었다. 현실로 되돌아왔다. 아야 말처럼, 나츠미는 정말로 내 아이를 임신했을까? 나츠미가 그걸 알면서도 헤어지자고 말했다면 대체 이유는 뭘까. 왜 그런 결단을 내렸을까. 나츠미는 혼자서 우리 아이를 키울 각오였던 걸까?

그렇게 알콩달콩했는데 왜 헤어졌을까. 이별은 나츠미가 일방적으로 통보했지만, 그 이유조차 묻지 않은 나는 대체 뭘까. 그만큼 새 연재에 온 정성을 다 쏟았던 셈이지만, 지금 생각해보면 그건 핑계조차 될 수 없었다.

"악마 따위한테 혼을 팔면 안 돼."

나츠미의 말이 생각났다. 나츠미의 얼굴도 생각났다.

야마시로는 자신의 비명을 듣고 눈을 번쩍 떴다. 또 그 기묘한 꿈이었다. 또 악몽에 시달렸다. 의자에 앉은 채 잠든 듯했다. 시계를 보니 아침 9시 반, 4시간쯤 잔 모양이었다. 샤워를 마치고 가볍게 식사를 하자 머릿속이 개운해졌다.

자, 나츠미에게 전화하자! 야마시로는 스스로를 독려했다. 하지만 제일 중요한 용건에 관해서 어떻게 이야기를 꺼내면 좋을까 이래저래 고민했지만 좋은 답이 나오지 않았다. 요즘 어떻게 지내느냐는 등 일단은 전화한 이유를 꾸며낼까도 싶었지만, 속이 빤히 들여다보이는 짓이라 낯간지러웠다. 잡담을 나누기는 서로 거북할 테니 대뜸 본론으로 들어가는 수밖에 없었다.

오후 1시가 지났을 즈음에 전화를 걸었다. 안절부절못하는 기분으로 기다렸지만 나츠미는 전화를 받지 않았고, 세 번 연달아 걸었지만 결국 허탕이었다. 김이 확 샜다. 잠시 후 다시 시도해야 했지만, 의지가 꺾일 것만 같았다. 어쩌면 야마시로의 전화는 받지 않을 생각인지도 몰랐다.

단단히 마음먹고 나츠미의 집으로 전화를 걸었다. 결혼을 약속한 후 나츠미의 부모님과는 몇 번 만났다. 아버지는 회사원, 어머니는 전업주부로 두 분 다 온화하고 반듯하셨다. 하지만 딸을 버린 남자의 전화라니, 더구나 딸을 임신시켰을지도 모르는데 욕설이나 싫은 소리쯤은 들을 각오를 했다.

하지만 전화를 받은 어머니는 오히려 송구스러워하며 사과의 말까지 늘어놓았다. 아무래도 딸이 일방적으로 이별을 통보했다는 사실을 아는 모양이었다.

"따님과 이야기를 하고 싶은데요."

야마시로의 말에 나츠미는 근처 연립주택에서 자취한다는 대답이 돌아왔다. 머뭇머뭇 임신 여부를 묻자, 어머니는 사실이라고 인정했다. 어제까지 몰랐다고 알리자 그녀는 이유를 설명했다.

"자기가 헤어지자고 해놓고, 나중에 와서 임신했다고 말할 수가 없었대요. 저야 케이고 씨가 친자로 받아주면 좋겠지만……, 나츠미는 완고하고 고집 센 성격이라 자기 입으로는 도저히 부탁을 못 하겠나 봐요."

카쿠타 산부인과는 오오카강 너머의 주택가에 있었다. 4층 짜리 흰색 건물도 분홍색 글씨가 박힌 간판도 약간 지저분했고, 정면의 작은 주차장에는 차가 한 대도 없었다. 그렇게 영업이 잘 되는 곳 같지는 않았다.

나츠미의 어머니가 전화로 알려준 대로 잠시 기다리자 그곳에서 나츠미가 나왔다. 생각했던 것만큼 배가 불러 보이지는 않았다.

"나츠미."

눈을 든 나츠미는 야마시로를 보고 놀란 듯했다. 야마시로는 버스를 타고 가겠다는 나츠미와 함께 걸었다. 그리고 과감하게 말을 꺼냈다.

"배 속의 아이는 어때?"

"건강하대……."

나츠미가 야마시로를 올려다보았다.

"여기는 어떻게 알았어?"

"어머님한테 전화했더니 자취하는 집이랑 병원 주소를 알려주셨어. 이 시간에 가면 볼 수 있을 거라고 하시길래."

"배가 이러니 이웃 사람들도 수군거릴 게 분명해서 집을 옮겼어."

나츠미는 눈을 돌렸다.

"오늘은 왜 왔어?"

"내 아이잖아."

나츠미는 아무 대답도 없었다.

"저기, 인지 신고는 하자. 내가 싫어진 거랑 아이의 행복은 무관하잖아."

나츠미가 다시 야마시로의 얼굴을 보았다. 어째선지 깜짝 놀란 표정이었다. 둘은 옛 카마쿠라길 옆 버스 정류장의 벤치에 앉아 이야기를 계속했다.

"인지 신고를 하자는 말이……, 좀처럼 나오질 않아서."

나츠미는 말을 끊고 고개를 숙였다.

"고마워."

"내가 거절할 줄 알았어?"

나츠미는 대답 없이 지나가는 차를 눈으로 좇았다. 뭔가 할 말이 없을까 고민하고 있는데 "케이고……, 바빠?" 하고 나츠미가 물었다.

"응."

"잘됐네. 케이고의 꿈이 이루어져서. 그 만화, 인기가 어마어마한 거 알아."

야마시로는 나츠미에게 고개를 돌렸다.

"나츠미……. 왜 헤어지자고 한 거야? 내가 뭐 잘못한 거 있어? 너한테 상처를 준 거야? 지금까지 이유를 물어보기 겁났지만, 역시 모른 척하는 건 안 되겠어."

나츠미는 10초 정도 침묵을 지키다가 작게 한숨을 내쉰 후 입을 열었다.

　"케이고가 무서워졌어."

　"무섭다니?"

　"편집자한테 보낸 만화를 칭찬받고 얼마 지나지 않아서 연재가 결정됐을 때 말이야. 케이고가 엄청나게 기뻐했던 거 기억나? 매일 자기 이야기랑 자기 만화 이야기밖에 안 했잖아."

　가슴이 뜨끔한 지적이었다.

　"하지만 그때는 나도 기뻤어……. 정말이야."

　나츠미의 얼굴에 그리운 미소가 되돌아왔다. 그렇지만 바로 표정이 흐려졌다.

　"하지만 케이고가 원고 작업을 하는 모습을 보고 무서워졌어."

　"무섭다니?"

　야마시로는 아까와 똑같은 질문을 했다.

　"케이고는 사람을 난도질하는 살인귀를 아주 즐거운 표정으로 그리고 있었어. 기쁜 듯이 웃으면서 핏방울을 그렸지. 조금씩 완성되는 그림은 변함없이 완벽했지만, 예전보다 훨씬 실감 났어."

　나츠미의 목소리가 작아졌다.

　"마치 진짜로 살육을 벌이는 광경 같았거든."

야마시로는 뭔가에 씐 것처럼 이야기하는 나츠미를 그저 바라보았다.

"그때 갑자기 이런 생각이 들더라."

나츠미는 무의식적으로 배를 문질렀다.

"후나코시 씨 일가족 살해사건의 범인은 너 아닐까……. 미안해, 이상한 생각을 해서."

"아냐, 괜찮아."

"그리고 케이고의 집에서 잘 때 말인데."

말하기 망설여지는지 나츠미가 입을 다물었다.

"뭔데? 괜찮으니까 말해봐."

야마시로는 다독이듯 말했다.

"끙끙거리면서 괴로워하던 케이고가, 어느 날은 끙끙 앓은 후에 이상한 목소리로 웃었어."

"웃었다고?"

"분명 뭔가 무서운 꿈을 꿨겠지. 그래서 매번 끙끙 앓은 거고……, 그건 자연스러운 현상이잖아? 그런데 어느 날부터 케이고가 그 꿈을 즐기게 된 것 같아."

야마시로는 더 이상 설명을 요구하지 않았다. 듣지 않아도 알 수 있었다. 나츠미는 야마시로의 내면에 있는 대거를 본 것이다. 어쩌면 모로즈미라는 그 남자를 좀 더 현실적으로 느꼈는지도 모른다. 야마시로는 용기를 내서 물었다.

"우리, 원래대로 돌아갈 수는 없는 걸까."

대답을 기다리는 사이에 카미오오카 방향에서 버스가 다가왔다.

"그럼……."

나츠미가 일어섰고, 버스는 정차했다. 야마시로는 나츠미 뒤에 섰다. 버스 문이 천천히 열리자 나츠미가 어색하게 웃는 얼굴로 돌아보았다.

"아이를 친자로 인정해줘서 고마워……. 또 연락할게."

"역시 안 돼?"

한 번 더 물었다. 나츠미가 버스 승강구에 발을 올리고 말했다.

"지금이 행복하잖아. 케이고는 만화를 선택했고 내가 끼어들 틈새는 없어."

문이 닫혔다. 야마시로는 확신했다. 이제 재결합은 불가능하다. 악마에게 혼을 팔아 이룬 꿈을 돌이킬 수는 없으니까.

19

반장님, 드릴 말씀이 있는데요

야마시로 케이고와 술집에서 이야기를 나눈 지도 2주가 지났다.

일주일 전, 《34》의 내용이 하라 씨 일가족 살해사건의 정황과 흡사하다는 걸 후나키 계장이 오쿠무라 대리에게 보고했음을 마카베 반장을 통해 들었다. 하지만 합동 수사를 요청하라는 상부의 지시는 아직 없었다.

니시사가미하라서에 설치된 특별 수사본부에서는 2계와 5계를 중심으로 수사를 진행 중이지만, 여전히 일가족에 원한이 있는 면식범과 아무 관계도 없는 비면식범 양쪽을 수사 선상에 올려놓은 상태였다. 범인상을 파악하지 못했다는 증거다.

세이다가 소속된 3계는 오늘 밤 드디어 요코하마 시가지에서 잇달아 발생한 편의점 강도 피의자를 체포하는 데 성공했다. 별 어려움 없이 검찰에 송치할 수 있으리라. 지금이라면 새로운 안건이 할당될 가능성이 적으므로, 하라 씨 일가족 살해사건을 지원할 수 있을 터였다.

출근한 세이다는 자기 자리에서 오늘 발매된 〈라이징 선〉을 펼쳤다. 《34》의 이번 회차는 작업실에서 야마시로와 오무라가 복선 회수라고 말했던 이야기가 담긴 내용일 것이다. 자동차 천장에서 발견된 회칼은 대체 무엇이었을까?

세이다는 어디까지나 수사의 일환이라고 스스로를 타이르면서도 조금 두근대는 기분으로 《34》가 실린 페이지를 펼쳤다. 말 그대로 복선 회수를 위한 회차인 듯했다. 하리모토라는 토쿠라의 상관이 감식반의 보고서를 읽고 있다. 그 내용에 아연실색하는 얼굴이 그려져 있었다.

아연실색한 표정의 하리모토.

하리모토 　"토쿠라 경사, 그 차 천장에 숨겨져 있던 흉기 말인데……"

토쿠라 　"감식 결과가 나온 거군요?"

하리모토 "그게, 어떻게 해석해야 좋을지……?"

토쿠라 "네……?"

하리모토 "차에서 일가족을 죽일 때 사용한 흉기가 아니었어."

토쿠라 "그럼, 뭔데요?!"

하리모토가 토쿠라에게 귓속말을 한다.

토쿠라 "!"

다음 컷에서 토쿠라가 소리를 지른다. 말풍선 속의 대사를 읽고 세이다는 경악했다. 분명 등장인물인 하리모토와 똑같은 표정이었으리라. 옆자리의 이시하라가 놀리듯 말을 걸었다.

"세이다, 만화에 푹 빠지다니 아직 동심이 살아 있네……. 이번 사건이 일단락됐다고 땡땡이치면 되겠냐?"

세이다는 억지로 웃음을 지었다.

"뭔 소리야, 수사 자료 읽고 있었어."

"또 그런다."

이시하라는 세이다의 말을 전혀 믿지 않았다.

"그나저나 무슨 만화야? 엄청 놀란 표정이던데."

맞은편에 마카베 반장의 모습이 보였다.

"아, 미안. 잠깐만."

세이다는 이야기를 중단하고 일어섰다. 그러고는 〈라이징 선〉을 들고 마카베에게 다가갔다. 마카베는 어쩐지 떨떠름한 표정이었다. 불길한 예감이 들었다.

"반장님, 드릴 말씀이 있는데요."

"어, 뭔데?"

그 부자연스러운 표정을 보고 세이다는 자신의 감이 들어맞았음을 확신했다.

"하라 씨의 차에서 발견된 회칼 말입니다. 혹시 2계에서 어떤 의견이 나왔습니까?"

"아아, 그거⋯⋯. 그게 말이지."

뭔가를 감추려 한다. 전부터 생각했지만 마카베 반장은 거짓말에 서툴다.

"저기, 아주 의외의 결과가 나온 거 아니에요?"

일부러 놀리듯이 말하자 마카베의 얼굴이 벌게졌다.

"너, 뭔가 아는 거야?"

마카베 반장에게 '너'라고 불린 건 이번이 두 번째다.

"분명⋯⋯."

"분명 뭐?"

마카베가 세이다의 손을 잡아당겼다. 아무도 없는 곳으로 이동하자는 신호다. 수사 1과가 사용하는 커다란 방을 나서서 복도 구석에 있는 자판기 앞으로 갔다. 다행히 아무도 없었다.

"어디서 들었어?"

마카베가 작은 목소리로 윽박지르듯이 물었다.

"어디서라니, 뭘요?"

마카베는 두 손 들었는지 한숨을 쉬었다.

"알았어."

마카베는 쓴웃음을 짓고 말했다.

"어제 오쿠무라 대리님께 호출받았는데, 우리가 하라 씨의 차 천장에서 발견한 회칼에 관해 하실 말씀이 있다고…….."

"아아, 그러고 보니 한창 잠복하던 중에 반장님은 본부로 돌아갔죠."

"보통 같으면 2계 계장이 말하겠지? 어쩐지 낌새가 묘하더라고."

"감식반에서 충격적인 보고서를 올린 거겠죠."

"역시 아는 거야?"

"그 회칼, 하라 씨 일가족 살해사건의 흉기가 아니라, 우리 사건……., 후나코시 씨 일가족 살해사건에 사용된 흉기 아닙니까?"

"이거, 극비 중의 극비라고 오쿠무라 대리님이 신신당부하셨는데……., 누가 입을 함부로 놀린 거야?"

마카베가 무서운 표정으로 다그쳤다.

"남한테 들은 게 아니고."

세이다는 〈라이징 선〉을 마카베 앞으로 내밀었다.

"오늘 나온 《34》에서 봤어요."

마카베의 안색이 바뀌더니, 세이다가 펼친 페이지를 뚫어지게 들여다보았다.

주인공 중 한 명인 토쿠라 경사가 소리친다.

토쿠라   "그 회칼, 대거가 맨 처음 일가족을 살해할 때 사용한 흉기라고요?!"

"어떻게 된 거야."

마카베가 입을 맞출 수 있을 만큼 얼굴을 바싹 들이댔다.

"감식반이 알아낸 지 고작 사흘밖에 안 된 사실인데."

"저라고 알겠어요? 야마시로 케이고가 이 만화를 완성한 건 열흘쯤 전인 걸요."

세이다는 고개를 저었다.

"그보다 《34》와 하라 씨 일가족 살해사건의 공통점을 보고했잖아요. 오쿠무라 대리님이 뭐라던가요?"

"아아, 오쿠무라 대리님과 특별 수사본부도 꽤 관심을 보였지만, 야마시로 케이고를 수사선상에 올리려면 뭔가 하나 더 필요하다는 의견이었어."

"그럼 이걸로 충분하네요."

"세이다 경사는 야마시로가 진범이라고 생각하나?"

"글쎄요."

세이다는 고개를 갸웃했다.

"진범에게 정보를 받는 쪽……, 최악은 공범자. 주범은 아니겠지만요."

"뭐, 어쨌거나 이 일은 당분간 극비 중의 극비야."

"이유는 헨미 아츠시?"

하라 씨 일가족 살해사건은 올해 5월 초, 후나코시 씨 일가족 살해사건은 작년 11월에 발생했다. 헨미는 작년 12월에 신병을 구속당했으니 후나코시 씨 일가족을 죽이는 데 사용한 흉기를 하라 씨의 차에 숨길 수 없었다. 그렇다면 후나코시 씨 일가족 살해사건의 범인인지도 의심스러워진다.

"하지만 위에서는 어디까지나 헨미를 진범으로 여기고 있어."

"즉, 공범이 헨미가 맡긴 흉기를 하라 씨의 차에 숨겼다?"

"……그런 시나리오로 수사를 진행하고 싶은가 봐."

"헨미는 무고할 가능성이 높지 않으려나?"

"그렇다면 현경은 지옥에 떨어지겠지."

마카베가 씁쓸하게 웃었다.

"뭐, 여러 번 떨어져 봤으니 다들 이골이 나 있지 않겠어요?"

세이다는 자학적으로 웃었다.

"그래서 말인데."

아무래도 이게 본론인 듯했다.

"3계에서 우리 둘만 하라 씨 일가족 살해사건의 수사본부에 파견됐어. 유격대 취급이지만."

분명 마카베가 오쿠무라 대리와 후나키 계장에게 직접 호소한 것이리라. 극비 중의 극비를 지키려면 자신들만이라도 수사에 가담하는 편이 나을 거라고.

"유격대라면 야마시로 케이고의 행동 확인에 나설 수 있는 겁니까?"

"그런 셈이지."

20

푹푹푹! 찌걱찌걱찌걱!

무의식중에 의성어를 소리 내어 읽고 있었다. 이번에는 대거가 살육을 자행하는 장면이 중심이다. 여느 때보다 더 즐겁고 재미있다. 고통에 일그러지는 희생자의 얼굴을 그리는 건 자신 있었다.

"푹푹푹! 찌걱찌걱찌걱!"

무대는 교외의 단독주택. 아버지와 어머니, 고등학생 아들과 초등학생 딸. 평소 같으면 대거는 가족 한 명 한 명을 한 달에 걸쳐 스토킹해서 모든 걸 파악한 후 범행에 나선다. 하지만 이번에는 무계획으로 마침 눈에 띈 4인 가족의 집을 느닷없이 덮친다는 설정이다.

대거의 범행 패턴에 들어맞지 않으므로, 주인공 세 명은 분명 골치를 앓으리라. 특히 환영을 통해 미래를 예측하는 미우라에게는 심각한 사태다. 이번에는 아무것도 예지할 수 없을 테니까…….

작품을 시작할 당시에는 미우라, 토쿠라, 시구마, 이른바 '34' 팀 쪽에 서서 스토리를 구상했다. 하지만 지금은 대거에게 마음을 장악당한 듯하다. 대거 쪽에 선 결과, 콘티도 그림도 만족스러운 회차가 많아졌고, 독자들의 지지도 높아졌다.

그때 작업 책상에 놓아둔 스마트폰이 울렸다. 손을 멈추면 흐름이 깨지는 것 같아서 몹시 불쾌하다. 어차피 담당 오무라 씨이리라. 대개는 대단한 용건이 아니었다.

스마트폰을 집어서 화면도 보지 않고 불쾌한 목소리로 대답했다.

"네?"

"선생님, 그 복선 회수 잘 먹혔죠?"

귀를 비집고 들어오는 목소리, 그 남자였다.

"아, 나야 나, 모로즈미. 공동 작업한 사람으로서 나도 독자의 반응 같은 걸 들어보고 싶어서."

완전히 친구를 대하는 듯한 말투였다. 모로즈미는 야마시로와의 거리를 좁혔다고 생각하는 듯했다. 야마시로는 더욱 겁이 났다.

"저기······, 난 독자의 감상이나 팬레터를 보지 않는 성격이라 반응이 있었는지 없었는지 몰라."

컴퓨터 화면 속 그림에 시선을 돌렸다. 즐겁디즐겁게 그림을 그렸던 시간은 안개가 흩어지듯 사라지고, 모니터에 남은 건 눈을 가리고 싶어질 만큼 잔혹한 그림뿐이었다.

"그렇군."

혀를 차는 소리가 들렸다.

"인터넷에서는 평판이 좋아. 야마시로 케이고는 천재라느니, 만화의 신이 강림했다느니 떠들썩한데 정작 선생은 모르는구나."

야마시로는 몇 초 간격을 두고 대답했다.

"아아······, 응."

"그리고 요즘 그 덜떨어진 세 명만 자꾸 나오고 대거의 활약이 적지 않아? 특히 찌르고, 베고, 비명이 난무하는 살인 장면 말이야."

"적기는······! 지금도 대거가 나오는 장면을 그리는 중이고, 요즘은 대거가 주역인 회차도 많아졌잖아."

이딴 변명을 늘어놓고 있는 자기 자신이 한심스러웠다.

"그럼 좀 더 늘려."

격한 분노의 감정이 깃든 목소리였다. 모로즈미의 파괴적인 본성을 목격한 듯한 기분이었다.

"생각해볼게……."

스마트폰을 쥔 손이 바들바들 떨렸다. 역시 난 대거가 아니다.

"사실 난 은퇴할 예정이었어. 하지만 선생 때문에 되돌아왔지. 그러니 끝까지 책임을 져."

"무슨 소리야?"

"가끔은 집으로 오는 팬레터도 확인해봐. 나도 끝까지 함께할 테니까."

크크크 하고 비웃는 듯한 목소리와 함께 전화가 일방적으로 끊어졌다.

야마시로는 한동안 멍하니 앉아 있었다. 그러다 정신을 차리고 로봇처럼 태블릿 펜슬을 손에 쥐었다. 펜 태블릿에 선을 그려 넣으려고 콘티를 확인했다. 대거가 식칼로 소녀의 가슴을 찔러 목숨을 끊는 장면이었다. 펜을 움직이려 했지만 몸이 말을 듣지 않았다.

이유는 알고 있었다. 모로즈미와의 대화 이후로 대거의 시점에서 보던 판타지가 무시무시한 현실로 다가왔기 때문이다. 모니터 속 만화는 만화라고는 하지만 너무 처참했다. 이렇게 어리고 가엾은 소녀의 목숨을 빼앗는 게 뭐가 재미있단 말인가.

전화가 끊기기 직전에 모로즈미가 한 말이 생각났다.

"사실 난 은퇴할 예정이었어. 하지만 선생 때문에 되돌아왔지. 그러니 끝까지 책임을 져."

그 말은 대체 무슨 뜻일까.
모로즈미는 마음에 걸리는 말을 하나 더 했다.

"가끔은 집으로 오는 팬레터도 확인해봐."

집으로 오는……?
"앗!"
야마시로는 소리쳤다. 본가를 나설 때 어머니가 건네준 기묘한 봉투! 야마시로는 계단을 내려가서 거실 소파에 내팽개쳐 둔 가방을 뒤졌다. A3용지 크기의 커다란 봉투를 꺼내서 보낸 사람의 이름을 확인했다.
'하라 사츠키'.
그때 하라라는 성씨를 보고 왜 아무 생각도 하지 않았을까. 야마시로는 스마트폰으로 '하라 씨 일가족 살해사건'을 검색했다. 정확하게는 '사가미하라시 미도리구 진나이산 4인 가족 차내 살해사건'으로, 피해자 중 한 명인 중학생 딸의 이름이 '하라 사츠키'였다. 일부러였다. 모로즈미는 일부러 그 이름을 사용해 야마시로의 관심을 끌려고 한 것이다.

봉투를 찢어서 내용물을 꺼내 편지를 펼쳤다. 워드 프로세서로 작성한 문장이었다. 곧 소리 내어 읽기 시작했다.

"……직접 사인한 사인지 두 장을 다음 주소로 보내세요?"

주소가 있었다.

'히로시마시 히가시구 우시타시타마치 3-5'

"……히로시마?"

21

예술이라

살인 등 중대 사건이 발생하면, 우선 현경 본부장이 최고 책임자를 맡는 특별 수사본부가 설치된다. 본부를 설치하는 장소는 그 사건을 담당하는 경찰서. 수사진의 통솔자는 현경 수사 1과 과장과 관할서 서장. 이번에는 수사 1과 과장 대리(사건 담당 대리)가 지휘를 맡는다. 수사관은 관할서 형사과 형사 전원과 인근 경찰서 열 곳의 강행범계에서 파견된 형사 열 명, 긴급 업무가 없는 관할서 경찰관 그리고 주력인 현경 수사 1과 강행범계 형사다(대개는 두 계가 할당된다). 수사 자체는 수사 1과에서 파견된 형사 한 명과 관할서 형사 한 명이 한 조를 이루어 진행한다.

하지만 이번에 마카베 반은 상황이 다르다. 유격대로서 특별히 참가한 만큼 도움을 줄 관할서 형사는 없고, 늘 행동을 함께하는 3계의 다른 반 형사도 없다. 요컨대, 마카베 반 네 명이 단독으로 야마시로 케이고의 행동 확인에 나서게 됐다. 위장 경찰차에 두 명씩 나누어 타고 야마시로의 자택이 있는 니시토츠카로 향하는 도중에 마카베가 세이다에게 따지듯이 말했다.

"세이다 경사는 좋은 형사지만 수사에 임하는 자세는 지극히 냉정하달까……. 그런데 이번 사건에서는 어쩐지 평소와 다르게 느껴져."

"안 그런데요."

세이다는 슬쩍 받아넘기려고 했다.

"아니, 그렇다니까."

마카베는 물러나지 않았다.

"그야 금세기 들어 최고로 흉악한 살인귀를 붙잡고 싶어서 그러죠. 그나저나 수사하면 할수록 야마시로가 수상하지 않나요?"

"그게 다야?"

운전대를 잡은 마카베가 세이다를 흘끗 보았다. 수긍하지 못한 표정이었다.

"오쿠무라 대리님 말씀대로 전대미문의 연쇄 살인사건이니까 어떻게든 체포하고 싶은 마음이야 다 똑같지."

마카베는 숨을 깊이 들이마셨다가 내쉬었다.

"다만, 내 말은 이번 사건을 대하는 세이다 경사의 태도에서 뭔가 개인적인 집착 같은 게 느껴진다는 거야."

들켰군. 과연 반장이라고 세이다는 묘하게 감탄했다.

"그럼 질문을 바꾸지."

마카베가 진지한 표정으로 말했다.

"범인은 왜 4인 가족을 노리는 걸까? 세이다 경사는 아는 거 아니야?"

"제가 안다고요?"

세이다는 시선을 위로 올린 채 생각을 정리했다. 그리고 마카베를 향해 얼굴을 돌렸다.

"네 명은 뭐랄까⋯⋯, 가족의 이상적인 단위라고 느껴지지 않아요? 너무 많지도, 너무 적지도 않죠."

커브를 돌고 나서 마카베가 말했다.

"⋯⋯난 4남매야. 형 하나에 남동생과 여동생이 하나씩이지. 확실히 부모님에게 관심을 많이 못 받았어. 단란한 가족도 아니었고."

"자녀 복만 많은 집안이로군요."

마카베는 세이다의 비아냥거림을 무시하고 말을 이었다.

"하지만 이해가 안 되는군. 가령 '가족이 단란하려면 네 명이 딱 좋다'는 세이다 경사의 주장이 옳다고 치더라도 왜 죽이고 싶은 건데?"

"네 명은 단란한 가족의 이상적인 단위인 동시에 어쩐지 미심쩍다고 할까……."

세이다는 고개를 기울였다.

"행복을 흉내 내는 위선적인 놀이를 성립시키기 위한 단위라는 느낌이 들지 않나요?"

"그게 세이다 경사 생각이로군."

수긍은 하지 않지만 이야기는 들어주겠다는 뜻이리라.

"제 생각은 이래요."

어쩔 수 없다. 거의 공상에 가까운 추리를 꺼내놓기로 했다.

"대거 같은 인간은 단란한 4인 가족을 동경하는 동시에 몹시 증오하기도 해요. 그들을 영원한 존재로 남겨두고 싶은 마음이 있지만 한편으로 부숴버리고 싶다는 마음도 강한 거예요……. 그러한 심리가 범행 현장의 그 괴상한 예술로 표현된 거겠죠."

"예술이라……."

마카베는 작게 한숨을 쉬었다.

"범인은 4인 가족에게 원한이랄까, 트라우마가 있다고 생각하나?"

"그야 있겠죠. 행복한 4인 가족이었던 자기 집의 가족 관계가 망가졌다든가."

"세이다 경사는 가족이 몇 명이지?"

"일단은……, 네 명인데요."

묻지 말았으면 하는 화제로 넘어갔구나 싶었다.

"일단이라니?"

하지만 마카베는 끝까지 물어볼 생각인 듯했다.

"일찌감치 해체된 가족이라 일단이랄까……."

마카베가 전혀 만족하지 않은 눈치길래, 세이다는 가족의 비밀을 깨끗이 털어놓기로 했다. 제일 하기 싫은 이야기였다.

"오다와라에 제 본가가 있다고 했잖아요. 사실 거기는 할머니 집이에요. 원래 고향은 시즈오카현의 미시마고……, 아버지는 시즈오카현경의 형사였습니다."

"형사? 금시초문이로군."

"반장님한테는, 아니, 남에게는 처음 말하는 거니까……."

세이다는 일부러 웃었다.

"아버지는 검거율 1위를 달리는 형사였는데, 지금도 시즈오카현경에서는 유명한가 봐요. 집에는 표창장도 널려 있었죠."

세이다는 표정이 흐려지는 걸 알 수 있었다.

"하지만 집에서는 술에 취해 어머니와 여동생을 때리기 일쑤였고……, 결국 제가 초등학교 3학년일 때 어머니는 집을 나갔습니다."

"그래서 세이다 경사도 오다와라로?"

"사정이 좀 복잡해요. 어머니가 여동생만 데리고 집을 나가셨어요. 저를 남겨두고요."

아버지는 어머니와 여동생에게만 폭력을 행사했을 뿐, 어째선지 세이다에게는 손을 대지 않았다. 그래서 아버지와 아들, 어머니와 딸로 가정이 갈라졌다. 하지만 세이다는 어머니를 좋아했고 아버지는 경멸했다. 한심한 인생의 패배자로 보였기 때문이다.

"아버지가 왜 저를 안 때렸게요?"

아버지는 아홉 살 먹은 세이다에게 진지한 표정으로 말했다.

"만약 내가 너를 때리면, 내가 늙어서 기운이 없어졌을 때 분명 복수하겠지. 내가 너희 할아버지에게 그랬듯이."

아버지는 세이다가 중학교 1학년일 때 죽었다. 머리에 커다란 종양이 생긴 탓이다.

"그래서 오다와라의 할머니가 저를 거두어주셨죠. 친할머니인데, 아주 인자하신 성격이라 이분이 내 어머니라면 얼마나 좋을까 싶을 정도였어요."

"어……, 여동생과 집을 나간 어머니는?"

"저를 맡기 싫어했어요. 헤어진 남편의 자식이라는 이유 하나로……."

세이다는 또 일부러 웃었다. 본심을 마카베에게 들키고 싶지 않았다.

"그 후로 어머니랑 여동생과는 소원해졌어요."

"그래서 세이다 경사는 범인의 마음을 읽을 수 있는 건가."

세이다는 어떻게 대답해야 좋을까 망설이느라 잠시 침묵했다.

"읽을 수 있는지 없는지는 모르겠지만, 완전히 이해가 안되는 건 아니랄까요……. 물론 살인을 인정하는 건 아니지만요."

"너무 열 내지 마."

마카베가 이야기를 마무리하듯이 말했다. 야마시로의 자택이 있는 고층 맨션 앞에 도착했다. 차에서 내리자 아사노와 이시하라가 이미 정해진 위치에서 대기 중이었다.

"야마시로는 집에 있나?"

마카베가 무선으로 아사노에게 물었다.

"모르겠습니다."

"세이다 경사, 인사하고 와."

"엥, 행동 확인하러 와놓고요?"

"있는지 없는지 궁금하잖아. 우리가 수상쩍게 여기는 건 야마시로도 눈치챘을 테니 훌쩍 와봤다는 설정으로."

"알겠습니다."

로비로 들어가자 인터폰 앞에 오무라가 서 있었다. 척 보기에도 몹시 당혹스러워하는 표정이었다. 그러다 세이다를 보고 놀란 표정으로 바뀌었다.

"원고 받으러 오셨습니까?"

"그게 아니라……, 좀 묘한 전화가 왔길래 와봤습니다."

"묘한 전화?"

"그래서 와보니 야마시로 씨가 없어서……."

두 시간 전, 야마시로가 오무라의 휴대전화로 연락해왔다고 했다. 회의 중이라 전화를 못 받았지만 음성사서함에 메시지가 남아 있었다. 콘티를 짜는 도중이지만 급한 볼일이 생겨서 도쿄를 떠나게 됐고, 아마 오늘 밤에는 돌아오겠지만 원고가 좀 늦어질지도 모르겠다는 내용이었다.

"어디로 갔는데요?"

오무라는 고개를 저었다.

"모르겠습니다."

야마시로의 신변에 무슨 일이라도 생긴 걸까. 그걸 계기로 또 살인이 일어나지는 않을까? 세이다는 불안한 기분이 들었다.

22

첫 번째 독자는 소중하잖아

스마트폰으로 검색해보니 후타바산 꼭대기에 보이는 은색 탑은 불사리* 탑의 위쪽 부분인 듯했다.

히로시마시 히가시구 우시타牛田시타마치下町는 세 방면이 나지막한 산으로 둘러싸인 주택가였다. 저택같이 큰 집이 있는 것에 비해 도로는 도쿄보다 좁았고, 드넓은 밭이나 예전에는 밭이었을 주차장이 가끔 눈에 띄었다. 지명에 '우시타'가 들어가는 만큼, 원래는 전원지대였으리라.

택시를 잡아타고 우시타에 있는 시영버스 종점에서 내렸

---

* 부처나 고승의 화장된 유골 또는 거기서 나온 구슬을 가리키는 말.

다. 어이없을 만큼 히로시마역에서 가까운 곳이었다. 지도로 확인하자 역에서 걸어서도 갈 수 있는 거리였다. 잠시 걸어서 편지에 적힌 주소에 도착했다. 역시 하라 씨의 집은 아니었다. 애당초 집이 아니라 주택가에 있는 약 80평 크기의 빈터였다. '땅 팝니다'라고 적힌 부동산 회사의 세움 간판이 보였고, 빈터 주변에는 철조망이 둘러쳐져 있었다.

야마시로는 지나가는 중년 여자에게 말을 걸었다. 일을 내팽개치면서까지 찾아왔는데 아무런 수확도 없이 돌아갈 수는 없었다. 얼굴이 둥글둥글한 아주머니는 경계하는 낌새 하나 없이 야마시로에게 웃음을 지었다.

"실례합니다. 이 근처에 사세요?"

"네, 저 앞쪽에 살아요."

야마시로는 눈앞의 빈터를 가리켰다.

"여기는 원래 집이었나요?"

"아아, 여기."

여자의 얼굴에서 웃음이 사라졌다.

"혹시 여기를 사시려고요?"

"아아……, 생각은 좀 있긴 한데요."

조금이라도 정보를 얻어내고자 하는 마음에 야마시로는 거짓말을 했다.

"살기 좋은 곳이지만 예전 그 일 때문인지 좀처럼 안 팔리네요."

"어……? 범죄가 발생했나요?"

입에서 대뜸 그런 말이 튀어나왔다.

"범죄?"

여자는 고개를 갸우뚱했다. 착각이었나 싶었을 때 여자는
다시 말을 꺼냈다.

"범죄인지 아닌지는 모르겠네요. 집 근처니까 아니면 좋겠
지만요."

단서를 좀 더 끌어내고 싶었기에 야마시로는 일부러 아무
대꾸도 하지 않았다. 여자는 알아서 이야기를 이어나갔다.

"작년 마지막 날에 불이 나서 홀랑 타버렸어요. 3월? 그쯤
에 불이 난 흔적을 정리해서 빈터로 만들었죠."

"불……, 직접 보셨나요?"

"불길이 어마어마했죠. 스기무라네가 참 딱하게 됐어요."

정리하자면 작년 12월 31일, 스기무라라는 사람의 집이 화
재로 전소했다는 이야기다.

"원래 이 부근에는 신도 씨의 커다란 저택이 있었어요.
30년 전에 집이 팔리고, 집 네 채가 들어섰죠."

알고 싶은 내용과는 무관한 동네의 역사를 꺼내놓길래 야
마시로는 여자에게 감사를 표하고 그 자리를 떠났다. 버스 종
점이 있는 상점가 쪽으로 돌아가면서 카페를 찾았다. 큰길로

나가자 머핀과 커피가 맛있어 보이는 카페가 있었다. 커피를 주문하고 스마트폰으로 '히로시마시 히가시구 스기무라 씨 집 12월 31일 화재'를 검색해보았다.

검색 결과는 10만 건이 넘었다. 아무래도 히로시마에서는 큰 사건이었던 모양이다.

ㅡ 12월 31일, 히로시마시 히가시구 우시타시타마치 3번지에서 화재가 발생, 불에 탄 시체 네 구가 발견됐다. 집주인 스기무라 타쿠마 씨(57)와 아내 토모코 씨(53), 딸 하루나 씨(29), 아들 타츠야 씨(24)와 연락이 되지 않아 경찰은 일가족 네 명이 사망한 것으로 보고 있다.

사건에는 속보도 있었다.

ㅡ 부검 결과 아내 토모코 씨, 딸 하루나 씨, 아들 타츠야 씨는 목과 배, 팔다리에 찔린 상처가 있었으며, 화재가 발생하기 전에 사망한 것으로 밝혀졌다. 타쿠마 씨의 시신에도 목에 베인 상처가 있었지만, 화재가 발생했을 당시는 살아 있었으므로 히로시마현경은 타쿠마 씨가 가족을 살해한 후 자살한 것으로 보고 보강 수사를 서두르고 있다.

사망한 건 4인 가족. 경찰의 판단은 과연 옳았을까? 바로 샘솟은 의문이 확신으로 바뀌었다. 사가미하라의 산속에서 살해당한 피해자 하라 사츠키의 이름으로 배달된 편지는 자칭 모로즈미라는 남자의 메시지가 틀림없었다.

하라 씨 일가족은 후나코시 씨 일가족 다음으로 살해당한 것이 아니다. 두 번째 피해자는 히로시마의 스기무라 씨 일가족이었다. 하지만 화재 때문에 그 사실이 교묘하게 숨겨졌고, 모로즈미가 그 사실을 야마시로에게만 알린 것이다.

오늘 중으로 도쿄에 돌아갈 생각이었던 야마시로는 커피를 두 모금 마시고 계산한 뒤 밖으로 나왔다. 택시를 타자 고작 10분 만에 히로시마역에 도착했다. 비행기가 아니라 집까지 네 시간이나 걸리는 신칸센을 왕복 교통편으로 선택한 건, 이동하면서 생각을 정리하고 싶었기 때문이다. 도쿄행 신칸센이 도착하기까지 20분이 남아 있었고, 야마시로는 대합실의 등받이를 맞댄 벤치에 앉았다. 승객이 별로 없는 시간대였다.

"내 작품인 걸 드디어 알아차렸어?"

야마시로는 공포로 얼어붙었다. 그 소년 같은 목소리였다. 뒤쪽 벤치에 등을 맞대고 앉아 있었다.

"아, 돌아보지 마. 얼굴은 벌써 봤으니까."

크크크크 하고 웃음소리가 들렸다.

"이제 그만두면 안 될까……."

간신히 목소리가 나왔다.

"그만두라니, 뭘?"

"이제 내게 연락하지 말고, 이런 식으로 접근도 하지 말아 줬으면 해."

"저기, 왜 히로시마까지 오라고 했는지 알겠어?"

사고가 마비된 것 같았지만 야마시로는 그 질문의 의미를 생각했다. 하지만 답은 나오지 않았다.

"뭐, 모르겠지."

도움이라도 주는 듯한 그 말투에 왠지 마음이 놓였다.

"요전에 살다 보면 한두 번쯤 사람을 죽여보고 싶다는 생 각이 안 드냐고 물었던 거, 기억나?"

생생하게 기억났다.

모로즈미는 대답을 기다리지 않고 말을 이었다.

"나는 두 번이었어. 딱 두 번만 죽이고 다시는 죽이지 않을 작정이었지. 첫 번째는 야마시로 선생이 봤던 그거야……. 선 생은 음, 내가 만화가라면 첫 번째 독자인 셈이지."

모로즈미가 몸을 움직였다는 게 미세한 진동으로 전해졌다.

"선생도 첫 번째 독자는 소중하잖아."

자신을 죽이지 않은 이유를 깨달았다. 그 엽기적인 살인은 모로즈미의 작품이었고, 야마시로는 그 작품의 첫 번째 관객 이었다.

"그러고 보니《34》의 첫 번째 독자는 누구야? 그 담당자?"

나츠미의 얼굴이 떠올랐다.

"뭐, 됐어."

모로즈미가 말을 내뱉었다.

"그리고 두 번째는 아까 선생이 보고 온 집……. 잔재주를 좀 부렸지만 그래도 모두가 주목해줬으면 해서 불을 질렀지."

벤치 등받이가 바르르 떨렸다. 모로즈미가 소리 없이 웃고 있는 것이다.

"선생, 난 그걸로 끝낼 생각이었어."

모로즈미의 짜증과 분노가 전해졌다.

"하지만 며칠 후에 신칸센을 타고 돌아갈 때 역 매점에서 만화잡지를 산 게 화근이었지……. 〈라이징 선〉이었어."

무슨 말을 하고 싶은 건지 야마시로는 이해했다.

"나는《34》라는 만화가 연재에 들어간 줄도 몰랐어. 그때 처음 본 거야. 3회차 연재분이 실려 있는데, 보자마자 감이 딱 오더군. 주인공 얼굴도 나랑 닮았고 말이야. 작가 이름을 확인하자마자 누군지 바로 생각났어. 아아, 날 만화에 출연시켜 달라는 부탁을 들어주었구나 싶었지……. 나중에 인터넷으로 이전 연재분이 실린 〈라이징 선〉도 모두 구입했어."

모로즈미가 이야기를 중단했다. 등에 진동이 전해졌다. 또 웃고 있는 모양인 듯했다.

"1회차는 내 첫 번째 작품을 표절한 거 아니야? 하지만 분노보다는 감동이 앞섰지. 그 집에 들어온 그 사람이 이렇게까지 내 작품을 이해해주다니 말이야. 완전히 동지가 된 기분이었어. 그리고 이 만화 작가를 위해, 만화 자체를 응원하기 위해 두 번으로 끝내면 안 되겠다는 생각이 들었지."

"어떻게 하면 그만둘 거야?"

야마시로는 용기를 짜내서 물었다.

"그 전에, 선생한테 불평 한마디만 할게."

속삭이는 듯한 목소리였다.

"내가 이렇게 고된 작업을 하는 건 방금 말했듯이 선생을 위해서고, 애당초 선생 탓이잖아."

"그게 무슨 소리야."

"한 번 말할 때 좀 알아들어. 난 히로시마를 끝으로 그만두려고 했는데, 선생 때문에 계속할 수밖에 없었어. 그런데 이제와서 그만두라니 그게 할 소리야?"

이치에 맞지 않는 논리……, 이 남자는 완전히 돌았다.

"아무튼 《34》에서 대거가 펼칠 활약을 기대할게. 세세한 부분까지 똑같이 따라 할 테니까 야마시로 선생도 마음 다잡고 열심히 그려."

등이 가벼워졌다. 모로즈미가 일어선 것이리라. 움직이는 기척이 느껴졌지만 돌아볼 용기는 나지 않았다. 마치 꽁꽁 묶인 것처럼 한동안 꼼짝할 수 없었다.

모로즈미가 왜 자신에게 들러붙는지, 그 이유는 아직 알 수 없었다. 하지만 한 가지는 확실했다. 이대로라면 이 상황을 끝낼 방법은 둘 중 하나가 죽는 것뿐이다. 모로즈미는 4인 가족을 계속 죽일 테고, 자신은 방관자를 넘어 엄연한 공범자가 되어가는 중이었다.

23

하지만 괜찮을까

테이블 뒤편에 있는 소녀.

떨고 있다.

경찰관A "애야, 괜찮니?!"

경찰관B "대거의 범행에서 피해자가 살아남은 건 처음이
         야!"

"어, 이번 피해자는 살리려고?"

메일과 전화로 협의해도 충분한데, 오무라는 굳이 집으로
찾아와 야마시로 앞에서 콘티를 확인했다. 한나절의 **실종** 때

문에 몹시 걱정된 모양이었다.

야마시로는 어젯밤 9시에 귀가해 밤새 콘티를 짰다. 작품의 흐름상 살인하는 장면을 중단할 수는 없었지만, 어떻게든 모로즈미의 범행을 막고 싶었다. 어쩌면 좋을까. 아이디어는 신칸센에서 번쩍 떠올랐다. 대거에게 시련을 주는 것이다. 예를 들어, 목표물 중 한 명을 죽이는 데 실패하는 치명적인 실수를 저지르면 어떨까. 모로즈미도 붙잡히기는 싫을 테니 범행을 단념할지도 모른다.

"하지만 괜찮을까."

사정을 모르는 오무라는 어디까지나 어떻게 하면 《34》를 재미있게 끌고 나갈 수 있느냐는 생각밖에 없었다.

"이러면 흔적 없는 살인자라는 설정이 깨지는데……. 목격자가 나왔으니까."

"하지만 대거가 너무 완벽하면 전개가 원 패턴에 빠져서 독자가 식상해하지 않을까요?"

야마시로는 애써 반론했다.

"그건 알아. 그래서 언젠가 이런 실수를 저지르는 방향으로 나갈 거라고는 생각했지만, 너무 이르지 않아? 이거 4권에 들어갈 내용이라고."

오무라가 수긍할 만한 핑계를 미리 준비해놓았다.

"이걸 실은 실수가 아니라 함정이라는 방향으로 끌고 가려고요. 상상을 초월하는 천재 범죄자 대거가 귀찮게 구는 추격 자 세 명을 놀리기 위해 미끼를 뿌렸다, 뭐 그런······."

거짓말이었지만 오무라는 걸려든 듯했다.

"아, 그런 쪽이었구나."

오무라는 당했다는 기분을 표현하려는지 과장되게 머리를 감싸 안았다.

"그럼 어떤 함정을 팔지도 생각해놨겠네?"

"그건 아직 생각 안 했는데요."

야마시로는 웃었다.

"그래도 어떻게든 하겠습니다."

한순간 오무라의 얼굴이 굳어졌다. 하지만 바로 생각을 바 꾼 듯했다.

"뭐, 요전에 자동차 천장에서 나온 회칼도 멋지게 처리했으 니, 이번에도 야마시로 씨를 믿을게."

"네."

야마시로는 고개를 숙였다. 이야기의 앞뒤를 맞추기 위해 언젠가는 몸이 뒤틀리는 듯한 시간을 보내야 할 것이다. 그래 도 모로즈미의 폭주를 막는 게 먼저였다.

24

캐릭이 다르니까

오무라가 맨션 입구로 나오는 모습을 세이다는 차 안에서 확인했다. 야마시로의 스케줄은 거의 파악했다. 오무라는 어제 돌발적으로 행동한 야마시로가 걱정돼서 콘티 회의를 핑계로 얼굴을 보러 온 것이리라.

24시간 체제로 야마시로의 행동을 확인하는 중이지만, 인원이 네 명뿐이니 돌아가며 맡는다고 쳐도 어마어마한 중노동이었다. 이시하라가 어젯밤 9시경에 야마시로의 귀가를 확인한 후 새벽에 아사노와 교대했고, 지금은 세이다 차례였다.

"야마시로 선생은 어때?"

마카베가 조수석 문을 열고 올라탔다. 교대 시간이 되려면 아직 한참 남았다.

"오무라가 돌아갔으니 지금은 야마시로 혼자겠죠."

"인사하러 안 가나?"

"그럴까도 싶었는데 압력을 주지 않는 편이 낫겠더라고요……. 만약 그가 공범이라면 내버려 두어도 슬슬 꼬리를 내밀 겁니다."

"헨미의 공범? 아니면 대거와 닮은 누군가의 공범?"

그렇게 중얼거리더니 마카베는 테이크아웃한 햄버거를 먹기 시작했다. 고기와 케첩 냄새가 차 안에 차오르자 세이다는 속이 조금 거북해졌다.

"뒤쪽이죠. 대거의 모델이 된 녀석과 공범 관계일 겁니다."

마카베가 햄버거를 씹으며 말했다.

"전부터 말했듯이 헨미는 어디까지나 무죄다?"

"제 생각은 그래요."

세이다는 고개를 끄덕였다.

"헨미는 캐릭이 다르니까."

햄버거를 삼킨 마카베가 입을 열었다.

"캐릭이 다르다니?"

"대거의 캐릭터에 들어맞지 않는다는 뜻."

냄새를 몰아내기 위해 보란 듯이 창문을 열었다.

"헨미가 진범이라면 야마시로는 그렇게 스타일리시한 사이코 서스펜스를 그려내지 못했을 거예요. 범인은 좀 더……, 야마시로가 동경을 품을 만한 인물이어야겠죠."

"과연……."

부정도 긍정도 담기지 않은 말투였다.

"헨미 아츠시는 현재 어떤 상황입니까?"

"검사의 조사가 끝나고, 1심 일정을 결정할 시기 아닐까. 물론 재판원 재판*이겠지."

"유죄 판결이 나올 테니, 원죄** 확정 아닙니까?"

마카베가 인상을 찌푸렸다.

"진심으로 헨미가 후나코시 씨 일가족 살해사건에 관여하지 않았다고 보는 거야? 백번 양보해서 세이다 경사 말대로 다른 살인자가 있다고 치자. 야마시로까지 포함해 세 명이 공범이라면 어때?"

"아닐걸요."

세이다는 딱 잘라 말했다.

"그럼 주범은 대거를 닮은 누군가고, 공범이 야마시로다?"

"네……."

---

*   중대한 형사재판의 심리에 일반 시민이 참여하는 제도. 참가하는 일반 시민 여섯 명을 재판원이라고 한다.

**   억울하게 뒤집어쓴 죄를 가리키는 말.

이번에는 세이다가 물어보았다.

"하라 씨의 차에서 발견된 회칼에 관해 상부는 검찰에 보고했습니까?"

햄버거를 다 먹었는지 마카베가 빈 포장지를 구깃구깃 뭉쳤다.

"아무래도 보고했겠지······. 검찰이 법정에서 그 정보를 내놓을지는 모르겠지만."

"설마 현경의 높으신 양반과 검찰이 매스컴의 비판으로 체면이 깎이는 게 무서워서 헨미에게 억지로 극형을 먹이려는 건 아니겠죠?"

"그렇다기보다 상부와 검찰은 헨미가 어릴 적에 저질렀던 사건을 바탕으로 판단하려는 거겠지."

마카베는 자조하듯 웃었다.

"무엇보다 자기가 하지도 않은 짓을 왜 했다고 자백한 건데?"

"헨미가 저질렀던 살인······, 미성년자가 아니었다면 죽음으로 갚아야 할 큰 죄였다는 건 압니다. 하지만 법적으로는 이미 죗값을 치렀어요. 그러니 과거는 과거, 지금은 지금, 따로 생각해야겠죠."

세이다는 말을 이었다.

"그리고 놈이 왜 하지도 않은 짓을 했다고 자백했는지는 반장님 말대로 의문이에요. 저도 모르겠습니다."

"그렇지?"

마카베는 의기양양하게 웃었다.

"사이코패스니까 사람을 또 죽였으리라는 의혹을 지울 수 없는 건 이해합니다. 이미 자백까지 했고 말이죠. 하지만 사이코패스니까 자기가 그랬다고 말했을 가능성도 있어요. 주목받고 싶어서요. 그리고 어쩌면 운 나쁜 남자가 운 나쁘게도 마침 그 타이밍에 거기 있었고, 경찰이 과거의 범죄를 들이댄 순간 혼란에 빠져 자기가 그랬다는 착각을 일으켰을 가능성도 100퍼센트 없다고는 할 수 없겠죠."

"물론 그런 전례가 있지만, 현경 수뇌진과 검찰이 이제 와서 그 설을 채택하지는 않겠지."

야마시로를 통해 진범을 알아내지 못하는 한, 헨미는 극형을 선고받는다. 하지만 이 일련의 살인사건에는 훨씬 복잡한 내막이 있지 않을까 싶은 기분이었다.

니시사가미하라서에 설치된 하라 씨 일가족 살해사건─정식 명칭인 '사가미하라시 미도리구 진나이산 4인 가족 차내 살해사건'의 특별 수사본부는 현경 수사1과 강행범 2계와 5계를 중심으로 총 500명의 인원이 동원되어 수사를 진행 중이지만, 아직까지 아무 진전도 없었다.

이제 원한 있는 면식범의 소행이라는 의견은 버려졌지만, 산속이라 목격자는커녕 방범 카메라도 얼마 없어서 비면식범의 무차별 범행이라는 확증도 얻지는 못했다.

유격대로 참가한 마카베 반은 2주에 걸쳐 중요 참고인으로 추정되는 야마시로 케이고의 행동 확인에 나섰다. 하지만 그는 집에서 거의 나오지 않았고, 극히 적은 방문자도 대부분 업무 관계자라서 새로이 수사 대상으로 삼아야 할 수상한 인물은 나타나지 않았다. 그래도 오쿠무라 대리와 특별 수사본부는 약간이나마 마카베 반에 기대를 걸고 있었다. 마카베의 수사 방침에 이의를 제기하지 않은 것이 그 증거였다.

세이다는 야마시로의 자택이 있는 맨션 맞은편에 차를 세워놓았다. 저녁 8시가 지났을 무렵, 마카베가 뒷좌석 문을 열고 올라탔다.

"이상 없나?"

"야마시로는 오늘 한 발짝도 밖으로 나오지 않았습니다."

"계속 일인가……, 부자도 편하진 않군."

《34》는 그 후로도 순조롭게 고공 행진을 이어나가는 중이었고, 어느 서점에든 신간이 산더미처럼 쌓여 있었다. 인터넷 서점에서도 베스트셀러 순위 상위권을 유지했다. 지금까지 발행된 책의 인세를 따져보면 올해 야마시로의 수입은 1억 엔을 넘길 게 분명했다.

"오늘 출간된 〈라이징 선〉 볼래요?"

세이다는 몸을 돌려 잡지를 내밀었다.

"뭔데? 드디어 마구 죽이는 장면이 나오나?"

마카베는 잡지를 받아 들었다.

"야마시로 선생이 한 건 했습니다."

"뭐……."

마카베는 불안한 표정으로 《34》가 실린 페이지를 펼쳤다. 말없이 내용을 확인했다. 차 안에 침묵이 흘렀다. 잠시 후 마카베의 눈이 동그래졌다.

"생존자가 나왔잖아. 이러면 대거의 얼굴이 들통날 텐데."

마치 《34》의 팬 같은 말에 세이다는 웃음을 터뜨렸다.

"어때요, 한 건 했죠?"

"세이다 경사 말대로 야마시로가 대거를 닮은 살인자와 공범이고, 그자가 만화를 재현하는 거라면……, 왜 대거가 곤경에 빠지는 스토리를 짰을까."

"어쨌든 진범이 이번에도 만화 내용을 모방해 살인을 저지르고, 피해자 중 한 명을 살려둔다면……, 《34》와 범인의 연관성이 증명되는 거겠죠."

세이다는 야마시로가 진범을 알고 있다고 확신했다. 다음 살인이 이번 만화의 내용과 똑같다면 특별 수사본부도 야마시로를 중요 참고인으로 확정할 것이다. 그러면 경찰서로 임의 동행이 가능해진다.

"하지만 그래서야 살인이 또 벌어지기를 기대하는 것 같잖아. 기운 빠지게."

마카베가 한숨을 쉬었다.

"뭐, 그건 그렇지만……."

세이다는 말을 어물거렸다. 세이다도 그게 마음에 걸렸기 때문이다.

"만약 세이다 경사 생각대로 야마시로와 진범이 연락을 주고받았다고 치자. 이번 화에서 대거를 궁지에 몰아넣은 이유는 과연 무엇일까?"

"제일 유력한 건 의견 차이에 의한 갈등?"

"내 생각도 그래. 세이다 경사의 주장이 옳다면 말이지만."

세이다에게는 다른 가설이 하나 더 있었다. 야마시로의 작품을 진범이 모방하는 것이 아니라, 야마시로가 자신이 그린 대로 사람을 죽이라고 공범자에게 명령하는 경우였다. 그렇다면 야마시로가 주범, 살인을 실행하는 사람이 종범인 셈이다.

세이다의 마음속에서 야마시로는 점점 괴물로 변하고 있었다. 동시에 야마시로라는 인간에게 호감을 품은 것도 사실이고, 《34》를 재미있어하는 마음이 날마다 커져간다는 것도 부정할 수 없었다.

세이다는 그런 자신에게 화가 났다.

25

내 파트너

소파에 앉아 텔레비전을 보며 미소 짓는 타구치 케이코는 어머니의 얼굴을 닮았다. 그렇다고 해서 어머니의 얼굴이 잘 기억나는 건 아니다. 어머니는 인기 없는 호러 잡지에 작품을 연재하는 만화가였다. 그림 실력은 놀랄 만큼 뛰어났지만, 인간이라는 존재를 그려낼 줄 몰랐다. 그래서 그를 이해하지도 사랑하지도 못했고, 여동생이 죽은 걸 계기로 집을 나갔다.

소파 오른쪽 끄트머리에 앉은 타구치 후미야의 얼굴을 보았다. 그의 아버지와 닮은 구석은 없었다. 하지만 그는 자신의 아버지 얼굴을 선명히 기억했다. 집에 있는 아버지가 아니라 신봉자 앞에서 활기 넘치게 가르침을 내리던 얼굴이었다.

아버지는 신봉자에게 '선생님'이라고 불렀다. 행복의 한 단위인 가족들이 모여 사회의 영향력이 미치지 않는 지역에서 자급자족 생활을 한다. 그것이 아버지가 제창한 이상적인 공동체였다. 하지만 가정에서 아버지는 늘 기분이 언짢았고, 자유분방한 어머니와 반항적인 그를 끝없는 위협과 설교로 옥죄었다. 아버지가 죽었을 때는 정말로 속이 시원했다.

타구치 후미야는 어떤 아버지였을까. 다시금 얼굴을 보았다. 너그럽게 웃는 표정을 보니 분명 가족을 사랑한 다정한 아버지가 틀림없었다.

부모님 사이에는 큰딸 츠바사와 작은딸 아오이가 앉아 있었다. 츠바사는 웃는 얼굴이었지만 아오이는 괴로워 보였다. 살아 있기 때문이다.

그는 또 화가 났다. 여기에 있는 건 미완성 작품이다. 이런 어중간한 창작을 강요한 건 야마시로 케이고다.

그는 야마시로 선생을 기쁘게 하려고 공들여 다음 목표물을 골랐다. 그 이상적인 가족이 타구치 씨 일가족이었다. 그런데 한 명을 살려두라고? 대체 내 파트너는 내게 뭘 시키고 싶은 걸까. 날 괴롭히고 싶은 건가? 하지만 그는 할 일을 마쳤다. 아오이를 제외하고서 완벽한 미와 죽음의 세계를 만들어냈다.

집을 나설 때 아오이를 보았다. 고통스러워하는 소리 같은 건 들리지 않았다. 큰일이다. 죽어버린 걸까? 허둥지둥 자세히 들여다보았다. 희미하게 숨을 쉰다. 잘됐다. 평생 깨어나지 말아라. 아오이가 아무 말도 하지 않아야 작품을 계속 만들 수 있다.

동시에 아오이가 의식을 회복해 사건에 관해 증언한다는 최악의 시나리오도 머릿속에 떠올랐다. 그러자 그는 야마시로에게 더욱 화가 났다.

26

일종의 빌려 쓴 물건

다시 만나자는 말에 대답하지 않은 나츠미지만 전화는 받아주었다. 야마시로는 이틀에 한 번씩 연락해서 배 속의 아이에 관해 물어보고, 뭔가 힘든 일이 있으면 망설이지 말고 이야기하라고 당부한 후 전화를 끊었다.

하지만 오늘 전화한 건 나츠미에게 중요한 결의를 밝히기 위해서였다. 평소처럼 아이가 어떤지 물어본 후 본론을 꺼내려고 했다. 그런데 웬일로 나츠미가 먼저 질문을 던졌다.

"일은 여전히 바빠?"

얼어붙은 관계가 녹을 조짐이 보이는 것 같아서 야마시로는 기뻤다.

"뭐, 바쁘다면 바쁜 편이지."

"만화, 정말 인기 많은가 보더라. 요전에 서점에서 봤는데 신간이 매대에 잔뜩 진열되어 있었어."

"운이 좋았다고 할까……."

운이 좋은 정도가 아니었다. 오늘 아침 원고를 받으러 온 오무라가 "4권은 초판을 50만 부 찍을 예정이야. 그야말로 쾌거라고, 쾌거!"라고 소리친 게 생각났다.

하지만 히로시마에 다녀온 후로 그런 건 아무래도 상관없었다. 마침내 속내를 털어놓기로 결심했다.

"실은 나……, 《34》 연재를 그만둘 생각이야."

"뭐?"

야마시로는 개의치 않고 말을 이었다.

"《34》를 그만두면 다음 기회는 없다는 거 잘 알아……. 하지만 이 만화는 제일 처음으로 감상한 나츠미 말마따나 내 작품이 아닌 것 같아. 아무리 인기가 많아도 이건 진짜 내 것이 아니야……. 물론 원래 내 모습으로 돌아가면 다시 퇴짜만 맞겠지."

"괜찮아. 케이고에게는 재능도 있고……."

다음 말을 꺼내는 데는 각오가 필요했다.

"전혀 없어."

나츠미는 아무 대답도 하지 않았다.

"그건 일종의 빌린 물건인데……, 뭐라고 할까. 예전에 내가 한 말 기억나? 멋진 캐릭터를 만들어내면, 캐릭터가 만화가를 떠나서 오히려 만화가를 지배한다는 말."

잠깐 침묵이 흐른 후 나츠미가 대답했다.

"응, 기억나."

"난 지배당하는 걸 넘어서 탈취당했어."

어느덧 목소리가 꽉 잠겼다.

"놈을 보았을 때, 내가 놈의 속에 들어가고 놈이 내 속에 들어왔어……. 그때만 해도 이득이 되는 관계였지."

"저기, 대체 무슨 소리야?"

야마시로의 영혼이 내지르는 비명이 전해진 듯했다. 심상치 않은 고백임을 알아차린 거다. 나츠미의 질문에는 대답하지 않은 채 야마시로는 자기가 하고 싶은 말을 이었다.

"하지만 지금은……, 대거에게 장악당해서 제어가 불가능해."

모든 사정을 털어놓고 나츠미를 곤란하게 만들 생각은 없었다. 지금은 그저 자신의 심정을 들어주기만을 바랐다.

"캐릭터가 자신을 투영한 존재라면 그나마 낫지. 작품 속에서 멋대로 움직이는 정도에 그쳐도 다행이야. 하지만 나처럼 빌린 캐릭으로 승부했을 때, 그 캐릭이 너무 리얼하고 강렬하면……, 일상생활까지 침입해 들어와."

말을 끊은 건 머릿속에 모로즈미의 옆얼굴이 떠올랐기 때문이다.

"더 이상은 안 돼……."

야마시로는 무의식중에 중얼거렸다.

"저기, 케이고."

나츠미의 목소리가 커졌다.

"케이고!"

야마시로가 얼마나 큰 혼돈을 끌어안고 있는지 알아차린 것이리라. 진정시키려고 애쓰는 나츠미의 목소리 덕분에 야마시로도 곧 정신을 차렸다.

"그러니까 아무튼《34》를 그만둘 거야."

나츠미는 아무 말도 없었다. 그야 그럴 것이다. 무슨 말을 해야 좋을지 모를 테니까.

"재결합할 수 있을 거라고는 생각지 않지만 그때는……, 나를 만나줄래?"

"응."

나츠미는 바로 답했다.

약간이나마 구원받은 기분이었다.《34》를 끝내는 건 잘못된 판단이 아니라는 걸, 그 결의를 다시금 다졌다.

나츠미와 통화하고 30분 후, 야마시로는 스마트폰 잠금을 풀었다. 오무라에게 전화해서 편집장과 만날 약속을 잡을 생각이었다. 앞으로 한두 권 안으로 작품을 끝내면 각 관계 분야에 피해가 발생할 수밖에 없다. 좋은 일은, 아니, 좋은 일은 아니지만 서둘러 알리면 알릴수록 두루두루 피해가 적을 것이다.

텔레비전을 켜놓은 걸 깨닫고 리모컨을 찾았다. 익숙한 교양 채널의 사회자 얼굴이 화면에 비쳤다. 갑자기 신호음이 울리더니 화면 위쪽에 하얀 글씨로 임시 뉴스가 흘러갔다. '요코하마시 미도리구에서 일가족 세 명의 시체 발견. 한 명은 의식 불명의 중태'라는 내용이었다.

스마트폰을 쥔 손이 무감각해졌다. 모로즈미가 또 범행을 저질렀다. 야마시로가 그린 만화와 똑같이 생존자를 남긴 채로…….

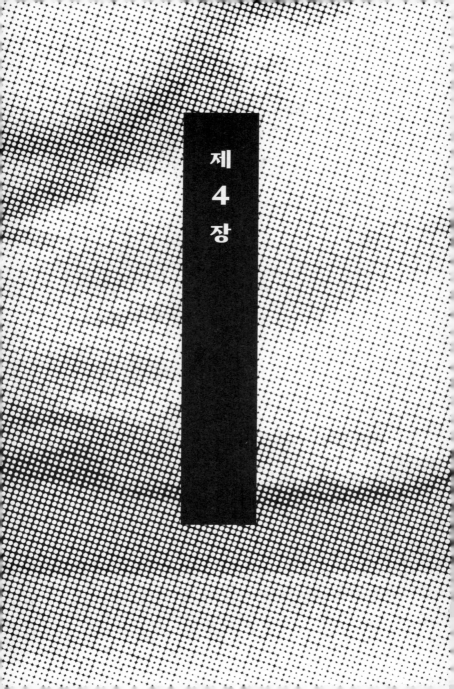

제

4

장

그림자 남자는 무섭지 않다.

그렇게 생각하고 싶어서 다시 얼굴을 보았다.

적의가 없음을 알리고자 미소까지 지었다.

그림자 남자도 더 활짝 웃어주기를 기대했지만,

그의 얼굴에 더는 웃음기가 없었다.

화를 돋우었는지도 모른다.

일부러 미소 지은 걸 후회했다.

정체를 알기 위해 직시해야 할 때가 왔다.

얼굴을 똑바로 들어 빤히 들여다보았다.

그림자 남자의 얼굴이 똑똑히 눈에 들어왔다.

그 순간,

너무 놀라 목소리가 나오지 않았다.

27

우리가 더럽게 무능하다는 겁니다

타구치 씨 일가의 집은 밭과 숲 사이에 자리한 2층짜리 단독 주택이었다. 미도리구의 대규모 주택가에 속한 곳이지만, 다른 집들과는 조금 떨어져 있었다.

경찰관이 아주 많았다. 수많은 경찰차와 감식반 차량, 경찰관 수송차가 주차되어 있었다. 집 주변은 출입 통제선으로 차단됐고, 집 전체가 파란색 시트로 최대한 가려져 있었다.

"세이다 경사, 느낌이 어때?"

현장에서 나온 세이다에게 마카베가 물었다.

"속이 부글부글 끓는다는 게 뭔지 알았습니다……. 화밖에 안 나네요. 얼른 범인을 붙잡아서 때려죽이고 싶어요."

소파에 나란히 앉아 있던 세 명의 시신이 머릿속에 되살아났다. 피투성이로 웃는 얼굴. 셋 다 이목구비가 반듯한 얼굴이라 더 처참하게 느껴졌다.

"그게 아니라……."

마카베도 화가 치미는 모양이었다.

"타구치 씨 일가족 살해 현장 말이야."

"뭘 물어보고 그럽니까."

왠지 마카베를 책망하는 듯한 말투가 나왔다.

"끈으로 묶어놓고 웃는 얼굴로 만든 시신이 후나코시 씨 일가족 사건 때와 똑같잖아요."

"다른 사람들의 의견도 그래."

묘한 조합이었다. 수사 1과에서 동원된 건 3계와 4계. 후나코시 씨 일가족 살해사건의 특별 수사본부와 동일했다.

"헨미 아츠시는 무죄고, 진범은 따로 있는 거 아니냐고 수군거리는 녀석들까지 있어."

1과 과장도 오쿠무라 대리도 카나가와에서 이렇게 자주 발생하는 4인 가족 살해사건을 더는 우연으로 치부할 수 없는지, 후나코시 씨 일가족과 하라 씨 일가족 살해사건을 합쳐 재수사할 필요가 있다고 진지하게 검토하기 시작한 듯했다.

"요전에 이야기한 대로 범인은 《34》의 내용에 맞춰 일부러 생존자를 남겼어요. 야마시로와 범인에게 뭔가 접점이 있는 게 분명하다고요."

"그 전에 살아남은 아이의 용태가 걱정이군. 의식을 회복하면 범인이 어떻게 생겼는지 알아낼 수 있을 텐데."

살아남은 타구치 아오이는 토오카이치 종합병원에 입원했다. 병원에 도착하자 마카베만 용태를 확인하기 위해 안으로 들어갔고, 세이다는 주차장 앞 흡연 구역 근처에서 기다리기로 했다.

비가 내렸다. 소나기이리라. 세이다는 오롯이 비를 맞으며 앞으로 어떻게 수사해나갈지 생각했다. 그렇다기보다 야마시로를 어떻게 족칠지 작전을 짜기로 했다. 《34》의 내용과 사건의 유사성을 고려하건대 중요 참고인으로 임의 동행을 요청할 수 있었다. 이제 본부장도, 수사 1과 과장도, 오쿠무라 대리도 거부하지 않을 게 분명했다.

야마시로가 사건과 어떤 관계인지는 일단 제쳐놓더라도, 그가 명성을 얻을 수단으로써 살인을 묵인한 건 틀림없었다. 세상 사람들의 규탄 외에 대체 무슨 죄를 물을 수 있을까.

세이다는 '넓은 의미의 공범'의 정의에 관해 생각해보았다. 경찰학교에서는 물론이고 경사 승진시험에도 자주 나오는 법률 용어다. '넓은 의미의 공범'은 '공동정범', '교사범', '방조범'을 가리킨다. 살인 현장에 있던 두 명 중 한 명이 실제로 살인을 저지르고, 한 명은 보고만 있었어도 '공동정범'에 해당한다. 하지만 야마시로가 살인자와 함께 현장에 있었다고는 보기 힘들다. 그러니 여기에는 해당하지 않으리라.

'교사범'으로라면 입건이 가능할지도 모른다. 범죄자의 범죄 욕구를 부추겨 범죄를 실행시켰을 경우, 교사범에 해당한다. 하지만 야마시로가 살인자를 직접 설득한 게 아니라 《34》라는 만화를 통해 교사했다면 어떻게 되는 걸까?

마지막 '넓은 의미의 공범'도 야마시로에게 적용해보았다. 예를 들어, 살인을 저지를 뜻이 있는 사람에게 흉기를 건네는 등의 방법으로 도움을 주었을 경우라면 방조범에 해당한다. 만화는 흉기로 인정될까? 만약 이 논리가 통한다면 정범은 무리더라도 종범으로 야마시로를 기소할 수 있을 것이다.

아니, 아니, 아니……. 세이다는 자신의 생각을 부정했다. 현실은 그렇게 굴러가지 않는다. 검사는 살인자가 멋대로 야마시로의 만화를 모방했을 뿐이라고 여길 가능성이 높기 때문이다. 요컨대 '사회적 책임은 면할 수 없겠지만, 형사처벌을 받을 범죄로는 볼 수 없다'는 해석이 나올 게 분명했다.

놈은 어디까지나 강 건너 불구경하는 입장인가. 세이다는 야마시로가 몹시 증오스러웠다. 얼마나 용서받지 못할 짓을 한 건지 아느냐고 따지고 싶었다. 그리고 살인자와 함께 죽든지, 살인자를 붙잡기 위해 당신도 목숨을 걸든지 선택하라고 따끔하게 한마디하고 싶었다.

"이봐, 세이다 경사."

생각에 푹 빠져서 마카베가 돌아온 줄도 몰랐다.

"어떤가요?"

당황해서 물었다.

마카베는 입을 꾹 다물고 고개를 좌우로 흔들었다.

"의식이 돌아올지는 미지수래."

대량 출혈로 뇌에 손상을 입어 평생 의식을 되찾지 못할 수
도 있다고 했다.

"차라리 죽는 게 나을지도 모르겠군."

세이다가 무심코 본심을 내뱉자 마카베는 인상을 찌푸
렸다.

"야, 무슨 말이 그래?"

"부모님이고 언니고 다 죽었잖아요. 의식을 되찾으면 지옥
이라고요."

마카베는 입을 다물었다. 아무리 그래도 말이 너무 심했다
고 나무라는 눈치였다.

"한 가지 분명한 점은……."

그런 마카베를 도발하듯 세이다는 말했다.

"우리가 더럽게 무능하다는 겁니다."

세이다는 차를 향해 빗속을 걸어갔다.

28

못 그리겠습니다

앞으로 한 권이나 두 권으로 작품을 끝내고 싶다는 말에 카토 편집장은 발끈한 기색이 역력했다.

"야마시로 씨, 갑자기 왜 그래?"

"죄송합니다."

야마시로는 눈을 내리뜬 채 작은 목소리로 말했다.

응접실에는 야마시로와 오무라 그리고 〈라이징 선〉의 편집장 카토가 있었다.

오무라에게 중요하게 할 이야기가 있어 출판사로 찾아갈 테니 만나달라고 하자, 처음에는 무슨 용건인지 알려달라고 몇 번이나 캐물었다. 야마시로의 말투에서 심상치 않은 뭔가를 느꼈기 때문이리라. 하지만 만나서 말하겠다는 말로 일관하며 만남을 요청하자, 오늘은 최종 교정을 보는 날이라서 둘다 온종일 회사에 있다는 대답이 돌아왔다.

"모방범일까 봐 염려되는 거지?"

오무라가 말했다.

"마음은 이해하지만……, 아직 결론을 서둘러서는 안 되지 않을까?"

"하지만 오늘 요코하마 미도리구에서 발생한 사건 아시죠? 요전에 제가 그린 장면과 똑같잖아요. 범인은 일부러 한 명을 죽이지 않은 거라고요."

"일부러인지 아닌지 어떻게 알아!"

카토 편집장이 감정을 노골적으로 드러내며 반론했다. 야마시로는 잠자코 들었다. 조리 있게 설명하고 싶어도 그럴 수 없었기 때문이다. 모로즈미에 대해서는 오무라에게조차 말하지 않았다. 모로즈미를 곤경에 빠뜨리기 위해 일부러 피해자를 한 명 살려놓았다고는 절대 말할 수 없었다.

"네티즌들이 《34》와 카나가와현에서 잇달아 발생하는 4인 가족 살해사건의 유사점을 지적하고 있으니……, 더 연재했다간 〈라이징 선〉도 피해를 입을 겁니다."

"연재를 안 하면 피해를 입겠지."

편집장이 내뱉듯이 말했다. 《34》의 연재 종료는 야마시로가 생각했던 것보다 훨씬 심각한 안건인 듯했다.

"야마시로 씨, 인터넷은 보면 안 돼."

오무라가 말했다.

"열심히 홍보해서 많이 팔아주신 건 감사합니다. 하지만 그 만화는 세상에 나와서는 안 됐어요. 제가 그려놓고 이런 말씀을 드리려니 뭐하지만, 그건 쓰레기 같은 작품입니다."

"쓰레기라니 말이 너무 심하잖아. 난 그렇게 생각 안 해."

이번에는 오무라를 화나게 하고 말았다. 세 사람이 각자 하고 싶었던 말을 내뱉고 나자 침묵이 흘렀다. 아무래도 속마음을 있는 그대로 털어놓는 수밖에 없을 것 같았다. 야마시로는 모깃소리로 말했다.

"엄청난 민폐라는 건 잘 압니다……. 그래도 더는 못 그리겠습니다."

오무라와 카토 편집장이 얼굴을 마주 보았다. 냉정함을 되찾으려는 건지 카토가 심호흡을 했다. 그리고 부드러운 목소리로 말했다.

"제일 큰 피해를 입는 건《34》를 응원해주는 독자들이야."

야마시로는 말없이 고개를 끄덕였다.

"그럼 이러는 건 어떨까?"

카토가 제안했다.

"연재를 종료하는 게 아니라 잠시 휴재하는 건."

"……휴재요?"

"야마시로 씨가 《34》에 깔아놓은 복선을 고려하면, 한두 권으로는 도저히 마무리짓지 못해."

옆에서 오무라가 고개를 끄덕끄덕했다.

"그리고 방금 말했듯이 뜬금없이 작품을 끝내는 건 독자에게 실례야."

야마시로는 아무 대꾸도 하지 못했다. 혼조 선생님도 비슷한 소리를 했다. 아무도 바라지 않는데 갑자기 만화를 끝내는 만화가는 만화의 신에게 저주를 받는다고.

하지만 지금으로서는 그런 문제보다 사람 목숨이 더 중요했다. 휴재는 받아들일 수 없다고 주장하려 했지만, 카토는 그 방향으로 더더욱 논리를 쌓아나갔다.

"더구나 잡지 쪽도 타격이 커……. 판매 부수 측면에서 고전 중이니까."

카토가 한쪽 입꼬리만 끌어 올렸다.

"그러니까 휴재 형태로 가다가, 언제가 되든 상관없으니 그릴 수 있겠거든 바로 재연재하도록 하지."

"야마시로 씨도 끝까지 그리고 싶잖아."

오무라가 편집장의 의견에 힘을 실었다. 몇 시간을 상의한다 해도 그만두라는 허락은 떨어지지 않으리라는 걸 야마시로는 깨달았다. 아무래도 실속을 선택하는 수밖에 없을 듯했다. 몇몇 전례가 있는 영구 휴재다. 이 방향이라면 모로즈미는 범행을 멈출지도 모른다.

"네……."

거짓말을 하려니 기분이 별로였다. 최악의 상황을 모면해서 안도한 것인지 오무라와 카토 편집장의 얼굴에 웃음이 돌아왔다.

"그나저나 야마시로 씨, 이번에도 재미있었어."

골치 아픈 이야기가 마무리됐다고 생각했는지, 카토가 살살 비위 맞추는 소리를 했다. 야마시로는 억지로 웃음을 지으며 고개를 끄덕였다.

"편집장님, 4권은 초판이 50만 부죠?"

요전에 했던 이야기를 오무라가 편집장에게 확인했다. 반드시 재연재를 해야 한다는 의미가 담긴 말이리라. 편집장이 웃는 얼굴로 "영업부 말로는 그래"라고 확답했다. 야마시로는 또 어색하게 웃었다.

"그럼 언제부터 쉬고 싶은데?"

오무라가 조심스러운 표정으로 쭈뼛쭈뼛 물어보았다.

"가능하면 다음 호부터요."

야마시로는 대답했다. 오무라는 아무 말 없이 카토 편집장을 쳐다보았다. 카토도 예상보다 너무 이르다는 표정이었지만, "어쩔 수 없지" 하고 결단을 내렸다.

오무라가 안도한 표정을 지으며 말했다.

"그럼 휴재 고지를 해야겠군요. 원고가 마감이 안 돼서 빠졌다는 오해 같은 건 피하고 싶으니까요."

"그래야지."

"야마시로 씨, 미안하지만 잠깐만 더 있어 봐. 휴재를 알릴 페이지에 실을 사과문과 간단한 그림 좀 부탁하자."

출판사를 나설 때의 기분은 최악이었다. 자신이 실제로 저지른 짓을 아무에게도 말할 수 없었기 때문이다. 이대로는 죄의식에 짓뭉개질 것만 같았다. 어떻게든 좋은 생각을 하려 애썼지만 아무것도 떠오르지 않았다. 나츠미도 마찬가지였다. 만나주겠다고는 했지만, 두 사람의 관계를 예전으로 되돌릴 수는 없었다. 그러한 현실 앞에서 무거운 후회밖에 느껴지지 않았다.

어떻게 하면 좋을까. 어떻게 하면 모로즈미의 흉악한 범행을 막을 수 있을까? 목숨과 맞바꾼다면 과연 이 살인을 끝낼 수 있을까? 죽음을 각오할 때가 가까워졌음을 야마시로는 예감했다.

지하철 계단을 내려가는데 스마트폰이 울렸다. 발신자는 '아야'였다. 그때 면박을 당한 후로는 누나와 말을 섞은 적이 없었다. 여전히 화가 가시지 않았을 것 같았기에 의외였다. 통화를 위해 화면을 터치하고 스마트폰을 귀에 댔다.

"응."

"나츠미한테 들었어. 너도 짐승은 아니었구나."

여전히 툭툭거리는 말투였지만 용서한 모양이다.

"용건이나 말해."

야마시로는 퉁명스럽게 대꾸했다.

"요전에 말했던 날……, 집에 올 수 있어?"

"무슨 날?"

아야가 아무 대꾸도 하지 않아서 생각났다.

"아, 남자친구를 집에 데리고 온다는 날?"

"응, 그날."

"수줍어하기는."

"쓸데없는 말은 됐고."

귀가 아플 만큼 목소리가 컸다.

"그럼 오는 걸로 알게."

야마시로의 대답을 기다리지 않고 아야는 전화를 끊었다. 누나와 화해한 덕분에 마음이 조금 가벼워졌다. 현실에서 도피하려는 건 아니었다. 목숨을 바치기 전에 잠깐 휴식을 맛보는 정도는 괜찮지 않나 하는 심경이었다.

29

야마시로 선생은 유명인

타구치 씨 일가족 살해 및 살인미수 사건의 특별 수사본부는 미도리키타 경찰서에 설치됐다. 사건이 《34》의 내용과 유사하다는 사실은 오쿠무라 대리와 미도리키타서 서장도 아주 중요한 단서로 받아들였다. 하지만 야마시로를 참고인으로 출두시키는 건 시기상조라고 본부장이 또 제동을 걸었다. 세이다가 이의를 제기하자 마카베는 어린아이를 달래듯이 설명했다.

"일단 기뻐해. 오쿠무라 대리님도 1과 과장님도 세이다 경사의 공이라는 건 인정했어. 즉, 야마시로 케이고의 작품과 살인자의 관계를 중시해서 수사를 진행하자는 점에서는 의견이 일치했지.”

“그럼 왜 야마시로를 못 끌고 오게 하는 건데요?”

“그러니까…….”

마카베가 한숨을 짧게 내쉬었다.

“시기상조라고. 언젠가는 데려올 거야.”

“그러니까 왜 시기상조냐고요.”

세이다는 화가 가라앉지 않았다.

“타구치 씨 일가족뿐만이 아니에요. 후나코시 씨 일가족과 하라 씨 일가족과도 무관하지 않은 인간인데!”

마카베는 참을성 있게 설명했다.

“이유 중 하나는 야마시로 케이고가 세이다 경사 생각보다 훨씬 유명인이기 때문이야. 그 기분 나쁜 만화, 베스트셀러라고.”

“헨미 일도 있기 때문이겠죠.”

마카베의 표정이 바로 흐려졌다.

“뭐……, 그렇지.”

카나가와현경 상층부는 헨미 아츠시가 무죄일 가능성을 진심으로 검토하기 시작한 듯했다. 그렇다면 후나코시 씨 일가족 살해사건의 수사가 원점으로 돌아갈뿐더러 현경을 비판하는 여론의 뭇매는 피할 수 없게 된다. 또 무고한 사람을 구속했다는 결론이 나면 1과 과장과 형사부장은 물론, 본부장까지

경질될 수 있다.

"하지만 피의자가 분명한데도 피의자가 아닌 어디까지나 참고인으로서 야마시로의 이야기를 듣겠다는 거라고요. 그 정도라면 세상 사람들도 이해하겠죠."

감정이 격해진 세이다는 가벼운 말투를 넘어서 마치 야단치는 듯한 말투로 쏘아붙였다.

"그러니까 아까 말했잖아. 야마시로 선생은 유명인이야. 주간지에서 냄새라도 맡아 봐. 매스컴은 100퍼센트 피의자 취급을 하겠지. 그러다가 우리가 사건과는 관계없었습니다, 하고 말하면 어떻게 될까? 멋대로 피의자 취급했던 매스컴이 손바닥을 홱 뒤집어서 전부 경찰 탓이라고 몰아붙일걸."

마카베는 자조하듯 웃었다.

"정말 못 해먹겠다니까."

"그럼 우리는 뭘 합니까?"

"계원 전원이 야마시로의 행동을 감시하다가 적절할 때 잡아들여야지."

"적절할 때가 언제인데요?"

"계장님 말로는 최소한 2주는 보라는군."

세이다는 못마땅한 표정으로 벌떡 일어섰다. 이래서는 또 살인이 벌어진다. 어린아이 같다는 건 알지만 반항적인 태도로 그 생각을 전하고 싶었다.

30

어째서?

이번 호《34》의 마지막 페이지 옆에 고지문이 실려 있었다.

*《34》휴재 소식을 알려드립니다.

늘《34》를 사랑해주셔서 감사합니다.
정말 죄송하지만 야마시로 케이고 작가님의 사정으로《34》는 당분간 쉬어갑니다. 매주 즐거운 마음으로 기다려주신 독자 여러분께 죄송하다는 말로 모든 걸 대신할 수 없다는 것을 잘 압니다. 최대한 빨리 돌아올 것을 약속드립니다.

-주간 〈라이징 선〉 편집장 카토 타츠오

* 작가님의 말씀

"《34》를 끝까지 그리고 싶다는 굳은 결심에는 변함이 없습니다. 하지만 지금은 개인 사정으로 편집부에 양해를 구하고 잠시 쉬어가기를 결정했습니다. 독자 여러분, 정말 죄송합니다."

-야마시로 케이고

"어째서?"

처음에는 두 눈을 의심했다. 하지만 곧 사실임을 깨닫고 들고 있던 〈라이징 선〉을 꽉 움켜쥐었다.

야마시로 선생이 제시한 어려운 임무를 아무 불평도 없이 완수한 후, 간신히 꼬리를 잡히지 않고 도망쳤다. 이렇게까지 노력하는 모습을 보여줬는데, 선생은 대체 무슨 꿍꿍이인 걸까.

이성으로 억누르고 있던 분노가 부글부글 끓어올랐다. 그는 결심했다. 지금이야말로 야마시로를 넘어서야 할 때다. 대거가 실존한다는 사실을 세상에 똑똑히 보여주는 거다. 그러면 된다.

곧 그는 평정심을 되찾았다. 어차피 다음 목표물도 정해두었고 준비도 착착 진행 중이었다. 만화로 말하자면 깔아둔 복선 가운데 하나를 회수할 참이었다. 목표물은 야마시로 케이고.

그 남자에게 진정한 공포를 맛보여줄 생각이었다.

31

비밀, 비밀

야마시로는 집에 틀어박혀 아무것도 하지 못하는 상태로 하루하루를 보냈다. 《34》를 그리지 않아도 되니 마음이 놓이긴 했지만, 공포가 이 정도로까지 가슴속에 스며들 줄은 몰랐다. 전화가 올 때마다 몸을 움찔했고, 인터폰이 울리면 귀를 막았다.

내가 이렇게 겁쟁이였나. 후나코시 씨 집에서 목격한 살인 현장이 갑자기 머릿속에 되살아났다. 자신이 죽음을 얼마나 두려워하는지 여실히 깨달은 날이었다. 하지만 본가에 들르기로 한 이상 오늘만큼은 밝은 모습을 연기해야 했다. 부모님에게는 걱정을 끼치고 싶지 않았다. 그리고 오늘은 아야, 누나가 주인공이다. 그러니 절대로 속마음을 들켜서는 안 됐다.

인터넷으로 예약한 택시가 맨션 앞에 도착했다는 연락을 받고 엘리베이터로 내려갔다. 밖에 나가는 건 일주일 만이었다. 지난번 외출 때는 근처 편의점에서 필요한 물건만 사서 부리나케 집으로 돌아왔다.

맨션 밖으로 나간 야마시로는 신중하게 주변을 살폈다. 모로즈미의 모습은 보이지 않았다. 니시토츠카에서 본가로 이동하는 동안 긴장이 약간 풀렸다. 아무리 모로즈미라도 이제는 쫓아오지 못하리라.

집 앞에서 택시를 세우고 차에서 내렸다. 대문을 열고는 웃어, 웃어, 하고 스스로를 타일렀다.

"나 왔어."

인사를 건네며 현관문을 열었다. 대답이 없다. 웬일로 집에 음악을 틀어놓았다.

"나 왔다니까!"

더 큰 소리로 외치자 손님방 문이 열리고 아야가 얼굴을 내밀었다.

"아, 미안. 잘 안 들렸어."

복도 안쪽의 부엌에서 어머니도 웃는 얼굴로 나왔다.

"아, 왔니?"

현관 턱에 앉아 운동화를 벗는 야마시로에게 어머니가 말했다.

"아야의 남자친구, 손재주가 있네. 지금 부엌에서 생선을 손질하고 있어."

야마시로는 구호라도 외치듯 다시 한번 웃어, 웃어, 하고 마음속으로 중얼거리며 앞에 놓인 슬리퍼를 신었다.

"아야, 빨리 소개해줘."

"알았어. 하지만 남자친구라기보다 아직 썸 타는 사이야."

"알 게 뭐야."

야마시로는 앞장서서 복도를 걸어가는 아야를 따라갔다. 어머니도 뒤따라왔다. 걸음을 옮기던 야마시로는 귓가에 울려 퍼지는 음악을 어디선가 들어본 것 같은 기분이 들었다.

이거……, 무슨 곡이었더라?

아야가 부엌 문을 열자 식탁에 그릇을 늘어놓는 아버지의 모습이 눈에 들어왔다.

"오오, 케이고."

아버지가 활짝 웃었다. 맞은편 싱크대 앞에 한 남자가 서 있었다. 멋지게 칼을 놀려 도마에 얹힌 도미를 포 뜨는 중이 었다.

"저 사람이야."

아야는 남자를 가리킨 후 야마시로 뒤쪽으로 돌아갔다. 야마시로는 남자를 유심히 보았다. 분홍색으로 염색한 머리, 작고 마른 체형……, 그 순간 집을 휘감은 음악의 정체가 떠올랐다. 그때 그 곡이다. 후나키 씨의 집에서 시끄럽게 흘러나왔던 오페라!

"이거 〈미카도〉라는 오페라래. 저 사람이 아주 좋아해."

뒤에서 아야가 설명했다. 남자가 웃는 얼굴로 돌아보았다.

"이야, 케이고 씨. 만화 잘 보고 있어요. 정말 팬입니다."

귀를 비집고 들어오는 목소리와 인공적인 웃음.

모로즈미였다.

"당신 대체……."

야마시로는 말문이 턱 막혔다. 너무 쉽사리 놈의 침입을 허용하고 말았다. 모로즈미는 식칼을 쥐고 있었고, 지금 당장 살육이 시작되어도 이상할 게 없었다. 이 공포를 극복해야만 했다.

"이리로 와."

야마시로는 아버지의 어깨를 붙잡아 억지로 자신의 뒤로 끌어당겼다.

"왜, 왜 이래."

사정을 모르는 아버지가 항의했다. 야마시로는 가족들 앞에 버티고 섰다. 제일 먼저 죽더라도 가족이 피할 시간은 벌기로 마음을 굳혔다.

"어? 어디서 뵌 적 있던가?"

부드러운 목소리, 뜻밖의 질문에 야마시로는 당황했다.

"어? 아는 사이야?"

둘 사이에 흐르는 묘한 분위기를 알아차렸는지 아야가 장난스러운 목소리로 외쳤다.

"그 주점이랄까, 펍? 작년엔가 거기서 뵙지 않았나?"

"앗, 모로즈미 씨, '펍 13번지'에 간 적 있어?"

야마시로는 말이 나오지 않았다. 아까 지워냈던 공포가 다시 되살아났다. 모로즈미는 웃었다.

"거기서 나눈 이야기는 비밀이야. 가족분들 앞에서 밝히기는 좀 그렇거든."

"어, 뭔데, 뭔데? 무슨 이야기를 했는데?"

아야가 야마시로 앞으로 나섰다.

"전 여친 이야기라면, 난 상관없어."

"비밀, 비밀."

모로즈미는 몸을 앞으로 돌려 도마에 얹힌 도미를 다시 손질하기 시작했다. 믿기지 않을 만큼 칼 다루는 솜씨가 뛰어났다.

"어때, 프로 요리사처럼 잘하지 않아?"

그 틈에 야마시로는 식탁에 놓인 나이프를 집어 들었다.

"얘, 케이고. 너, 뭐 하는 거야?"

아버지는 야마시로의 행동과 태도에 당혹스러움을 감추지

못했다.

"모로즈미 씨, 미안해요. 케이고가 바빠서 피곤한가 보네
요."

모로즈미는 천천히 고개를 돌려 차가운 시선을 던졌다.

"바쁠 리가 있나요. 만화 연재도 쉬는데요."

대놓고 야마시로를 책망하는 말이었다.

"꺼져!"

야마시로는 고함을 질렀다.

"케이고, 농담치고는 너무 과하잖아."

아버지가 당황해하며 말렸다. 모로즈미는 서글서글한 표정
을 유지한 채 식칼을 천천히 내려놓았다.

"죄송합니다. 제 잘못이에요."

"모로즈미 씨, 무슨 말이에요. 케이고, 얼른 사과하렴."

어머니도 영문을 몰라 혼란에 빠지기 직전인 듯했다. 야마
시로가 아무 말도 없자 어머니는 고개를 숙였다.

"미안해요. 얘가 왜 이러는 거야, 도대체."

"아니요. 실은 그때 제가 취해서 아주 심하달까, 무서운 소
리를 했거든요. 아직 화가 풀리지 않은 것도 당연합니다."

이 남자는 둘밖에 이해하지 못할 방법으로 야마시로를 괴
롭혔다.

"아무리 그래도……."

어머니는 어떻게든 분위기를 수습하려 애썼다.

"하긴. 케이고 씨도 슬슬 마음을 추스르면 좋겠는데. 전에도 말했지만 난 케이고 씨가 그 만화를 그리지 않았으면 딱 두 번으로 그만뒀을지도 모르니까."

히로시마역에서 했던 말을 재탕했다. 야마시로는 나이프를 쥔 채 모로즈미를 가만히 노려보았다. 이윽고 공포가 분노로 변하고, 분노가 살의를 키웠다. 지금이라면 죽일 수 있으니 덤벼보라는 생각은 어디까지나 진심이었다.

모로즈미가 한숨을 쉬었다.

"피차일반이라니까? 선생도 만화에서 수많은 사람을 죽이면서 즐겼잖아. 나도 좀 즐기는 게 어때서?"

"어? 무슨 이야기야?"

아야는 두 사람의 대화를 이해하려고 애쓰는 눈치였다.

"난 즐기지 않았어."

덤벼오지 않는다면 이쪽에서 먼저 덤벼들까 싶었다.

"즐겼어."

모로즈미가 야마시로의 말을 부정했다.

"안 즐겼다고!"

모로즈미는 미동도 없이 히죽히죽 웃었다. 야마시로는 경멸당한 것 같은 기분에 화가 더 치밀었다. 아야를 가지고 놀고, 부모님까지 끌어들인 이 몹쓸 놈을 진심으로 죽여버리고 싶었다.

"야마시로 선생은 꿈을 이루었잖아. 내 꿈은 어떤데? 내 꿈은 당신이 되는 게 아니야."

당혹스러웠다. 모로즈미는 대체 무슨 말을 하려는 걸까? 나이프를 쳐들고 덤벼들려 한 순간이었다.

"이만 돌아가겠습니다."

모로즈미가 갑자기 공손한 표정으로 다가왔다.

"아야 짱, 미안해. 아버님, 어머님, 죄송합니다."

그리고 웃는 얼굴로 야마시로 앞을 지나쳤다. 아야에게 고개를 끄덕이고, 부모님에게 머리를 숙인 후 네 사람에게서 등을 돌렸다. 야마시로는 모로즈미를 쫓아갔다. 방심은 금물이었다.

"케이고! 이 녀석이 갑자기 정신이 나갔나!"

어머니가 소리를 빽 질렀다.

"케이고……."

아버지는 중간에 말을 끊었다.

"뭐야, 대체……."

냉정해지려고 기를 쓰던 아야도 더는 못 견디겠는지 반쯤 울상이었다. 모로즈미는 여유롭게 현관 턱에 앉아 신발을 신기 시작했다.

지금이라면 찌를 수 있다! 살기를 느꼈는지 모로즈미가 휙 돌아보았고, 야마시로는 깜짝 놀라 나이프를 내렸다.

"언제까지고 《34》를 쉴 생각이라면, 나 혼자 다시 시작할 거야."

시체가 웃는 듯한 표정이었다.

"무슨 말을 하고 싶은 건데?"

"그렇게 되면 선생이 날 흉내 내는 건가?"

순간 야마시로는 사고가 정지했다. 반응을 살피던 모로즈미가 느릿느릿 일어섰다.

"그럼, 야마시로 선생. 또 보자."

모로즈미는 현관문을 열고 나가서 천천히 문을 닫았다. 야마시로는 힘이 쭉 빠진 상태로 그 자리에 가만히 서 있었다.

"어떻게 된 거야?"

돌아보자 아야가 눈물을 글썽거리며 다가왔다.

"저기, 케이고. 모로즈미 씨랑 무슨 일 있었니?"

조금 냉정함을 되찾은 어머니가 물었다.

"케이고, 정말로 괜찮아?"

아버지는 진심으로 걱정했다. 야마시로는 심호흡을 했다.

"모두에게 어떻게 사과하면 좋을지……. 전부 말할게."

오늘은 아니었지만 모로즈미의 다음 목표는 이 집이 될 게 분명했다. 지켜야 한다. 일단 자신이 얼마나 큰 잘못을 저질렀는지 가족 앞에서 고백해야 할 때였다.

32

그놈이에요

야마시로가 맨션을 나서서 택시에 올라탔을 때는 오늘이야말
로 꼬리를 드러낼지도 모른다는 기대감이 부풀어 올랐다. 하
지만 목적지가 본가임을 알고, 오늘도 글렀다 싶어 실망했다.

《34》의 휴재 고지문을 읽었을 때는 적잖게 놀랐다. 분명 야
마시로의 신변 또는 심경에 뭔가 변화가 생긴 게 틀림없었다.
그래서 사건에 획기적인 진전이 있지 않을까 기대했던 것이다.

세이다와 마카베는 야마시로의 본가에서 잘 보이지 않는
곳에 차를 세우고 감시에 나섰다.

세이다가 휴식을 취하기 위해 마카베를 차에 남겨두고 근
처를 한 바퀴 돌고 있을 때였다. 야마시로의 본가 현관문이

열리고 분홍색 머리의 남자가 밖으로 나왔다. 그 모습을 본 순간 세이다는 숨 쉬는 것조차 잊어버렸다.

운 좋게도 언덕길 위에 있었던 덕분에 분홍색 머리 남자는 세이다가 있는 걸 알아차리지 못하고 빠르게 요코하마바시 상점가 방향으로 내려갔다. 세이다는 남자의 뒷모습에 시선을 고정한 채 휴대전화로 마카베에게 연락했다.

"방금 야마시로의 본가에서 나온 분홍색 머리 남자……, 차 옆을 지나갔죠? 지금부터 제가 그 남자의 행동 확인에 나서겠습니다. 아무나 한 명 더 붙여주세요."

"젊은 남자 말이지? 지금 지나갔는데, 왜?"

"얼굴 못 봤어요? 그놈이에요. 대거랑 똑같이 생긴 실행범이라고요."

'펍 13번지'의 벽에 붙어 있던 컵 받침에 그려진 초상화가 떠올랐다. 그 남자가 야마시로의 본가에서 갑자기 나타났다. 흥분을 억누를 수 없었다. 유력한 용의자가 드디어 모습을 드러냈다.

세이다는 만약을 위해 야마시로 씨 일가족이 무사한지 확인하도록 부탁한 후 미행을 시작했다. 행동 확인 업무의 파트너는 아사노였다. 세이다는 걸어서 대상자를 미행했고, 아사노는 차로 쫓아갔다. 언덕길 중간에서 휴대전화가 진동했다. 이시하라였다. 야마시로 씨 일가족은 모두 무사하다는 보고에 세이다는 가슴을 쓸어내렸다.

대상자는 나카무라강을 건너 반도바시역도 지나쳤다. 어디로 가는 걸까. 잘하면 아지트를 알아낼 수 있을 듯했다. 오오카강을 건넜을 때, 대상자가 코가네초역의 가도교를 올려다보았다. 아무래도 케이힌 급행 전철을 이용하려는 듯했다. 대상자는 개찰구를 통과해 역 안으로 들어갔다. 세이다는 휴대전화로 아사노에게 상황을 전달하고 재빨리 뒤쫓아갔다.

대상자가 하행선 플랫폼으로 향하는 계단을 올랐다. 잠시 기다렸다가 세이다도 뒤따랐다. 플랫폼에 도착하자마자 대상자가 어디 있는지 찾기 시작했다. 분홍색 머리는 눈에 확 띄는 표시물이었다. 전철이 나아가는 방향에서 그를 발견했다.

천천히 대상자와 거리를 좁히는데 전철이 도착했다. 문이 열리고 대상자의 모습이 사라지는 걸 확인한 세이다는 서둘러 옆문으로 뛰어들었다. 전철은 별로 혼잡하지 않았다. 승객 대부분은 편한 자세로 약간 띄어 앉아 있었고 서 있는 사람도 얼마 없었다.

세이다는 눈만 움직여 대상자의 위치를 확인했다. 문 근처 손잡이를 잡고 창밖을 바라보는 모습이 눈에 들어왔다. 나이를 가늠하기 힘든 단정한 얼굴. 몸집이 작고 마른 체형이다. 저렇게 곱게 생긴 청년이 왜 사람을 찔러 죽이는 걸까? 하지만 진범이 틀림없었다.

전철이 다음 역인 미나미오타역에 도착했다. 대상자는 움직임이 없었다. 무미건조한 창밖 풍경만 바라보았다. 안내방송이 들리고 문이 닫히기 시작했다. 그때였다. 느닷없이 대상자가 움직였다. 문 앞으로 재빨리 이동해 정권 지르기를 하듯 닫히는 문 사이로 팔을 뻗었다. 팔이 문에 끼이자 센서가 작동해 문이 자동으로 열렸다. 위험을 알리는 안내방송을 무시하고 대상자는 플랫폼으로 뛰쳐나갔다. 세이다도 뒤쫓으려고 했지만 무정하게도 문이 닫혔다. 대상자가 미행을 눈치챈 것이다.

전철이 출발했다. 세이다는 휴대전화를 꺼내 아사노에게 연락했다.

"지금 어디야. 미나미오타역에서 출발했다고?"

전철에서 통화하는 걸 나무라듯 근처 승객이 눈총을 주었지만 세이다는 무시했다.

"대상자에게 당했어. 놈은 지금 미나미오타역 플랫폼에 있어. 당장 역으로 돌아가서 상행선 플랫폼에 가봐. 아직 있을지도 몰라."

역 밖으로 나갔을 가능성도 있지만, 대상자는 상상 이상으로 경계심이 강했다. 미행자가 여럿이고, 최소한 한 명은 차로 뒤쫓는다는 걸 알아차렸으리라. 역을 나서면 다른 미행자가 달라붙을 테니 다음 전철을 타거나 상행선 전철로 갈아탈 가능성이 크지 않을까 예상됐다. 이도가야역에 도착하자 세이다는 전철에서 내렸다. 마카베에게 전화해 행동 확인에 실패했음을 사과했다.

"어이쿠, 세이다 경사를 떨쳐내다니 보통내기가 아니로군."

마카베는 농담으로 답했다.

"그리고 야마시로가 밖으로 나와서 이쪽도 이동할 거야. 세이다 경사는 어떻게 할래?"

"대상자가 다음이나 다다음 전철을 탈 가능성이 있으니 잠시 여기 있겠습니다."

허탕 칠 확률이 높다는 건 알고 있었다. 대상자는 머리가 좋으니 연기처럼 자취를 감추는 데 성공했으리라. 그 남자가 실행범이라면 붙잡는 데 시간이 꽤 걸릴 듯 보였다. 어쩌면 영원히 도망칠지도 몰랐다.

방법은 한 가지뿐이었다. 야마시로를 이용해 덫을 놓는 것. 하지만 그건 몹시 위험한 도박일 뿐만 아니라 경찰 윤리에 어긋나는 짓이었다.

33

비밀로 했던 게 있어

야마시로는 아버지와 어머니, 누나에게 모든 사정을 밝히고
사과했다. 아버지는 범인은닉죄나 공범죄로 처벌받을 수도
있는 짓이며, 무엇보다 도덕적으로 용납되지 않는다며 냉정
하게 지적한 후 《34》 연재를 당장 그만두라고 충고했다.

반면, 어머니는 무서워서 그런 건데 어쩔 수 없지 않겠냐며
야마시로를 두둔했다. 제일 걱정이었던 아야는 뜻밖에 차분
한 태도로, 모로즈미와는 그렇게까지 깊은 관계가 아니었지만
매력적인 남자인 건 분명했다고 말했다. 그리고 상처 입은 것
보다도 자기를 이용한 걸 용서할 수 없다며 분통을 터뜨렸다.
마지막으로 "난 역시 남자 보는 눈이 없네. 그러니까 당분간

엄마 아빠 신세 좀 질게"라는 농담도 잊지 않았다.

야마시로가 제일 미안했던 것은 그 위험한 자의 다음 목표물이 자신과 가족이라는 사실이었다. 하지만 세 사람은 무서워하기보다 화를 냈고, 야마시로를 비난하기보다 선량한 시민으로서 책임감을 더 중요시했다. 야마시로가 경찰에 전부 이야기한다면, 자신들도 수사에 전면적으로 협력할 테고 모로즈미를 체포하기 위해 위험도 무릅쓰겠다고 했다.

덕분에 야마시로는 체포도, 사회적 규탄도 감내할 각오가 생겼다.

"만화를 보고 너를 응원해준 팬들에게 제일 미안해해야지."

아버지가 정곡을 찌르는 의견을 내놓았다.

"그 점은 아무리 사과해도 모자랄 거야. 내가 만화가를 그만둠으로써 용서를 구하는 수밖에 없겠지."

몹시 비통한 비명처럼 들렸는지 세 사람은 더 이상 아무 말도 하지 않았다.

"뭐, 범인이 다른 가족을 노리는 것보다는 낫나."

아버지가 웃었고 어머니가 동의하듯 말했다.

"책임이 있으니까 말이야."

아야도 한마디 꺼냈다.

"그건 어쩔 수 없지만, 케이고는 아빠가 될 거잖아? 그럼 나츠미에게도 사실대로 말하고 사과해야겠지."

아야의 말이 옳았다. 야마시로는 "중요하게 할 이야기가 있으니 잠깐 봤으면 하는데" 하고 나츠미에게 전화한 후 바로 집을 나섰다.

코난구에 있는 나츠미의 셋방까지는 택시로 30분이 걸렸다. 위치는 나츠미의 어머니에게서 들어 알고 있었다. 투바이포 공법으로 지은 2층짜리 새 연립주택이었다. 야마시로는 바깥 계단을 뛰어올라 나츠미의 집 초인종을 눌렀다. 인터폰으로 확인했으리라. 나츠미가 천천히 문을 열었다.

"중요한 이야기라니, 무슨 일인데?"

나츠미는 야마시로를 집 안으로 맞아들였다. 야마시로는 신발도 벗지 않고 현관에 선 채 입을 열었다.

"아이가 태어날 때 난 나츠미에게 아무런 도움도 주지 못할지도 몰라."

"뭐?"

"비밀로 했던 게 있어."

"비밀이라니?"

"나, 살인자를 도왔어……. 그래서 이제 경찰서에 갈 거야."

나츠미의 얼굴이 창백해졌다.

"뭐야? 대체 무슨 소리야?"

"그 전에 나츠미에게 전부 말하고 싶어."

나츠미는 긴장한 표정으로 귀를 기울였다.

"내가 목격한 살인사건 현장⋯⋯, 거기서 무슨 일이 있었는 지 그리고 그 후에 어떻게 《34》를 구상했는지, 전부 다."

나츠미가 야마시로의 눈을 가만히 들여다보았다.

34

34-III

아사노는 미나미오타역에서 머리가 분홍색인 대상자를 찾아내지 못했다. 세이다도 이도가야역에서 상행선과 하행선 전철을 세 대씩 확인했지만 헛수고였다.

세이다는 상대를 얕본 걸 반성하며 아사노가 있는 미나미오타역으로 돌아가기 위해 상행선 전철을 탔다. 대상자가 전철을 탔을 가능성이 있는 시간대를 중심으로 각 역의 방범 카메라 영상을 확인해 어디에서 내렸는지 조사하는 방법도 있었지만, 시간과 인력이 필요한 일일뿐더러 특별 수사본부가 느닷없이 야마시로의 집에서 나온 남자를 쉽사리 용의자로 인정할 것 같지도 않았다.

남은 방법은 야마시로뿐이었다. 미나미오타역에서 하차해 역 근처 길가에 있던 아사노의 차에 올라탔다. 조수석에서 마카베에게 전화를 걸어 야마시로가 지금 어디 있는지를 확인했다.

"야마시로는 현재 코난구에 있어."

마카베가 말했다.

"왜요?"

"몰라. 아무래도 연립주택 2층에 누군가 있는 모양이야."

"누구지?"

세이다는 의욕에 불이 붙었다.

"혹시……."

마카베의 느긋한 목소리가 들렸다.

"나도 세이다 경사를 떼어낸 분홍색 머리 대상자의 집이 아닐까 싶어서 얼른 이시하라 경사에게 확인시켰어."

계단 옆 우편함에는 이름이 없었다. 2층으로 올라가서 방문 앞까지 가자, 복도에 면한 창문이 조금 열려 있었다. 거기로 야마시로와 여자의 말소리가 들렸다고 했다.

"여자라……."

"그러게 말이야."

행동 확인을 계속했지만 지금까지 야마시로에게 여자가 있는 낌새는 없었다. 오무라도 독신이라고 했으니, 원래부터 여자에게 흥미가 없는 건가 싶기도 했다. 하지만 '펍 13번지'의 점장이 했던 말이 생각났다.

"아니요. 옛날에는, 그러니까 어시스턴트 시절에는 아버지나 여자친구랑 자주 왔지만, 인기 작가가 된 후로는 처음으로……."

야마시로의 여자관계를 들은 건 그때가 처음이자 마지막이었다.

"거기, 전 여친 집이 아닐까요?"

"전이고 지금이고 야마시로 선생이 여자와 인연이 있을까."

마카베는 웃었다.

"뭐, 멀끔하게 생겼겠다 돈도 있겠다, 여자에게 인기가 많아도 이상할 건 없지만."

"그런데 야마시로에게 전화해봐도 됩니까?"

"전화를?"

"대상자와 무슨 관계인지 야마시로에게 직접 물어보려고요. 이제 이 방법밖에 없잖아요."

허가를 받고 전화를 끊었다. 야마시로의 전화번호를 화면에 띄웠다. 통화 버튼을 누르려고 한 순간, 전화벨이 울렸다. 놀랍게도 야마시로였다. 할 말이 있다고 했다.

야마시로 케이고를 어떻게든 중요 참고인으로서 특별 수사 본부에 데려가기로 마음먹은 참에 상대가 먼저 만나자고 연락해왔다. 세이다는 임기응변을 발휘해 니시토츠카에 있는 야마시로의 자택 겸 작업실에서 마카베 반장과 함께 만나기로 했다.

"진술 청취는 세이다 경사에게 맡길게."

고층 맨션 로비에서 마카베가 말했다.

시간은 밤 10시. 거실 소파에 야마시로와 마주 앉았다. 세이다는 야마시로의 얼굴을 보자마자 감이 딱 왔다. 개운한 표정이다. 마치 썬 것이 떨어져 나간 듯한 얼굴이었다.

"저희도 여쭤보고 싶은 게 많지만⋯⋯."

들뜨는 기분을 억누르고 천천히 말을 꺼냈다.

"일단 야마시로 씨부터 말씀하시죠."

야마시로는 빠른 말투로 이야기를 시작했다.

"실은 봤습니다. 후나코시 씨의 집에서 범인을요."

도중에 질문을 끼워넣을 틈도 없었다. 야마시로는 단숨에 비밀을 밝혔다.

후나코시 씨의 집 식탁에 남자 한 명이 더 앉아 있었다는 것. 그 남자의 얼굴을 한순간 보기는 봤지만, 무서워서인지 기억나지 않아 경찰에 위증을 했다는 것. 헨미가 체포된 후 식탁에 앉아 있던 남자의 얼굴이 기억나서 만화에 등장시켰지만, 매스컴의 보도를 믿었으므로 진범이라고는 생각지 않았다는 것. 《34》가 전혀 머릿속에 없었을 무렵에 그 남자와 '펍 13번지'에서 한 번 마주쳤던 것이 생각나서 무시무시한 일에 손을 댔음을 자각했다는 것. 그래도 두려움을 극복할 수 없어서 경찰에 아무 말도 하지 못했다는 것. 그 남자가 전화로 자동차 천장에서 나온 회칼의 복선을 어떻게 회수할지 알려주었다는 것. 그 전개가 너무 끝내줘서 그만 《34》에 사용하고 말았다는 것.

"이제 연재를 그만둬야 한다는 건 알고 있었습니다. 하지만 조금만 더 이대로 지내고 싶다, 이 영광을 조금만 더 누리고 싶다, 조금만 더, 조금만……! 하고 미루는 사이에 일이 어마어마하게 커지고 말았습니다."

본가에 온 편지로 그 남자가 작년 12월에 히로시마에서도 사람을 죽였다는 사실을 알았을 때 그제야 야마시로는 정신을 차렸다고 했다. 하지만 이미 돌이킬 수 없는 상황이었다. 《34》에 살아남은 피해자를 등장시켜 살인을 중단시키려고도 했지만 그 남자는 핸디캡을 아주 쉽게 뛰어넘었고, 마침내 누나의 남자친구로 본가에까지 나타나자 경찰에 도움을 요청하지 않을 수 없었던 것이다.

이야기가 끝나자 세이다는 야마시로가 최대한 진실에 가깝게 진술했다고 결론을 내렸다. 앞뒤가 잘 맞았다. 다만, 스스로를 지키기 위해 자신에게 유리하도록 사건을 해석한 것도 사실이었다.

"만약 나랑 처음 만났을 때 범인의 얼굴을 봤다고 진술했다면, 피해자가 여덟 명이나 더 나오지 않았으리라는 건 알지?"

"압니다."

"그 후로도……."

세이다는 분노를 억누를 수 없었다.

"야마시로 씨에게는 경찰에게 고백할 기회가 여러 번 있었어. 한 번만이라도 사실대로 말했다면 우리도 수사 방침을 명확하게 정했을 테고, 놈은 이미 체포됐을 거야."

"정말 죄송합니다."

그 의연한 태도에 세이다는 더욱 화가 났다.

"사람이 차례차례 죽어나가도 명성과 돈을 위해 입을 꾹 다물고 있다가, 자기 가족이 위험해지니까 경찰에 매달려?"

일부러 상처를 주려는 마음이 발동했다.

"아주 이기적이고 못난 짓인 거 알아?"

"이봐, 세이다 경사."

마카베가 끼어들어 말렸다.

"괜찮습니다."

야마시로는 마카베를 제지하고 세이다에게 눈을 되돌렸다.

"옳으신 말씀인걸요."

세이다는 깊은 한숨을 내쉬었다. 이제 하고 싶은 말은 다 했다.

"그 남자가 밝힌 자신의 이름은 모로즈미, 맞아?"

세이다는 메모를 했다.

"네."

"후나코시 씨 집을 제외하고 총 몇 번 만났다고?"

"'펍 13번지'에서 한 번, 히로시마에서 한 번, 본가에서 한 번……, 총 세 번입니다. 그리고 두 번 통화했고요."

"모로즈미는 누나의 남자친구로 본가에 나타났지. 누나는 모로즈미의 전화번호를 아나?"

"가족에게 사정을 전부 털어놓은 후 아야가……, 아니, 누나가 모로즈미에게 전화했습니다. 하지만 그 번호로는 더 이상 연결이 안 되더라고요."

"집은? 누나가 모로즈미의 집에는 가봤어?"

"안 가봤답니다."

"야마시로 씨한테 또 연락이 올까?"

"올 겁니다."

자신 있는 말투였다.

"어떻게 알아?"

"모로즈미의 마음을 아니까요."

야마시로가 세이다의 눈을 똑바로 쳐다보았다.

"모로즈미는 《34》의 공동 제작자인 것처럼 행세하거든요."

"작품을 함께하는 파트너라는 뜻?"

웃을 상황이 아니었지만 웃음이 흘러나왔다.

"그렇다고도 할 수 있겠군…… 복선을 회수할 아이디어를
제공했고, 야마시로 씨가 그걸 사용했으니까."

마카베가 또 타이르듯이 세이다를 보았다. 야마시로는 입
술을 깨물고 말없이 고개를 끄덕였다.

"그런데……"

제일 궁금한 질문이었다.

"야마시로 씨와 모로즈미라는 그 남자……, 애당초 어쩌다
그런 관계가 된 거야?"

"캐릭터 때문에요."

"캐릭터?"

옆에 앉은 마카베도 흥미가 생겼는지 몸을 내밀었다.

"……이해해주실지는 모르겠지만, 저는 만화에 전혀 재능
이 없습니다. 특히 악인을 실감 나게 그리지 못한다는 점이
치명적이었죠."

세이다는 동정심이 조금 생겼다. 만화가는 작품을 위해 자
기 자신을 갈아 넣고, 자기혐오에 빠지고, 그러면서 소모되어
가는 직업일지도 모른다. 상식이 없어지고, 광기의 세계에 빠

지는 일도 드물지 않으리라. 특히 모로즈미라는 심상치 않은 광기를 목격했다면…….

"그런데 후나코시 씨 집에서 놈과 눈이 마주쳤을 때 놈이 제 속에 들어왔고, 제가 놈에게 들어가자 난생처음으로 멋진 캐릭터가 떠올랐어요. 하지만 전 역시 보통 인간이었습니다."

야마시로는 눈을 내리깔았다.

"더는 못 견디겠더라고요……. 그래서 출판사에 억지를 써서 《34》의 휴재를 결정했습니다."

침묵이 흘렀다.

"야마시로 씨의 행동이 어떤 죄에 해당하는지를 경찰관인 내가 결정할 입장은 아니지만, 공동정범은 성립하지 않더라도 교사죄나 방조죄에는 해당하지 않을까 싶어. 검찰은 분명 당신에게 죄를 물을 거야."

"당연합니다."

야마시로는 한 글자 한 글자 곱씹듯이 대답했다.

"져야 할 책임은 지겠습니다."

"그런 이야기는 함부로 꺼내지 마."

마카베가 끼어들었다. 조금만 더 밀어붙이면 될 것 같았기에 세이다는 못 들은 척했다.

"하지만 야마시로 씨가 범인 체포에 협력해준다면 이야기는 달라지지."

"이봐, 그만하라니까."

마카베가 다시 경고했다. 경찰관이 사법 거래와 비슷하게 협력을 요청해서는 안 되기 때문이었다.

"저도 협력할 생각으로 세이다 씨께 연락드린 겁니다."

"어떻게 협력할 수 있는데?"

"세이다 경사, 하지 말라고 했어!"

마카베가 못을 박았다.

"행동에 문제는 있었지만, 야마시로 씨는 어디까지나 피해자야."

"괜찮습니다."

야마시로는 뭔가 결심한 표정이었다.

"모로즈미는 워낙 신출귀몰한 데다 접점이 있는 사람은 분명 저밖에 없을 겁니다. 그러니 제가 위험을 좀 무릅쓰고라도 어떻게든 하는 수밖에 없겠죠."

마카베가 고개를 절레절레 흔들었다.

"야마시로 씨의 가족은 지켜줄게."

세이다는 말했다.

"밖은 물론이고, 집 안에도 경찰관을 배치해도 될까?"

"부탁드립니다."

"하지만 모로즈미가 눈치채고 야마시로 씨 본가에 나타나지 않을지도 모르겠군."

"제 생각도 그렇습니다."

"이봐, 세이다 경사 그리고 야마시로 씨도……, 대체 뭘 어쩌려는 거야?"

이제 얼마 안 남았다. 이쪽이 바라는 바를 야마시로가 먼저 말하도록 유도하는 것이다.

"야마시로 씨와 모로즈미는《34》라는 만화를 매개로 이어져 있어."

세이다는 교묘하게 함정을 팠다.

"즉, 생각하기에 따라서는 모로즈미가《34》의 전개에 얽매여 있다고 볼 수도 있겠지. 요컨대 야마시로 씨가 놈을 조종할 수 있다는 뜻이 아닐까?"

자신이 던진 공을 받아줄지 반응을 살폈다. 야마시로는 고개를 숙인 채 뭔가를 생각하는 것 같았다. 야마시로가 고개를 들었다.

"《34》를 다시 연재해서 놈을 유인하겠습니다."

세이다는 해냈다고 속으로 웃음을 지었다. 아무리 생각해도 그것 말고는 모로즈미를 붙잡을 방법이 없었기 때문이다.

"유인하겠다고?"

마카베가 의아한 표정을 지었다.

"이런, 이런. 아무리 그래도 일반 시민에게 그걸 맡기는 건 아니지. 무엇보다 허가가 안 날 거야."

"아주 위험한 일이야."

세이다는 겉으로는 마카베의 걱정을 받아들인 척 말했다.

"그리고 야마시로 씨 가족의 동의도 필요해."

"압니다……. 괜찮아요."

아주 냉정한 말투였다.

"저기, 만화로 유인하겠다니, 뭘 어떻게 하겠다는 건데?"

세이다는 마카베의 질문을 또 무시했다. 지금 이야기해야 할 상대는 야마시로뿐이다.

"정말로 알아들었어?"

세이다는 확인했다.

"아무리 위험해도 상관없습니다. 모로즈미에게 화가 나서 죽을 지경이에요. 놈이 저희 가족을 노리고 한 짓……, 놈보다 제가 훨씬 화났습니다."

"죽여버리고 싶은 기분?"

세이다의 질문에 마카베는 놀란 표정을 지었다.

"네……. 그 정도로 속이 부글부글 끓습니다."

"어느 쪽이 대거인지 모르겠네."

야마시로는 눈을 내리깔았다.

"이제 그만, 그만!"

너무 위험한 이야기라는 걸 알아차린 듯 마카베가 소리쳤다.

"그럼……, 좀 관계없는 질문을 해도 될까?"

세이다는 화제를 바꾸었다. 마카베가 한숨을 내쉬었다.

"그러시죠."

야마시로가 말했다.

"만화……, 그러니까 《34》의 대거는 뭐 하는 인간이야? 사람을 죽이는 동기는 생각해놨어?"

만화의 스토리를 반드시 끝까지 정해놓는 건 아니라는 오무라의 말에서 떠오른 질문이었다.

"인류 역사상 최초의 살인사건이 뭔지 아세요?"

야마시로는 대답하지 않고 되물었다.

"아……."

"성서에 나오는 '카인과 아벨'의 이야기입니다."

"카인과 아벨."

마카베가 끼어들었다.

"들어본 적 있는데."

"신이 창조한 최초의 커플, 아담과 이브의 아들입니다."

선악과를 먹고 신의 분노를 사서 에덴동산에서 추방당한 후의 이야기다. 아담과 이브는 사내아이 두 명을 낳아 형을 카인, 동생을 아벨이라고 이름 지었다. 형제는 성장해 카인은 농부가, 아벨은 양치기가 됐다. 어느 날 형제는 각자 수확한 물건을 신에게 바치기로 했다. 하지만 신은 아벨의 제물만 받고, 카인의 제물은 받지 않았다. 질투에 빠진 카인은 아벨을

황야로 꾀어내 살해했다. 이것이 인류 최초의 살인사건으로 일컬어진다고 야마시로는 설명했다.

"저는 이 이야기를 이렇게 해석했습니다."

작품에 관해 설명하는 야마시로는 아까와는 딴판으로 즐거워 보였다.

"카인은 사람을 죽이고 싶어서 환장한, 즉 살인 충동을 품은 인류의 대표 모습입니다. 한편, 남이 살해당할 바에야 제한 몸을 희생하는 인류의 대표 모습도 있습니다."

"그게 아벨?"

세이다는 어쩐지 이해가 갔다.

"정리하면 대거는 카인의 후예고, 영 능력자 미우라는 아벨의 피를 물려받은 사람입니다."

야마시로는 두 형사가 이해했는지에는 관심이 없는 듯 말을 이어나갔다.

"따라서 《34》의 마지막은 미우라의 희생으로 대거가 붙잡히는 내용으로 장식할 예정이었어요. 물론 대거가 붙잡힌 후에 제2의 대거가 나타나는 건가 싶은 후일담도 넣을 생각이었고요."

"살인 충동은 인류의 절반이 품고 있으니까⋯⋯?"

세이다는 웃었다.

"야마시로 선생, 역시 재능 있네."

"아니요, 지금까지 이야기를 들으셨으니 아실 텐데요."

야마시로는 고개를 꼬았다.

"제가 모로즈미라는 존재에게 얼마나 큰 영향을 받으면서 만화를 그렸는지요……."

"왜 그렇게까지 야마시로를 도발한 거야?"

맨션을 나서자마자 덤벼들 듯한 기세로 마카베가 세이다에게 따졌다.

"살인귀를 붙잡고 싶어서요."

"내가 세이다 경사를 잘못 봤군."

마카베는 내뱉듯이 말하고 먼저 걸음을 옮겼다. 평소보다 몇백 배는 더 화났다는 게 전해졌다.

"세이다 경사가 야마시로에게 뭘 시키려는 생각인지……, 내가 모를 것 같나?"

세이다는 대답하지 않았다.

"그건 경찰관으로서 해서는 안 될 짓이야."

들통난 듯했다.

"난 세이다 경사가 정의감 넘치는 사람인 줄 알았어. 하지만 그런 게 아니었군."

세이다는 마카베 반장을 보았다. 얼굴에 실망한 기색이 가득했다.

"아까 야마시로 앞에서 반장님을 무시한 건 죄송해요. 하지만 제 이야기도 좀 들어보세요. 모로즈미를 붙잡을 방법은 그거밖에 없지 않겠어요?"

마카베는 아무 대답도 없었다. 그 방법밖에 없다는 걸 머리로는 이미 알았기 때문이다. 하지만 경찰관으로서 그래서는 안 된다는 결연한 마음을 떨칠 수 없었다.

"일단 세이다 경사가 야마시로에게 한 제안."

마카베가 말했다.

"당신이 위험을 무릅쓰고 경찰에 협력하면 죄상을 검찰에게 알리지 않겠다는 뜻이겠지."

말 그대로였다.

"즉, 이런 말이잖아. 구해줄 테니까 미끼가 돼라."

세이다는 고개를 끄덕였다.

"아무리 야마시로에게 책임이 있다 해도 그건 너무한 처사야. 야마시로의 가족에게는 아무 죄도 없다고."

"압니다."

그 부분을 지적하자 반론할 수가 없었다. 마카베가 멈춰 서서 돌아보았다.

"세이다 경사……."

세이다는 마카베와 마주 섰다.

"진범이 행복한 4인 가족을 노리는 이유를 이해하는 것 같길래 모로즈미를 붙잡을 사람은 자네밖에 없다고 생각했어…….. 엄청난 집념이랄까 분노가 느껴졌거든."

마카베가 얼굴을 들이댔다.

"하지만 그 분노, 모로즈미를 향한 게 아닌 모양인데."

할 말이 없었다. 인정하기 싫지만 정곡을 찔린 기분이었다.

"그 분노는 모로즈미라기보다 야마시로를 향한 게 분명해. 사실은 벌주고 싶은 것도 야마시로 아니야?"

그 말이 세이다의 마음에 푹 꽂혔다.

"어떤 기준인지는 모르겠지만……, 살인귀보다 살인을 못 본 체하고 악마에게 혼을 팔아넘긴 자를 더 용서할 수 없는 거겠지."

그때 세이다의 가슴속에서 답이 나왔다. 자신은 행복한 4인 가족의 일원인 야마시로를 질투하는 것이 분명했다.

"나도 모로즈미와 결판을 내려면 야마시로와 협력할 수밖에 없다는 건 알아."

"그럼 제 작전을……."

마카베는 세이다가 그런 말을 꺼내자 놀랐다.

"작전?"

마카베는 쓴웃음을 지었다.

"이런 황당무계하고 위험한 계획을 계장님이나 대리님이 승인할 리 없지."

"일단 보고만이라도 해보면 안 되겠습니까?"

"보고만이라."

마카베는 고개를 끄덕였다.

"다만, 나는 일반 시민에게 그런 위험한 짓을 시키기 전에 어떻게든 모로즈미를 붙잡을 생각이야."

형사의 긍지가 묻어나는 마카베의 말에, 세이다는 자기 자신이 조금 부끄러워졌다.

두 사람은 나카구 카이간길에 있는 현경 본부로 돌아갔다. 후나키 계장에게 긴히 할 말이 있다고 알리자, 계장은 오쿠무라 대리도 함께 소회의실로 불렀다.

마카베 반장이 야마시로 케이고에게 들은 이야기를 보고하자 두 사람은 안색이 변했다. 모로즈미야말로 추적해야 할 유력한 용의자라고 확신했기 때문이리라. 그러고 나서 야마시로가 미끼 역할을 자청했다는 이야기를 하자 둘 다 팔짱을 끼고 미간에 주름을 잡았다.

야마시로에게 책임이 있더라도 그건 너무 위험하지 않겠느냐는 의견이었다.

"그럼 그것 말고 진범을 확보할 방법이 있습니까?"

세이다가 거침없이 질문하자 오쿠무라 대리는 자존심 상한 표정으로 노려보았다.

"그런데 덫이 잘 통할까?"

후나키 계장도 고개를 갸우뚱했다.

"그 《34》라는 만화를 본 진범이 덫이라는 걸 간파하고 역습할 수도 있지 않겠어?"

"그리고 아직 공식 발표는 안 됐지만……, 두 사람에게는 알려줄게."

오쿠무라 대리가 목소리를 낮췄다.

"하라 씨 일가족의 차에서 발견된 회칼 말이야. 검찰에 보고했더니 헨미 아츠시가 진범이 맞는지 고민에 빠졌나 봐. 결국 증거불충분으로 석방을 결정한 것 같아."

"잘됐네요."

진심에서 우러난 말이었다.

"하지만."

후나키 계장은 떨떠름한 표정이었다.

"그렇게 되면 수사 방향이 바뀌었다는 걸 눈치채고 모로즈미가 숨어버리지 않겠나?"

"그럴 수도 있겠군."

후나키 계장과 오쿠무라 대리가 덫을 놓자는 의견에 소극적인 반응을 보이길래, 세이다는 다시 설득에 나섰다.

"《거인의 별》이라는 만화를 아십니까?"

아무 상관없는 생뚱맞은 질문으로 느껴졌는지 셋 다 놀란 얼굴로 세이다를 보았다.

"그게 뭔데?"

마카베는 어리둥절한 표정이었다.

"50여 년 전에 나온 만화니까 모르시는 게 당연하죠."

세이다는 쓴웃음을 지었다.

"들어본 적 있어. 난 나이가 나이니까."

오쿠무라 대리가 말했다.

"열 살 많은 형이 어릴 적에 제일 재미있게 본 만화로《거인의 별》을 꼽은 게 기억나는군…… 그런데 그게 어쨌는데?"

"쓸데없는 질문이지만, 세이다 경사는 나이도 젊은데 어떻게 그 만화를 아는 거야?"

마카베가 물었다.

"저를 키워주신 할머니 집에 아버지가 봤던 만화책이 잔뜩 남아 있었어요. 그중에서 제일 많이 봤는지 종이가 너덜너덜해진 만화책이 있었는데, 그게 바로《거인의 별》전권이었습니다."

"그래서 그 만화가 지금 이야기랑 무슨 상관이냐고?"

후나키 계장이 대답을 재촉했다. 세이다는 일단 작품을 간단하게 설명했다.

《거인의 별》은 1966년부터 5년간 〈소년 매거진〉에 연재된 작품이다. 스토리는 카지와라 이키梶原一騎, 작화는 카와사키

노보루川崎のぼる. 당시 제일 잘나가던 콤비의 작품인 만큼 연재 내내 엄청난 인기를 누렸으며, 모르는 사람이 없을 정도의 만화였다.

"주인공은 호시 휴마라는 투수인데요. 바늘귀도 통과할 만한 제구력으로 마구를 던집니다."

"마구라……."

마카베가 어처구니없다는 표정으로 중얼거렸다.

"처음 만든 마구는 메이저리그 볼 1호예요. 타자가 방망이를 어떻게 휘두를지 예측해서, 안타가 나올 수 없는 방망이 부분에 공을 명중시켜 범타로 처리하는 볼이죠."

"그 마구를 쓴다는 걸 타자가 알고 있다면, 타석에서 방망이를 휘두르는 순간에 타격 방식을 바꾸면 되지 않을까?"

마카베가 놀리듯이 말했다.

"날카로우시네요!"

세이다는 소리쳤다.

"라이벌 중 한 명이 생각해낸 방법이 그거였는데요. 그 방법을 쓰면 손목과 근육에 부담이 너무 많이 가서 설령 홈런을 치더라도 몇 경기는 쉬어야 했습니다."

잘 이해가 안 되는 모양이었지만 어쨌든 세 사람은 고개를 끄덕였다.

"그리고 또 다른 라이벌은 특훈으로 누구보다 완벽하고 빠른 스윙……, 보이지 않는 스윙을 습득했어요. 즉, 어디로 어떻게 공을 던져도 반드시 홈런이 나오는 완벽한 스윙이었죠. 그래서 호시 휴마는 알면서도 홈런이 나오는 코스로 던질 수밖에 없었던 거예요."

"세이다 경사가 무슨 말을 하고 싶은 건지 알았어."

세이다와 오래 호흡을 맞춘 마카베는 세이다의 말을 곧바로 이해했다. 상사 둘은 얼떨떨한 표정이었다.

"다시 말해 모로즈미는 덫이라는 걸 알면서도 야마시로 케이고가 그린 만화의 내용대로 움직일 수밖에 없다는 겁니다."

"야마시로와 모로즈미, 두 사람의 **인연**……. 그렇게 표현해도 될지는 모르겠지만, 그건 《34》를 통해 제시된 규칙에 바탕을 두고 있다는 뜻입니다."

마카베가 보충 설명했다.

"알았어."

생뚱맞은 비유였지만 오쿠무라 대리는 알아들은 듯했다.

"일단 해보지. 다만, 야마시로 씨 외에 다른 가족은 경찰관이 위장한다."

진짜여야 모로즈미가 미끼를 물 확률이 높겠지만, 그렇게까지 하기에는 무리일 테니 세이다는 적당한 선에서 받아들이기로 했다.

"그리고 이건 최후의 수단이야."

오쿠무라 대리가 덧붙였다.

"일반 시민을 미끼로 사용하는 위험한 작전이니만큼, 전력을 다해서 어떻게든 모로즈미를 체포해야 해."

결론은 마카베와 똑같았다. 이 작전은 마지막 비장의 한 수였다.

35

제 잘못입니다

세이다의 연락을 받고 야마시로는 본가로 향했다. 가족에게
자신과 경찰의 위험한 미끼 작전을 구체적으로 설명하기 위
해서였다. 물론 부모님과 누나는 안전한 장소에 숨고, 세 사
람으로 위장한 경찰관이 모로즈미를 기다린다는 계획이었다.

"경찰이 우리 역할을 한다는 거네."

아버지가 말했다.

"게다가 미끼 작전을 진행하는 동안은 경찰이 신변을 보호
해준다는 거잖아."

어머니가 말했다.

"그럼 오히려 안심인걸."

아야도 고개를 끄덕였다. 결심에 흔들림은 없는 듯했다. 우리는 그야말로 아벨의 피를 물려받은 가족이구나, 하고 야마시로는 생각했다.

《34》를 번외편, 즉 스핀오프 형식으로라면 재개할 수 있다고 알리자 오무라는 전화에 대고 환성을 질렀다. 다만, 한 회로 완결 지을 예정이니 페이지를 많이 배정해달라고 부탁하자 아무 문제 없다는 대답이 돌아왔다. 마감은 한 달 후, 야마시로는 어시스턴트 없이 혼자 그리겠다고 선언했다.

텔레비전에서는 헨미 아츠시의 소식이 쉴 새 없이 보도됐다. 증거불충분을 이유로 석방됐지만, 매스컴은 무죄 확정이라는 듯한 논조로 헨미를 일종의 비극적인 영웅 취급했다. 각 방송국은 헨미가 코난구에 있는 요코하마 구치소에서 나오는 장면부터 생중계를 시작해, 호텔로 향하는 그의 차를 헬리콥터로 촬영했다.

두 시간 후에 있을 기자회견을 기다리는 동안은 법학자와 관련 분야 전문가를 초청해, 후나코시 씨 일가족 살해사건을 되돌아보고 헨미가 체포된 경위를 해설하는 방송을 내보냈다. 호텔 행사장에서 기자회견이 시작되자 야마시로는 콘티 짜기를 멈추고 텔레비전 화면에 시선을 집중했다. 헨미의 체포에 책임은 없지만, 증언을 제대로 했다면 그의 무고를 좀 더 빨리 밝힐 수 있었다. 켕기는 기분과 미안한 마음이 가슴을 짓

눌렀다.

화면 속에서 플래시가 마구 터졌다. 방송국 카메라를 통해 얼마나 많은 기자가 참석했는지 알 수 있었다. 헨미는 정면에 놓인 기다란 책상 한복판에 앉아 있었다. 그의 오른쪽에는 40대 여자 변호사 한 명, 왼쪽에는 남자 변호사 네 명이 자리를 잡았다. 남자 변호사는 노인이 두 명, 50대가 한 명, 청년이 한 명이었다.

얼굴에 사정없이 퍼부어지는 플래시를 헨미는 눈을 가늘게 뜬 채 받아냈다. 촬영이 일단락되자 여자 변호사가 헨미에게 뭐라고 귓속말을 했다. 헨미가 가까이 있던 마이크를 끌어당겼다. 아주 자신 없고 수상해 보이는 몸짓이었다. 하지만 그러한 몸짓이 오히려 선량한 인상을 주었다.

"경찰에게 사건을 저질렀다고 말한 제 잘못입니다⋯⋯. 누구의 탓도 아닙니다."

느닷없는 사죄에 보도진 사이에서 튀어나온 의외라는 듯한 목소리가 마이크에 잡혔다. 여자 변호사가 매서운 표정으로 보충 설명을 했다.

"본인은 이렇게 말씀하시지만, 취조 단계에서는 범행 당시의 기억이 없다고 일관되게 진술하셨습니다. 그런데도 결국 스스로 혐의를 인정한 것으로 보건대 카나가와현경과 검찰이 자백을 강요했다고 사료됩니다. 저희 변호인단은 이번 사태에

단호하게 대처할 예정입니다."

기자 몇 명이 손을 들었다. 여자 변호사가 한 명을 손가락으로 가리켰다.

"헨미 씨, 어렸을 때 저지른 사건은 어떤가요? 당시도 범행 상황이 잘 기억나지 않는다고 주장하다 결국 자백한 걸로 알고 있는데요. 그렇다면 그 사건 때도 누명을 쓴 겁니까?"

모든 변호사가 인상을 찌푸렸다. 세상 사람들이 그 사건을 떠올리면 경찰과 검찰이 유리해질 거라고 생각했으리라. 여자 변호사가 헨미에게 뭔가를 말했다. 그러자 헨미는 고개를 내젓고 마이크를 잡았다.

"아아, 그것도 정말로 기억이 안 납니다. 하지만 제가 저지른 거려나요."

또 일제히 플래시가 터졌다. 스마트폰이 울려서 야마시로는 텔레비전을 껐다.

"케이고, 괜찮아?"

나츠미였다. 자신에게 무슨 일이 일어났고, 자신이 무슨 잘못을 저질렀는지 털어놓은 날부터 나츠미는 매일 전화를 주었다. 하지만 지금 하고 있는 일, 즉 만화를 이용해 모로즈미에게 덫을 놓는 작전은 말하지 않았다. 더 이상 걱정을 끼치면 나츠미와 배 속의 아이에게 부담이 될 것 같아서였다.

"응, 난 잘 지내."

야마시로는 일부러 활기차게 말했다.

"그것보다 아이는?"

"매일 물어봐도 달라진 건 없어."

웃음소리가 들렸다. 전부 다 끝나고 나면 혹시 우리, 원래대로 돌아갈 수 있지 않을까? 그렇게 말해보고 싶은 마음을 야마시로는 꾹 억눌렀다. 안 된다는 걸 알기 때문이다. 살아서 이번 일을 끝마치더라도 교도소행은 면할 수 없으리라. 하잘것없는 잡담을 나눈 후 야마시로는 전화를 끊었다.

연필을 쥐고 다시 콘티를 짜기 시작했다.

널찍한 통유리 카페.

만화 전문 잡지기자와 만화가가 이야기를 나누고 있다.

잡지기자 "시로야마 선생님의 만화가 드디어 마지막 회를 앞두고 있는데요. 내용을 조금만 알려주시면 안 될까요?"

야마시로와 똑같이 생긴 얼굴의 시로야마가 웃으면서 말한다.

시로야마 "결말에서 살인귀의 정체를 밝히는 쪽으로 갈 생각입니다. 독자 여러분도 그걸 제일 바랄 테니까요."

잡지기자 "그 살인귀, 인간인가요?"

시로야마, 팔짱을 끼고 고개를 저으며 대답한다.

시로야마 "그건 말씀드릴 수 없습니다."

기자, 몸을 앞으로 기울이며 되묻는다.

잡지기자 "그걸 어떻게 좀……, 힌트라도."

시로야마 "뭐, 인류가 탄생한 이래 남을 죽이고 싶어 하는 인
간과 남이 살해당하는 걸 막고 싶어 하는 인간의 싸
움이 영원히 계속되는……, 그런 느낌이랄까요?"

큰 칸을 만들고 본가를 떠올리며 러프하지만 정확한 스케
치를 했다.

자, 이제부터 이야기의 클라이맥스……, 대살육이 시작된
다. 자신과 가족이 희생되는데도 야마시로는 왠지 기분이 가
벼웠다. 실제로는 빈틈을 노려 자신이 모로즈미를 죽이기로
결심했기 때문이다.

36

모로즈미!

헨미 아츠시를 범인으로 오인하여 체포한 일로 신문, 잡지, 텔레비전이 카나가와현경에 집중포화를 가했지만, 뜻밖에도 특별 수사본부의 사기는 높았다. 모로즈미라는 구체적인 용의자가 수사선상에 올랐기 때문이다. 야마시로 케이고가 그린 대거의 초상화를 인상 확인용으로 '적' 담당 전원에게 나누어주고 현 전역에서 수색을 진행했다.

3계는 두 반이 경호차 야마시로의 본가에 배치됐고, 한 반은 야마시로의 자택이 있는 니시토츠카의 맨션에 배치됐다. 마카베 반은 유격대로서 비교적 자유롭게 수사할 수 있는 상태였다.

세이다는 아사노와 조를 이루어 이틀에 한 번씩 야마시로의 집을 방문했는데, 야마시로는 늘 뭔가에 씐 것처럼 묵묵히 만화를 그리고 있었다. 작업에 너무 집중해서 대화다운 대화는 나눌 수 없었다.

방해가 되지 않도록 몰래 원고를 들여다보자, 협의한 대로 대거의 목표물은 야마시로와 똑같이 생긴 만화가와 그의 가족이었다. 앞으로 닷새 정도면 《34》의 스핀오프가 완성된다고 했다. 예정보다 이틀 빠른 모양이다. 하지만 이 작품을 사용해 모로즈미를 유인하는 작전은 어디까지나 특별 수사본부의 마지막 수단이다.

요 며칠간 세이다는 위험한 미끼 작전을 실행하기 전에 모로즈미를 검거하고 싶다던 마카베의 말이 허황하지만은 않다는 느낌을 받았다. 특히 거리의 방범 카메라와 자가용에 설치된 블랙박스에는 기대를 걸 만했다. 모로즈미의 행적을 뒤쫓는 작업은 미행에 실패한 그날, 그 시각의 케이힌 급행을 기점으로 시가지의 온갖 카메라 영상을 분석하는 방향으로 진행됐다.

작업을 맡은 반은 한 달 분량의 영상에서 모로즈미와 흡사하게 생긴 인물을 여럿 발견했다. 그 남자가 나타나는 빈도가 높은 곳은 두 지역, 카나자와구의 주택가와 카나가와구의 상점가였다. 카나자와구에서는 편의점 비닐봉지를 든 영상이 많왔고, 카나가와구에서는 상점가를 빠르게 걸어가는 모습이 포착됐다. 과학수사연구소에 의뢰해 영상을 더 확대해서 분석하자 편의점 비닐봉지에는 식료품 같은 물건이 들어 있었다. 이 인물은 카나자와구가 생활 거점이고, 카나가와구에는 자주 드나드는 가게 같은 곳이 있을 것으로 추측됐다.

물론 야마시로의 그림을 참고하여 영상을 분석했으므로, 이 인물이 100퍼센트 모로즈미라는 보장은 없었다. 하지만 마카베와 세이다는 최대한 빨리 확인해볼 가치가 있다고 생각했다. 허탕을 치는 건 일상다반사였으니까.

《34》의 스핀오프 진행 상황을 확인한 후 특별 수사본부로 돌아가려고 했을 때 마카베에게서 전화가 왔다.

"이시하라 경사와 카나자와구에 갈 거야. 아까 대리님의 허가가 떨어졌어."

"그럼 저도 합류하겠습니다."

"아니, 세이다 경사와 아사노 경사는 카나가와구에 가봐."

카나카와구로 가라는 건 모로즈미로 추정되는 인물이 자주 드나드는 상점가를 확인해보라는 뜻이었다.

"알겠습니다."

운전대를 잡은 아사노에게 마카베의 지시를 알려 카나가와구로 향했다.

모로즈미와 닮은 사람이 몇 차례 방범 카메라에 찍힌 상점가는 옛 츠나시마 가도에 늘어선 몇몇 상점가 중 하나였다. 도큐도요코선 인근으로, 거리 자체는 100년 가까이 전부터 번화한 곳이었다. 큰길의 길이는 2킬로미터 미만, 약 300미터마다 세워진 아치 여섯 개가 이 상점가의 특색이다.

세이다와 아사노는 모로즈미와 닮은 인물이 빈번하게 찍혔던 방범 카메라의 위치를 확인하고 주위를 둘러보았다.

"모로즈미 같은 놈은 이쪽에서 와서……."

아사노가 도요코선역 방향을 가리킨 후 "저쪽으로 빠르게 걸어갔죠" 하고 요코하마카미아사오 도로 쪽으로 고개를 돌렸다.

세이다는 가게 간판을 하나하나 확인했다.

"프랜차이즈 주점이나 일반 술집이려나. 왜, 야마시로 케이고도 모로즈미가 펍에서 옆자리에 앉았다고 했잖습니까."

"모로즈미의 특성으로 추측건대, 카나자와구에서 일부러 벗어나면서까지 가고 싶은 술집이 있을까."

"대학 시절 친구의 가게라든가요."

아사노가 근처에 있는 카나가와현에서 유명한 대학 이름을 댔다.

"그렇게 옛날을 그리워하는 성격은 아닐 것 같은데……."

세이다는 혼잣말처럼 중얼거리다가 한 가게에 시선을 멈

쳤다.

"어디 가세요?"

아사노가 물었지만 세이다는 아무 대답도 없이 부리나케 그 가게로 향했다. 세이다의 시선을 사로잡은 건 당장이라도 가게를 접을 것처럼 보이는 오래된 헌책방이었다. 가게 이름은 '로쿠모 고서사'. 간판에는 '동인지, 만화, 동인 소프트, DVD, 비디오, 1인 출판 잡지 비싸게 삽니다'라고 적혀 있었다.

"안녕하세요."

세이다는 인사하며 가게로 들어갔다. 좁은 통로, 양옆의 서가에도 서가 밑에 놓인 골판지상자에도 오래된 만화책이 가득했다.

"놈이 여기에 왔었다고 생각하시는 거로군요."

아사노가 쫓아와서 물었다.

"난 안으로 들어가 볼게."

세이다는 아사노를 가게 입구에 대기시키고 통로를 걸어갔다. 먼지와 곰팡이 냄새가 코를 찔렀다. 가게 안쪽의 작은 계산대에는 긴 흰머리를 땋아 내린 70대 여자가 앉아 있었다. 위아래를 청청 데님으로 맞춰 입어서 마치 60년대 후반의 히피족 같아 보였다.

"좀 여쭤볼 게 있는데요."

세이다는 양복에서 경찰수첩을 꺼냈다.

"네, 뭔가요?"

이런 직종에 있는 사람의 방문에 익숙한지, 여자는 웃는 얼굴로 대답했다. 길쭉하니 큰 눈과 모양 좋은 코와 입술. 자세히 보니 쇼와시대의 여배우같이 생겼다.

"이 가게 주인이십니까?"

"네, 사장이에요."

"초상화밖에 없어서 죄송합니다만……."

야마시로 케이고가 그린 대거 얼굴의 복사본을 사장 앞에 내밀었다.

"이렇게 생긴 사람이 이 가게에 오지 않았습니까?"

"아, 이거 대거 아니에요?"

직업이 직업인지라 나이치고는 요즘 만화도 잘 아는 모양이었다.

"대거가 아니라 대거를 닮은 사람입니다."

그야말로 대거를 그린 그림이니 스스로 생각하기에도 얼빠진 설명이다 싶었다.

"그러니까 대거를 닮은 분홍색 머리 남자를 말하는 거죠?"

사장이 미소 지었다.

"자주 오세요."

빙고! 세이다는 속으로 외쳤다. 하지만 들뜬 기분을 억누르고 냉정한 어조로 물었다.

"이 사람, 어떤 책을 사 갑니까?"

"우리 가게는 오래된 동인지나 옛날옛적에 폐간된 비주류 만화잡지를 취급해요."

사장이 설명했다.

"그 사람은 분명 호러 만화 수집가일 거예요. 그런 유의 동인지나 오래된 잡지를 자주 구입하죠……. 개중에는 이렇게 잘 그리는데 왜 안 팔렸을까 싶은 만화가의 작품도 있고요."

호러 만화라니, 모로즈미의 캐릭터에 딱 들어맞지 않느냐고 세이다는 생각했다.

"그 사람이 사간 잡지나 동인지가 아직 남아 있습니까?"

"음……."

사장은 주변을 살펴보았다. 이렇게 책이 많으니 사장이라 해도 원하는 책이 어디 있는지 바로 알아내기는 어려우리라.

"아, 여기 실렸었나……. 잠깐 실례할게요."

사장은 계산대 밖으로 나와서 세이다 뒤편에 있는 골판지 상자를 뒤졌다. 그러다 먼지에 뒤덮인 잡지 한 권을 꺼냈다. 제목은 'SM 슈레더', 표지에는 거대한 눈동자를 가진 으스스하게 생긴 소년의 얼굴을 확대해서 실었다.

"다섯 권만에 폐간된 호러 만화잡지인데요."

사장은 페이지를 펼쳐서 만화를 훑어보기 시작했다.

"그 분홍색 머리의 남자는 이 바닥에서는 제법 유명한 여류 만화가의 작품 수집가일 거예요."

"만화가의 이름은 뭔데요?"

"말해도 모를걸요. 일반인에게는 전혀 알려지지 않은 컬트
적인 존재라서……. 어라? 여기에는 없나."

사장은 그 잡지를 내려놓고 다른 〈SM 슈레더〉를 꺼냈다.

"만화가의 이름은 모로즈미 키라라."

"모로즈미!"

이번에는 흥분을 억누를 수가 없었다.

37

정말 집을 비웠나

놈들이 어떻게 알아낸 걸까. 인정하고 싶지 않지만 오래전에 극복했을 공포가 그를 사로잡았다. 여기는 최근에 마련한 비밀기지였다. 케이힌 급행의 카나자와분코역의 선로를 끼고 서쪽, 평범한 주택가에 자리한 회색의 네 가구용 2층 연립주택이었다.

두 남자가 비밀기지를 향해 천천히 걸어왔다. 한 명은 체격이 실팍한 40대 남자. 다른 한 명은 날씬한 30대 남자였다.

40대 남자가 큰 소리로 실없는 이야기를 늘어놓았다.

"요즘에 너무 바빠서 애 얼굴도 제대로 못 보거든. 요전에 오랜만에 봤는데 '누구, 아빠?' 같은 표정을 짓더라고. 그걸 보고 웃는 와이프한테도 얼마나 화가 나든지."

"결혼 생활은 어디나 힘든가 보네요."

젊은 남자가 맞장구를 쳤다. 그 긴장감 없는 모습에서 처음에는 영업 목적으로 연립주택을 찾아온 회사원인 줄 알았다. 하지만 믿기지 않게도 그 두 사람은 형사였다. 젊은 남자가 기지 문을 두드리며 "아무도 안 계세요, 경찰입니다"라고 말했다. 놈들은 분명 대거의 그림을 가지고 이 부근 집들을 샅샅이 돌아다닌 끝에 여기 다다른 것이다.

나오면 안 돼! 절대로 나오면 안 된다고 속으로 빌었다. 그가 나오면 야단날 게 틀림없었다.

그는 방금까지만 해도 기분이 좋았다. 오늘 출간된 〈라이징 선〉에 《34》가 스핀오프 작품으로 돌아올 것이라는 안내문이 실렸기 때문이다. 축배를 들고 싶은 기분이었건만, 기뻤던 마음이 순식간에 날아가 버렸다. 점차 화가 치밀었다. 그의 에너지원은 분노다. 화를 내서라도 공포를 지워야 했다.

"정말 집을 비웠나?"

중년 형사가 그렇게 말하더니 문에 귀를 대고 안에서 소리가 나는지 확인했다. 그러더니 곧 외시경에 눈을 대고 들여다보았다.

그 모습을 보고 생각했다. 참으로 우스꽝스러운 모습 아닌가. 그리고 확신했다. 이 녀석들은 무서워할 가치가 없는 대상이다. 이제 그 남자의 순간적인 임기응변을 믿는 수밖에 없었다.

젊은 형사가 문 근처 벽에 설치된 전기계량기를 확인하고 나서 중년 형사의 뒤를 지나 옆집 문 앞에 섰다. 인터폰을 눌렀지만 반응이 없었다. 옆집에는 이름이 적힌 문패가 달려 있지만, 현재는 아무도 살지 않았다.

중년 형사가 뭔가를 지시하자 젊은 형사가 바깥 계단을 올라갔다. 중년 형사는 비밀기지 문 앞을 떠나 자리를 옮겨 계단 밑에 섰다. 젊은 형사가 위층 바로 앞집의 인터폰을 눌렀다.

그때였다. 비밀기지 문이 열리고 남자가 얼굴을 내밀었다. 소리를 들은 중년 형사의 시선이 문 쪽을 향했다. 그러고는 이내 입을 떡 벌렸다. 아주 얼빠져 보이는 표정이었다. 비밀기지를 나서서 자신에게 다가오는 남자의 얼굴을 보고 어떻게 해석해야 할지 몰랐기 때문이리라.

그는 스스로의 판단을 믿길 잘했다고 다시 한번 생각했다. 그 남자라면 알아서 잘할 것이다.

중년 형사가 드디어 말을 꺼냈다.

"어, 헨미……?"

필요한 물건을 사서 돌아오는 길에 비밀기지가 잘 보이는 곳에 서 있던 그가 그 목소리를 듣고 저절로 웃음을 머금었다.

"뭐야, 당신 대체……! 어엇?"

중년 형사는 아직 무슨 일이 일어났는지 이해하지 못한 듯했다. 헨미 아츠시가 쥐고 있던 회칼이 중년 형사의 배에 깊숙이 박혔다.

"왜……?"

형사는 손으로 배를 누르며 힘없는 목소리로 말했다. 헨미가 칼을 뽑았다. 형사는 바닥에 엉덩방아를 쿵 찧었다. 헨미가 회칼을 아래로 향하게 하더니 이번에는 가슴을 노렸다. 형사의 손을 뿌리치고 한 방 그리고 한 방 더. 형사의 얼굴에서 표정이 사라졌다. 입을 움직여 보았지만 목소리는 나오지 않았다. 헨미의 얼굴에 희미한 웃음이 맺혔다. 그 얼굴을 보고 유쾌해진 것이다.

《34》의 재개와 함께 두 배로 화려하게 축배를 들자.

제
5
장

"내 얼굴 봤어? 봤구나."

그림자 남자는 그놈이었다.

귀를 비집고 들어오는 목소리를 가진 분홍색 머리의 남자.

이런 곳까지 쫓아왔나 싶자 무서움에 목소리가 나오지 않았다.

왜 이렇게까지 집요하게 쫓아오는 거냐고 묻고 싶었다.

하지만 목소리가 나오지 않으니 질문할 수도 없다.

"아니야."

묻지도 않았는데 분홍색 머리의 남자가 말했다.

무슨 뜻일까?

"아니야."

분홍색 머리의 남자가 한 번 더 부정했다.

"내가 쫓아온 게 아니야……. 네가 날 부른 거지."

그 남자가 웃었다.

38

선정적이에요

머리를 땋아 내린 사장의 설명에 따르면 모로즈미 키라라는 지금으로부터 30년 전쯤, 꽤 유명한 청년 만화잡지의 신인상을 수상한 작가였다. 그림 실력은 뛰어났지만 내용이 너무 과격한 탓이었는지, 상을 받은 출판사의 한 잡지에 차기작이 실린 후 몇 년의 공백을 거쳐 별로 주목받지 못하는 호러 잡지로 무대를 옮겼다. 하지만 그것도 몇 년이었을 뿐, 그 후로는 어디에서도 신작을 발표하지 않았다.

"봐요, 아주 잘 그리죠? 마루오 스에히로丸尾末広나 후루야 우사마루古屋兎丸와 상통하는 부분이 있어요."

사장은 두 번째로 꺼낸 〈SM 슈레더〉에 실린 만화를 세이다에게 보여주었다. 탁월한 그림 실력이었다. 확실히 마루오나 후루야를 연상시켰다. 다이쇼 로망*이나 아르누보**에도 영향을 받은 듯했다. 하지만 정작 완성된 그림은 다리를 쩍 벌린 알몸의 여고생이나 욕망을 노골적으로 드러낸 중년 남자, SM 도구나 중세 고문 기구 등의 온퍼레이드on parade다.

"내용을 좀 더 볼 수 있을까요?"

"상관없지만, 선정적이에요."

사장이 페이지를 팔락팔락 넘겼다. 중년 남자의 배를 칼로 쑤시고 내장을 끄집어내는 여고생이 그려진 그림이 나왔다.

"언제 작품 활동을 그만뒀습니까?"

"글쎄요……."

사장은 고개를 갸웃했다.

"아마 2000년 전후로 자취를 감췄을 거예요."

"더는 만화를 못 그리게 된 걸까요?"

"뭐, 그렇지 않겠어요?"

"얼굴 사진 같은 건 어디 없을까요?"

"만나본 적은 없지만 소문으로는 미인이래요. 그래서 비주류 만화계에서는 스타였던 것 같은?"

---

* 일본 다이쇼시대를 그리워하는 낭만주의 사조를 뜻하는 말.
** 19~20세기 초 유럽 및 미국에서 유행한 장식 양식.

사장은 말끝을 올려서 말했다.

"그러다 종교에 빠져서 시골로 이사를 갔다느니, 결혼했다가 이혼하고 남편에게서 도망쳤다느니……, 호러 만화가들 사이에서는 묘한 소문이 흘렀죠."

세이다의 휴대전화가 울렸다.

"아, 실례하겠습니다."

세이다는 휴대전화를 꺼내며 입구 쪽으로 향했다.

"네, 세이다입니다."

입구에 서 있는 아사노가 보였다. 어째선지 문자 메시지를 읽고 얼굴이 새파랗게 질렸다. 후나키 계장의 전화였다. 알아듣기 힘들 만큼 목소리가 작았다.

"마카베 반장이……, 순직했어."

39

뭐, 이만하면 됐고

수많은 경찰 차량이 주차되어 있었다. 어디선가 제복을 입은 경찰관들이 우르르 나타나 출입 통제선 앞에 섰다. 비밀기지 자체는 파란색 시트로 가려졌다. 감식반은 그의 방에 있는 물건을 모조리 압수해 분석할 작정이리라. 압수하기에 곤란한 물건은 없었지만, 모로즈미 키라라의 단행본과 작품이 실린 잡지를 빼앗기는 건 슬펐다.

스마트폰이 띠링 하고 울렸다. 헨미는 잘 도망친 듯했다. 미리 확보해둔 도주용 은신처에 무사히 도착했다는 문자 메시지가 왔다. 헨미가 미성년자일 때 저지른 사건에 관해 안 것은 모로즈미 키라라가 계기였다. 모로즈미 키라라가 그 사건에 영감을 받아 그린 작품에 그는 영혼을 사로잡혔다. 하지만 실제로 어떤 사건인지는 잘 알지 못했다.

아버지의 컴퓨터로 몰래 쇼와시대의 옛날 범죄를 조사하다 헨미 아츠시를 발견했다. 흥분했다. 자신과 비슷한 인간이 있다니. 그는 바로 헨미에게 동화됐다. 헨미의 기분을, 헨미의 분노를 손바닥 들여다보듯 훤히 알 수 있었다.

의료소년원 생활을 마치고 사람들의 편견 속에서 열심히 살고 있는 헨미를 마침내 찾아냈다. 그는 계속해서 편지를 보내 헨미의 신용을 얻는 데 성공했다. 조언을 받고, 앞으로 자기가 실행하려는 계획을 밝힌 끝에 두 사람은 하나가 되었다.

수많은 형사가 눈앞을 빠르게 지나갔다. 동료가 살해당하는 사건이 발생해 모두 눈에 불을 켜고 있었지만 스마트폰을 들여다보는 분홍색 머리 남자에게는 어떤 눈길도 주지 않았다.

답장을 다 썼을 즈음에 키가 큰 그 남자가 나타났다. 야마시로에게 제일 먼저 접근했고, 그를 붙잡을 가능성이 가장 큰 형사였다. 살해당한 형사의 직속 부하인 듯했다.

원래는 헨미를 이용해 이 남자를 죽일 계획이었다. 스토리는 달라졌지만 얻은 효과는 똑같았다. 수사 대상은 모로즈미에서 다시 헨미로 바뀌었다.

"뭐, 이만하면 됐고……."

그는 혼잣말을 중얼거렸다.

40

만화책?

마카베 반장의 시신을 직접 확인할 수는 없었다. 찔린 직후에는 숨이 붙어 있었던 모양이지만 병원에 도착한 직후에 사망했다고 들었다.

현장으로 향하는 도중에 헨미 아츠시가 마카베 반장을 살해했다는 이시하라의 전화를 받았을 때는 미쳐버릴 것처럼 머릿속이 혼란스러웠다. 대거의 모델인 모로즈미를 쫓았던 자신이 엄청난 얼간이였을지도 모른다고 스스로를 책망했다. 실제로 꽤 많은 수사관이 모로즈미를 제쳐두고 헨미를 진범으로 여기기 시작했다는 모양이다. 하지만 마카베 반장은 대거를 닮은 남자를 찾아 탐문수사를 하다가 헨미와 맞닥뜨렸다고 했다. 제일 처음에 세웠던 모로즈미와 헨미가 공범 관계라는 가설이 다시 떠오르기 시작했다. 세이다는 마카베 반장을 애도하기 위해서라도 특별 수사본부의 상층부가 이 공범 관계설을 지지해주길 바랐다.

카나자와구의 연립주택에 도착해 감식 수사가 끝나길 기다리는 동안, 세이다에게 말을 거는 수사관은 한 명도 없었다. 마카베와 세이다가 스승과 제자처럼 끈끈한 관계였다는 건 1과에서도 유명했기 때문이다. 위로의 말을 건네봤자 허무할 뿐임을 알고 있으리라. 반장의 시신이 안치된 병원에 가보는 편이 낫지 않겠느냐고 충고하는 사람도 없었다. 피해자가 가족이나 상사일 경우에는 절대로 사건을 담당할 수 없다. 사사로운 정 때문에 눈이 흐려지기 때문이다. 하지만 가능하다면 자기 손으로 원수를 갚고 싶어 할 거란 심정도 형사들은 충분히 이해하고 있었다.

세이다는 연립주택에서 나온 감식반장에게 말을 걸었다. 감식반장은 동정 어린 눈빛과 동시에 난감하다는 표정으로 세이다를 보았다. 감식으로 얻은 정보는 사건을 담당한 수사관에게만 알려줄 수 있다는 철칙 때문이었다.

"어, 아닙니다."

세이다는 선수를 치며 부정했다.

"혹시 집 안에 만화책은 없었습니까?"

"만화책?"

"혹시 모로즈미 키라라라는 만화가의 단행본이나 잡지가 있다면, 아주 중요한 증거품이니 꼭 압수해주셨으면 합니다."

"모로즈미 키라라……."

감식반장은 수첩에 메모했다.

"알았어."

"세이다."

이름을 부르는 목소리에 돌아보았다. 오쿠무라 대리였다. 크게 낙담했는지 열 살은 늙어 보였다. 경례를 하고 앞에 서자 오쿠무라 대리가 왼쪽 어깨를 탁 두드렸다. 뭐라고 말로 표현할 수가 없어서 애도의 뜻을 행동에 담은 것이리라.

"헨미와 모로즈미는 공범 관계였어."

"제 생각도 그렇습니다."

"……이제 세이다 경사의 작전을 쓰는 수밖에 없겠군."

"네?"

바람이 통한 모양이었다.

"이제 우리로서는 야마시로 케이고에게 기댈 수밖에 없다는 뜻이야."

"네."

세이다는 힘 있게 대답했다. 눈물이 차오른 걸 오쿠무라 대리가 모르길 바랐다.

41

그런 게 아니라

세이다 형사가 다시 찾아온 건 새벽 2시가 지나서였다. 물론 집에 들이지 않는다는 선택지도 있었지만, 아침까지 일할 생각이었고 무엇보다 심상치 않은 일이 벌어진 것 같다는 예감이 들었다. 집으로 들어온 세이다는 오후에 만났을 때보다 수척해 보였다. 안색도 좋지 않은 것이 아무래도 예감이 들어맞은 모양이었다.

"마카베 반장님이 살해당했어······."

처음에는 무슨 뜻인지 이해하지 못했다. 다시 물어보려고 입을 연 순간, 그 무서운 사실이 머릿속으로 흘러들었다.

"마카베 씨가······. 또 놈의 짓이군요."

세이다를 거실로 안내하는 것도 잊고 현관에 선 채로 물었다. 자책감이 밀려왔다.

"제가 잠자코 있었던 탓에……."

"야마시로 씨 탓이 아니야."

동료가 살해당해 마음이 갈기갈기 찢어졌을 남자가 위로의 말을 건네서 깜짝 놀랐다.

"범인은 헨미."

"헨미……."

이름을 들어도 한순간 누구인지 떠오르지 않았다.

"헨미 아츠시 말이야."

드디어 생각났다. 정말로 무슨 영문인지 알 수 없었다.

"어떻게 된 겁니까?"

"……분명 둘은 처음부터 공범 관계였겠지."

"그래도 제가 좀 더 일찍 세이다 씨에게 이야기했다면, 마카베 씨도 돌아가시지 않았겠죠."

"그건 아무도 모를 일이야."

세이다는 힘없이 웃었다.

"이제는 어떻게도 사과드릴 수 없게 됐군요."

그 이상은 아무 말도 나오지 않았다.

"하지만 이것만큼은 확실해. 마카베 반장님은 설령 살해당했더라도 남을 원망할 분이 아니야. 그럴 시간이 있으면 얼른 범인을 검거하라고 호통칠 사람이지."

세이다가 말했다.

"그런데 경찰은 어떻게……."

"그걸 말하러 왔어."

세이다가 날카로운 시선을 던졌다.

"현경도 두 손 두 발 다 들었어. 이제 야마시로 씨에게 기대는 것 말고는 모로즈미를 제지할 방법이 없거든."

야마시로는 힘이 되돌아오는 기분이었다. 복수전에 가세할 수 있게 된 것이다.

"만화는 예정대로 완성해서 안내문에 밝힌 대로 실릴 겁니다."

"그런 게 아니라……."

뭘 궁금해하는지 깨달았다. 각오를 묻는 것이다.

"처음부터 각오를 단단히 했습니다. 막판에 와서 도망치거나 하는 일은 없어요."

야마시로는 말에 힘을 실었다.

"저희 가족도 마찬가지고요."

"그 말을 듣고 싶었어."

세이다가 웃었다. 야마시로는 그 얼굴을 보며 생각했다. 이 사람, 이유는 모르지만 나와 닮았다고.

42

무호적이었다는 사실

현경이 인원을 대량으로 투입했지만, 헨미 아츠시의 행방은 찾지 못했다. 몸을 숨길 장소를 미리 준비해두었으리라는 것이 일반적인 견해였다. 헨미의 변호인단은 고소를 취하했고, 매스컴도 카나가와현경을 향한 비판을 멈췄다. 동시에 4인 가족 살해사건의 보도에도 신중을 기했다.

헨미의 수사에서 빠진 세이다는 모로즈미라는 인간을 밝혀내는 데 전력을 쏟았다. 모로즈미와 헨미의 아지트를 알아냄으로써 유력한 단서 몇 가지를 손에 넣었다. 일단 지문이었다. 감식반은 그 집에서 헨미의 것을 비롯한 지문 여러 개를 채취했고, 식칼 몇 자루와 세이다가 지적한 만화책 몇 권에서 모로즈미의 것으로 추정되는 지문을 가려냈다. 다만, 그 지문으로 확인해본 결과, 범죄 이력은 없었다. 집을 빌릴 때 부동산에 제출한 주민표 사본과 면허증 사본, 인감 증명서, 급여 명세서 등 서류를 통해 모로즈미의 정체가 서서히 드러났다.

성씨는 모로즈미, 이름은 슈이치. 그는 소화물 택배기사로서 카나가와현의 택배회사를 전전했다. 과거에 몸담았던 회사를 돌며 배달 구역을 조사한 결과, 후나코시 씨, 하라 씨, 타구치 씨의 집에 여러 번 배달을 갔다는 사실을 알아냈다.

수사관들은 주민표 사본과 회사에 제출한 이력서를 토대로 모로즈미의 본가를 찾아갔다. 카와사키시 카와사키구의 타마강 근처, 케이큐다이시선에 인접한 동네였다. 세이다는 진술 청취에 동행한 아사노에게 당시 상황을 전해 들었다.

"무슨 쓰레기장 같았어요. 현관 앞에 쓰레기 봉지가 쌓여 있더라고요. 빈집 같은 느낌이었지만, 어쩐지 모로즈미의 본가가 틀림없다는 생각이 들더군요."

초인종을 몇 번이나 눌러도 대답이 없었다. 수사관 중 한 명이 "경찰입니다. 문 좀 열어보세요" 하고 큰 소리로 외치자 드디어 문이 열렸다. 머리털이 부스스하고 비쩍 마른 중년 여자가 얼굴을 잔뜩 찌푸린 채 담배를 물고 나왔다. 유흥업계에 있거나 있었던 듯한 분위기였다.

아들 모로즈미 슈이치에 관해 묻자 "걔가 마침내 무슨 일을 저질렀어요?"라는 질문이 되돌아왔다.

전에 뭔 일을 저지른 적이 있느냐고 되묻자, 여자는 담배를 손가락 사이에 끼운 채 아주 약간이지만 어머니다운 표정을 지었다.

"중학생 때 자전거를 타다 크게 다쳐서 다리가 안 좋아졌어요. 그 후로 질 나쁜 녀석들과 어울리며 고등학생인데도 경마니 경륜, 경정에 빠져서……, 결국은 야쿠자가 운영하는 불법 슬롯머신? 그걸 하다가 경찰 신세를 졌죠."

그 시점에서 아사노를 비롯한 수사관들은 어쩐지 위화감을 느꼈다. 자신들이 쫓는 용의자와는 성향이 달랐기 때문이다.

"지금 아드님은 어디에?"

수사관 중 한 명이 물었다.

"몰라요."

허세로 가득한 웃음이었다.

"2년쯤 전까지는 가끔 추심꾼이 찾아오길래 살아는 있구나 싶었지만……."

거기까지 듣고 세이다는 물어보았다.

"역시 다른 사람이었어?"

아사노는 고개를 끄덕였다. 모로즈미 슈이치의 사진을 보여 달라고 하자 여자는 집 안으로 들어갔다. 10분 가까이 기다리자 여자는 먼지로 뒤덮인 고등학교 졸업 앨범을 들고 나왔다.

"일단 고등학교까지는 마쳤어요."

사립 상업고등학교였다. 여자가 앨범을 펼쳤다. 반 아이들은 대부분 남학생이었다. 여자가 단체사진 제일 뒷줄에 서 있는 소년을 가리켰다. 키가 크고 평범한 얼굴, 분명 다른 사람이었다.

"모로즈미는 그 녀석의 호적을 샀거나 죽이고 빼앗은 게 틀림없어."

진짜 모로즈미는 분명 도박 중독자였다. 돈이 다 떨어진 데다 위험한 자들에게 쫓겨서 자취를 감추고 싶었을 테고, 그런 인간은 10만 엔이나 20만 엔 정도의 **푼돈**에도 손쉽게 호적을 판다.

"지금 그쪽 방향으로 조사 중입니다."

아사노가 말했다.

진범으로 추정되는 남자는 모로즈미 슈이치의 신분을 사칭한 다른 사람이었지만, 세이다는 모로즈미 키라라와 모로즈미의 관계에 집착했다. 왜 모로즈미라는 성씨를 골랐을까. 우연의 일치일 리는 없었다.

일단 모로즈미 키라라를 인터넷에 검색해보았지만, 이름조차 뜨지 않았다. 하지만 모로즈미의 아지트에서 압수한 만화책 중 한 권에 모로즈미 키라라의 프로필이 실려 있었다. 하나 얼굴도 나이도 비공개였다. 1988년 《징글징글우웩우웩》이라는 작품으로 히노마루쇼보 신인상에 입선했다. 히노마루쇼보는 〈라이징 선〉을 발행하는 출판사다. 이것도 우연은 아니리라.

차기작 《시골의 괴물》은 1989년에 히노마루쇼보의 〈만화 선 라이즈〉라는 월간지에 실렸다. 덧붙여 이 잡지는 2002년에 휴간됐다. 단행본 발행처인 민화전설사는 이미 망해 사라졌으므로, 세이다는 오무라에게 전화해 모로즈미 키라라를 담당했던 사람을 알아봐 달라고 부탁했다.

"30년 넘게 지났군요……. 아직 회사에 있으려나."

오무라는 그렇게 말하면서도 확인해보겠다고 했다.

30분 후, 연락이 왔다. 〈만화 선 라이즈〉에서 모로즈미 키라라를 담당했던 사람은 현재 영업부 임원으로 있는 시마무라라는 사람이었다. 옛날 일이라 기억이 정확하지 않으니 한번 정리해서 연락하겠다는 그의 답변을 오무라에게 전해 들었다.

"얼마나 걸릴까요?"

"아아, 경찰의 의뢰라고 했더니 오늘 중으로는 전화를 넣겠다고 했습니다."

인사하고 전화를 끊으려는 오무라에게 세이다는 다른 질문을 던졌다.

"《34》의 스핀오프……, 완성됐죠?"

"네, 그저께 최종 검토를 마쳤습니다."

조금 어두운 목소리가 되돌아왔다.

"완성도는 어땠습니까?"

세이다는 아무것도 모르는 척했다.

"그게……, 재미있기는 한데요. 이래도 될까 싶네요."

"이래도 될까 싶다니요?"

"대거의 정체를 우연히 만화로 그리는 만화가의 이야기인데요. 그게 좀 이상야릇하달까, 무섭달까……."

목표물이 된 만화가의 얼굴이 야마시로와 똑같아서 찜찜한 모양이다.

"왜, 모방범이 저지른 사건 때문에 그만둔다느니 휴재한다느니, 크게 한 번 홍역을 치렀잖습니까. 정말로 이걸 실어도 될까 싶네요."

세이다도 조금 불안해졌다. 편집장 권한으로 빼버릴 가능성도 있다고 야마시로에게 전해들었기 때문이다.

"편집장님도 고민이 많았어요. 독자의 반응이 엄청난 데다, 영화화며 대형 OTT 플랫폼에서 연속 드라마화 이야기까지 꺼내온 터라 영업부에서는 스핀오프가 실리는 호를 1만 부 더 찍겠다고 하지……. 뺄 수는 없게 됐거든요."

세이다는 안심하고 전화를 끊었다.

한 시간 후, 시마무라에게서 전화가 왔다. 빨리 연락을 줘서

고맙다고 인사하자 기운찬 목소리가 되돌아왔다. 어쩐지 덜렁거리면서도 분위기를 잘 살리는 사람 같은 느낌이었다.

"이야, 모로즈미 키라라는 기억이 생생하죠. 아주 미인이었거든요."

세이다는 메모지에 '아주 미인'이라고 휘갈겨 썼다.

"모로즈미 키라라의 만화가 실린 책을 지하 서고에서 찾아보느라 시간이 좀 걸렸습니다."

"찾으셨습니까?"

"어딘가에 있을지도 모르지만……, 실은 15년 전에 회사를 이전했는데요. 그때 자료가 많이 손실됐어요."

"모로즈미 씨는 당시 몇 살 정도였습니까?"

"분명 어느 미대 학생이었으니, 스무 살 정도였으려나."

"모로즈미 키라라는 본명입니까?"

"필명이에요. 잘은 모르지만 '양날의 검(모로하노츠루기 諸刃の 剣)'을 응용했다고 했나……. 본명은 기억이 안 나네요."

조금 실망했지만 질문을 이어나갔다.

"출생지는요?"

"출생지는 히로시마였을 겁니다."

"히로시마……."

그것도 메모했다.

"어디에 살았는지는 기억나십니까?"

"음……. 에고타의 연립주택에 살았는데, 본가는 요코하마 였을 겁니다."

"태어나기는 히로시마에서 태어났지만 요코하마에서 자란 거군요."

"부모님은 히로시마 사람이지만, 아버지 회사가 요코하마 에 있어서 그렇다고 들은 것 같네요."

평범한 회사원 가정의 출신인 듯했다.

"본가는 요코하마의 어디쯤인지 아십니까?"

"카나자와구의 야츠자카. 아아……, 지금은 노켄다이인가. 거기서 자랐대요. 제가 한때 구묘지에 살아서 기억납니다."

케이힌 급행의 노켄다이역은 요코하마역 방면으로 헤아리 면 카나자와분코역 바로 다음 역이다. 모로즈미의 아지트가 그 근처에 있었던 이유인지도 모른다.

"〈만화 선 라이즈〉에 실린 차기작……."

세이다는 메모를 보았다.

"《시골의 괴물》은 어떤 내용이었습니까? 역시 스플래터 계 열인가요?"

"일단 수상작은……."

시마무라는 거기서부터 이야기를 시작했다.

"완전히 악을 예찬하는 듯했달까요? 그저 인간을 난도질하 는 그림이나 내장 그림을 그리고 싶었던 게 아닌가 하는 작품이었죠. 하지만 그림 실력은 아주 뛰어났어요. 덧붙여 묘하게 초현실적이고 철학적이라 심사위원 선생님에게 좋은 평가를 받았습니다."

편집부는 별로 추천하지 않았지만 심사위원을 맡은 프로 만화가들이 높은 점수를 주어서 대상은 차지하지 못했지만 2위로 입선했다고 했다.

"그 수상작……."

세이다는 다시 메모에 눈길을 주었다.

"《징글징글우웩우웩》은 야마시로 케이고 씨의 《34》 같은 호러인가요?"

"제목이 그랬나요?"

시마무라는 전화 저편에서 웃음을 흘리는 듯했다.

"야마시로 선생님의 작풍과는 차이가 있습니다. 《34》는 단순히 잔혹하기만 한 호러 만화가 아니라, 어딘가에 양심이 있잖습니까."

"있나요?"

과연 그런지 세이다는 의문이었다.

"왜, 주인공 세 명은 대거에게 한 방씩 먹을 때마다 몹시 상처 입고 희생자를 동정하지 않습니까. 이제 좌절하겠구나 싶다가도 다음 회에는 다시 일어서고……. 세 사람의 그런 캐릭 덕분에 마지막에는 선이 악에게 승리하겠다는 안심을 독자에게 줄 수 있는 거겠죠."

한때는 만화 편집자였고 현재는 영업부 임원이라 그런지 작품을 보는 눈에 깊이가 있었다. 세이다는 처음에 느꼈던 인상을 정정했다.

"하지만 모로즈미 키라라의 수상작에서는 악의 존재밖에 느껴지지 않았습니다. 마치 어렸을 때 무슨 일이라도 있었나 싶은 것처럼……."

처음 질문으로 되돌아갔다.

"차기작은 그런 내용이 아니었습니까?"

"그래서 제가 한마디 했어요. 네 작풍으로 대중적인 작가가 되기는 힘들고, 무엇보다 만화가 생명이 짧아질 거라고요. 만약 이 바닥에서 살아남고 싶다면, 잔혹한 묘사를 하지 말라고는 안 하겠지만 마지막에는 주인공이 구원받는다든가 주인공이 누군가를 지키고 죽는다든가 같은 결말을 내는 편이 좋을 거라고 충고했죠."

"그런 작품으로 완성됐습니까?"

"그런 식은 아니었지만 《도노 모노가타리遠野物語*》 같은 담담한 괴담 이야기라 평판이 좋았습니다. 그래서 뜰 수도 있겠다고 생각했죠."

•   일본의 민속학자 야나기타 쿠니오柳田国男가 1910년에 발표한 설화집.

차기작 《시골의 괴물》은 시골 생활을 시작한 가족이 마을에 예사롭게 나타나는 괴물과 대화하는 내용으로, 호러이긴 하지만 마음이 따스해지는 장면도 나왔다고 한다.

"호평을 받았는데 그 작품 하나로 끝난 겁니까?"

"그건 잘 모르겠습니다."

이야기가 열기를 띠었다.

"신인상을 수상한 직후에 모로즈미 키라라가 대학을 중퇴하고 정말로 시골에 틀어박혔거든요."

"거기가 어딘데요?"

"분명 야마나시현이었을 겁니다."

세이다는 받아 적은 후 질문을 계속했다.

"시골에는 왜?"

"그해 다른 신인상에서 가작을 수상한 만화가한테 들었는데, 아무래도 남자가 생겨서 시골로 따라간 모양이라고……. 게다가 그 남자는 신흥종교의 교주 같은 사람이었대요."

"그래서 만화를 접었다?"

"연락을 주겠다고는 했는데, 다시는 연락이 없었습니다. 저희 입장에서도 그렇게 어중간하게 끝나는 신인이 드물지는 않아서 아깝기는 하지만 관심을 끊었죠."

"결혼했을까요?"

결혼했다가 이혼하고 남편에게서 도망쳤다는 소문을 들은

적 있다는 로쿠모 고서사의 사장 말이 떠올랐다.

"글쎄요, 그것까지는 못 들었습니다. 하지만 가작을 수상했다는 아까 그 만화가 말로는 뭔가 이상한 공동체 같은 마을에서 산다는 모양이에요."

그것도 헌책방 사장의 증언에서 상상이 되는 이야기였다. 당시 대상을 수상했다는 만화가의 이름을 물었지만, 시마무라는 얼굴이 생생하게 기억난다면서도 이름은 떠올리지 못했다. 프로가 되지 못하고 금방 사라져 버렸기 때문이라고 했다.

"그걸로 모로즈미 키라라와는 인연이 끊긴 겁니까?"

"네."

시마무라는 대답하고 나서 "앗!" 하고 외쳤다.

"아참, 그로부터 5~6년쯤 뒤에 전화가 한 번 왔어요. 하지만 저는 이미 부서를 옮겼고, 마침 자리를 비워서 통화를 못했죠. 그 후로는 전화가 없었습니다."

그 이후로도 인기 없는 만화잡지에 몇 작품 더 발표한 건 모르는 듯했다. 세이다는 감사 인사를 하고 전화를 끊었다. 단서는 찾았다. 출생지는 히로시마, 본가는 카나자와구. 그리고 야마나시현의 신흥종교 같은 공동체.

다시 인터넷의 힘을 빌리기로 했다. '야마나시 공동체 신흥종교 1989년'으로 검색하자 흥미로운 신문기사가 나왔다. 신도 쇼키치라는 인물이 야마나시현 우에노하라시의 나카보치 마을이라는 유령 마을을 구입했고, 자급자족하는 이상적인 생활을 제안하며 이주자를 모집해 공동체를 창설했다는 내용이었다.

(……) 신도 씨(49)의 사상은 독특하다. 행복의 이상적인 단위는 일가족(특히 네 명)이며, 가족의 끈끈한 인연이 유토피아를 만든다는 것이다. 마을에 살기로 결정한 가족은 전 재산을 기증한다. 마을 위원회가 책임지고 재산을 관리하고, 사정이 있어 마을을 떠나야 할 때는 기증한 재산의 절반을 환원해준다. 마을에는 학교가 있고, 교사로 재직했던 사람이 아이들을 가르친다. 하지만 어디까지나 학원 개념이므로 마을 사람들은 의무교육을 거부한 셈이다. 야마나시현 교육위원회에서 마을 아이들을 학교에 보내도록 여러 번 설득했지만, 신도 씨의 공동체는 설득에 응하지 않았다.

다음으로 공동체가 문부성*의 규정을 충족시키는 사립학교를 자비로 설립한다는 내용을 전하는 기사도 발견했다. 그리고 마지막으로 발견한 뉴스는 충격적이었다.

• 지금의 문부과학성으로 한국의 교육부, 과학기술정보통신부, 문화체육관광부를 총괄하는 일본의 중앙행정기관.

야마나시현 나카보치 마을의 공동체 설립자 신도 쇼키치 씨 (62)가 자택에서 숨진 채로 발견됐다. 아직 정확한 사인은 밝혀지지 않았지만 독극물을 마신 것으로 추정된다. 신도 씨의 시신은 근처 주재소**의 경찰관이 순찰 중에 발견했다. 전날 공동체에 아무도 없었다는 신고를 받고 확인차 방문하자, 신고 내용대로 사람은 아무도 없고 신도 씨의 시신만 남아 있었다고 한다. 야마나시현경은 사건과 사고, 양쪽에서 수사를 진행 중이다.

인터넷 지도로 나카보치 마을의 위치를 찾아보았다. 지금은 명칭이 바뀌었지만 야마나시현과 카나가와현의 경계 지역으로, 하라 씨 일가족 살해사건의 현장까지 얹어지면 코 닿을 곳이었다. 모로즈미는 이 일대를 잘 알고 있었으므로 그 근처 별장 소유자 중에서 목표물을 정한 것이 아닐까 싶었다.

신도 쇼키치의 사망과 마을 사람들이 사라진 일이 마음에 걸린 세이다는 야마나시현경 수사 1과에 문의했다. 카나가와현에서 발생한 연쇄 살인사건에 관련된 사항이라고 하자 뜻밖에도 신속하게 당시의 사건 담당자를 연결해주었다.

세이다는 누구보다도 신도의 시신을 발견한 경찰관에게 이

** 교외 지역이나 낙도 등 교대 근무가 어려운 곳에 경찰관과 그 가족이 거주하는 시설.

야기를 들어보고 싶었다. 이름은 모치즈키 키요시. 경감으로 퇴직했으며, 지금도 살아 있고 정신도 온전하다고 했다. 세이다는 수사 1과 담당자에게 그의 연락처를 받았다. 퇴직한 후에도 우에노하라시에 살고 있다는 모치즈키는 또랑또랑한 목소리로 전화를 받았다.

"그 사건을 어떻게 잊겠습니까. 이렇게 말하면 빈축을 살지도 모르지만, 한적하게 살고 싶어서 그 지역 주재소에 지원했거든요. 그런데 임관을 앞두고 나카보치 마을에 묘한 종교집단이 이주해와서 난감했습니다."

통화 상대가 도쿄 사람이라 열심히 표준어를 사용했지만, 가끔 코슈甲州 사투리가 튀어나오는 듯했다.

"미취학 아동과 관련된 일이 겨우 해결돼서 이제 평온해지나 싶었는데……, 그 일대를 담당한 집배원이 마을에서 사람들이 사라졌다면서 주재소를 찾아왔지 뭡니까. 반신반의했지만 다음 날 가봤습니다."

이른 아침이었다고 했다. 스쿠터를 타고 마을로 달려간 모치즈키는 정말로 마을에서 사람들이 사라진 걸 확인했다. 즉시 관할서인 후지츠루서에 연락해도 됐지만, 만약을 위해 모치즈키는 교주(그는 신도를 그렇게 불렀다)의 집에 가보았다. 문이 열려 있었지만 바로 들어가지는 않고 이름을 몇 번이나 불렀으나 아무 대답도 없었다고 했다. 공동체에 비판적인 패거리가 침입했거나 어쩌면 강도사건이 아닐까 싶은 불길한 예감이 든 모치즈키는 신도의 이름을 크게 부르며 집으로 들어갔다고 했다.

피를 토한 채 부엌 바닥에 쓰러진 신도는 이미 숨이 끊어진 뒤였다.

"사인은 독극물입니까?"

신문에 실린 내용을 확인했다.

"농약을 마시고……, 법의학자 선생님도 처음에는 자살일 거라고 했죠."

"아니었습니까?"

야마나시현경은 공동체 구성원이 사라진 사실과 관련지어 신도의 죽음에 의문을 표했다. 결국 야마나시현경 본부는 수사 1과를 파견해 살인도 시야에 넣고 수사를 개시했다. 공동체 내부에서 갈등이 발생해 마을 사람이 지도자인 신도를 살해하고 도주한 것 아니냐는 가설까지 나왔다.

"결국 아무것도 알아내지 못했지만요."

"마을 사람들은요?"

"발견되지 않았습니다."

사라진 열 가구를 찾기 위해 열심히 수색했지만, 마치 처음부터 존재하지 않았던 것처럼 아무 실마리도 찾지 못한 것이다. 이후 인근 마을에는 묘한 소문이 퍼졌다. 사라진 열 가구는 지도자를 살해한 후, 아무도 모르는 산속의 비밀 장소에서 집단 자살했다는 이야기였다.

"그들은 누구였습니까?"

"그것도 모릅니다……."

물론 열 가구 전원의 신상을 조사했다. 하지만 그들이 주민 이동 신고를 할 때 제출한 전출 증명서와 본인 확인 서류 등은 전부 남의 것으로 밝혀졌다. 세이다는 한순간 침묵했다. 남의 호적을 손에 넣은 모로즈미와 같은 수법으로 느껴졌기 때문이다.

"정확하게는 몇 명이 사라졌습니까?"

"그것도 몰라요."

모치즈키가 대답했다.

"그들은 내가 오면 가족을 숨겼거든요."

"가족을 숨기다니요?"

"경찰은 국가의 개다 이거죠. 저는 의무교육 위반으로 시끌시끌할 때 부임했거든요. 나에게는 가족이 몇 명인지, 아이가 있는지 없는지를 숨기고 싶었던 거겠죠."

세이다는 제일 궁금했던 점을 물었다.

"신도에게 아내는 있었습니까?"

"있었습니다. 젊고 예쁜 사람이었죠."

"그 사람, 만화가 아니었습니까?"

"만화가?"

예상치 못한 질문이었는지 모치즈키는 되물었다.

"교주는 공동체와 외부인을 갈라놓고 싶어 했으니까……, 나 같은 주재소 경찰관과는 이야기를 나누지 말라고 특별히 명령했을 겁니다. 부인을 본 적은 있지만, 이야기를 나눈 적은 없어서 모르겠네요."

모치즈키는 일단 말을 끊었다. 그러다 이내 뭔가 생각난 모양이었다.

"하지만 공동체가 생기고 한동안 보이다가, 언젠가부터 한 번도 못 본 것 같은……."

모로즈미 키라라가 만약 신도의 아내고 5~6년쯤 후에 이혼을 했거나 도망쳤다면, 만화 연재 당시 담당이었던 시마무라에게 전화가 왔다는 증언과 합치한다.

"신도에게 아이는 있었습니까?"

긴 한숨 소리가 들렸다.

"그 공동체는 가족을 행복의 단위로 여겼어요. 아이는 두 명일 때 이상적이라고 교주는 주장했죠. 마을에 들어와서 아이를 더 낳은 집도 많으니까 어린아이의 숫자가 꽤 됐을 겁니다. 그래서 사건이 발생한 후, 제일 큰 문제로 부각된 건 그 아이들이 무호적이었다는 사실이었어요."

공동체 주민들은 아이가 태어나도 지자체에 출생신고를 하지 않았다고 했다.

"일본인이라는 정체성 자체도 버리고 싶었던 거겠죠."

모치즈키가 말했다. 세이다가 마지막 질문을 했다.

"그런데 교주인 신도 씨 말인데요. 직접 이야기해보고 어떤 인상을 받으셨습니까?"

"으음."

처음으로 모치즈키가 생각에 잠겼다.

"무엇이든 괜찮습니다."

세이다는 작은 단서라도 얻고 싶은 마음에 얼른 거들고 나섰다.

"본인은 도쿄에서 왔다고 했지만, 도쿄 출신이라고는 하지 않았어요. 그래서 지방 출신이구나 싶었죠……. 말씨에도 사투리가 좀 남아 있었거든요."

"어느 지방 사투리였습니까?"

"오카야마나 히로시마 방면? 그쪽에 지인이 있는 탓에 알아들었으니 그쪽 지방 사람이 아닐까 싶군요."

야마시로의 증언이 생각났다. 모로즈미의 범행으로 추정되는 히로시마의 4인 가족 살해사건으로, 현재 문의 중이지만 히로시마현경은 아버지가 가족을 살해한 후 본인도 자살했다는 결론 외에는 아직 아무것도 인정하지 않았다고 했다. 하지만 모로즈미 슈이치를 사칭한 남자가 신도 쇼키치와 모로즈미 키라라 사이에서 태어난 아이일 가능성은 농후했다. 그렇다면 히로시마라는 장소도 되는 대로 선택한 게 아닐 수 있었다.

"그리고 교주가 말이죠."

중요한 이야기가 떠올랐는지 모치즈키의 목소리가 다시 높아졌다.

"원래는 현대미술 작가였다는 소리를 했습니다."

어쩌면 신도와 모로즈미 키라라는 대학교 선후배 관계였는지도 모른다. 세이다는 모치즈키에게 감사 인사를 하고 전화를 끊었다. 갑자기 피로가 몰려왔다. 그 남자에게 다가가고 있는 건지, 오히려 멀어지고 있는 건지 잘 모르겠다는 생각이 들었다. 분명한 건 그를 체포해 취조하지 않는 한, 영원히 정체를 파악할 수 없으리라.

대체 어떻게 하면 한 인간이 이렇게 되어버리는 걸까…….
아니, 진짜 괴물이 아니기를 바랄 뿐이었다.

43

이렇게 나올 줄이야

오늘 발매된 〈라이징 선〉 첫머리에 실린 《34》의 스핀오프 작품은 50페이지에 이르는 대작이었다. 주인공은 현재 세상을 공포의 수렁에 빠뜨린 대거 사건을 모티브로 만화를 그려 엄청난 인기를 얻은 만화가 시로야마다. 더구나 그는 미우라, 토쿠라, 시구마 세 주인공과 동창생으로, 《34》 1권 제1화에 그려진 동창회에도 참석했다. 얼굴은 야마시로 선생과 똑같이 생겼다.

처음에 시로야마가 만화 정보지 기자와 인터뷰하는 장면이 나온다. 그의 만화는 마지막 회를 앞두고 있는 모양이다. "마지막에 살인귀의 정체가 명확하게 밝혀지는 건가요?"라는 기자의 질문에 만화가는 의기양양하게 대답한다. "기자님께는 말씀드릴게요. 하지만 스포일러가 포함되어 있으니까 기사에는 살짝 암시만 해주세요"라고 양해를 구하면서.

만화 속 살인귀의 뿌리는 세계 최초의 인간 커플에게서 태어난 두 사내아이 중 형이다. 형은 신의 애정을 독차지하는 동생을 원망해 인류 최초로 살인을 저지른다. 형의 살인 충동을 선택받은 인간이 대대로 물려받아, 현재 일본에서 연쇄 살인이 벌어지고 있다는 설정이다.

"인류 최초의 가족도 네 명, 게다가 비극적인 결말을 맞는다……. 그래서 선생님이 그리신 살인귀는 4인 가족을 향해 동경과 증오를 품는 거로군요. 과연……!" 하고 기자는 감탄한다.

만화가는 인터뷰를 마치고 귀갓길에 오른다. 집으로 이어지는 언덕길을 오르는 만화가. 하늘에는 보름달이 떴다.

"보름달이 참 예쁘네."

만화가가 중얼거린다. 만화가에게서 좀 떨어진 전신주 뒤편에 누군가 서 있다. 실루엣으로 보건대 대거다.

만화가가 집으로 들어가자 어머니가 밥을 차려놨다고 알린다. 식사하는 장면에는 아버지와 어머니, 누나가 등장한다. 이세 명 역시 시로야마 선생의 가족과 그 모습이 똑같지 않은가. 네 사람은 식사를 하며 뻔한 대화를 나눈다. 단란한 일가족의 모습을 보여주려는 의도인 듯하다.

식사를 마친 만화가는 2층으로 올라가서 살육이 벌어지는 장면을 밤늦게까지 즐겁게 그린다. 그러다 느닷없이 침입한 대거에게 허무하게 살해당하고 만다. 나머지 가족도 차례차례 죽인 대거는 "조금만 더 있었으면 내 정체를 알 수 있었을 텐데 아깝게 됐네?"라고 웃으며 말한 뒤 사라진다.

사건 현장으로 달려온 세 주인공은 끔찍하게 살해당한 동창생의 모습을 확인한다. 그때 미우라가 환영을 본다. 그가 대거의 정체를 알아차리는 장면에서 이야기는 끝난다.

"야마시로 선생, 이렇게 나올 줄이야……."

그는 마지막 페이지를 보며 중얼거렸다. 야마시로는 최고의 무대를 준비해주었다. 기쁨과 동시에 약간의 서운함도 찾아왔다. 이것이 사실상 야마시로 케이고의 마지막 원고가 되어《34》는 끝을 맞이했기 때문이다.

제 6 장

완전히 항복할 생각이었다.

몸도 마음도 한계에 다다랐다.

순간 "그것도 아니지"라는 말소리가 들렸다.

"네가 나고, 내가 너니까."

무슨 뜻일까. 분홍색 머리의 남자 얼굴을 보았다.

"내 얼굴 봤어? 봤구나."

그가 또 묘한 소리를 했다.

하지만 나는 아까보다 더 놀랐다.

왜 그림자 남자라고 이름을 붙였을까.

분홍색 머리의 남자는 나와 판박이였다.

아니, 완전히 나 자신이었다.

내가 웃고 있었다. 내가 웃는 나 자신을 보고 있었다.

지금까지 본 어느 때보다 훨씬 자연스럽고,

더욱 자신감 있는 얼굴이었다.

"내 얼굴 봤어? 봤구나."

그건 내가 나 자신에게 하는 말이었다.

44

글쎄, 둘 다겠지

일주일이 지난 어느 날 밤, 보름달이 떴다. 세이다의 심정으로는 하늘에 뜬 해골이 인간들을 내려다보고 있는 것처럼 느껴질 따름이었다.

"모로즈미가 올까?"

운전석에서 야마시로의 본가를 감시하던 이시하라가 운을 뗐다.

"그건 모르겠지만 제일 가능성이 큰 건 오늘이겠지. 놈은 자기가 절대로 붙잡히지 않을 거라고 믿는 경향이 있으니까."

"네가 주장하는 《거인의 별》 속 메이저리그 볼 1호설? 넌 변함없이 마니악 하구나."

이시하라는 마카베의 죽음을 목격했다. 계장이 며칠 휴가를 내라고 권했지만, 이시하라는 완강히 거부했다. 하지만 그 후로 일주일은 누가 보기에도 축 처져 있었다. 상사를 지키지 못했다는 자책감에 몹시 시달렸던 것이다. 세이다는 동기의 측은한 모습을 보고 있을 수만은 없어서 차량을 활용한 행동 확인 파트너로 지명했다. 그랬던 이시하라가 농담조로 말하는 걸 듣고 마음을 조금 추스렸구나 싶었다.

밤 11시가 지났다. 야마시로의 본가에는 멀리서 봐서는 구별이 안 될 정도로 야마시로의 아버지, 어머니, 누나를 닮은 경찰관이 방검 조끼를 착용한 채 대기 중이었다. 그 외에 아사노를 비롯한 형사 다섯 명이 집 안에서 그들을 지키고 있었다.

집 근처에는 세이다와 이시하라를 포함한 3계 전원이 잠복 중이었고, 다른 계가 그 외곽에서 모로즈미가 나타나기를 기다리고 있었다. 물론 모두 방검 조끼를 착용하고 권총을 소지했다.

하지만 진범은 모로즈미 한 명이 아니다. 헨미라는 공범자가 있다. 그래서 특별 수사본부는 야마시로의 자택이 있는 맨션과 '펍 13번지' 주변에도 인원을 배치했다. 한 치의 방심도 없이 만반의 준비를 갖추었다.

설득 끝에 야마시로의 가족 세 명은 《34》의 스핀오프 작품이 발표되는 날에 집을 비우기로 했다. 그들은 몰래 호텔로 이동했고, 물론 지금도 24시간 내내 경호를 받고 있었다.

문제는 야마시로였다. 본인이 본가에 없으면 모로즈미는 절대로 습격하지 않을 거라고 주장하며 물러서지 않았다.

"야마시로 선생은 용감한 건가 아니면 그냥 맛이 간 건가?"

대피하지 않고 스스로 미끼가 된 야마시로가 생각났는지 이시하라가 물었다.

"글쎄, 둘 다겠지."

"오늘은 포기했거나 우리가 경비 태세를 풀기를 기다릴 작정 아닐까."

이시하라가 걱정하는 것도 당연했다. 미끼 수사를 개시하고 시간이 흘러가자, 수사관 중에도 의문을 품는 사람이 늘어났다. 세이다가 주장하는 '거인의 별'이란 설이 역시 만인을 설득하기에는 근거가 약하기 때문이리라.

하지만 세이다 본인은 확신했다. 작전은 잘못되지 않았고 모로즈미는 분명 올 터였다. 혹시 중요한 뭔가를 간과한 것은 아닌지가 유일한 걱정이었다.

"여기는 아사노, 이상 없습니다."

집 안에서 야마시로를 지키는 아사노가 보고해왔다. 그때 세이다의 휴대전화가 울렸다.

"네, 세이다입니다."

"헨미 아츠시가 '펍 13번지' 부근에서 목격됐대."

후나키 계장이었다.

"아무래도 야마시로의 집으로 향하는 중인 것 같아."

"헨미가……"

"그래서 언덕 밑에 있는 수사원을 이동시킬 거야. 혼란을 틈타 모로즈미가 본가를 덮치는 작전일지도 모르니까 그쪽도 조심해."

"이번에는 헨미인가."

계장의 목소리가 들린 모양이다. 이시하라가 문을 열고 밖으로 나가려 했다.

"응? 어디 가려고?"

"아까 네가 언덕 위의 경비가 허술하다고 걱정했잖아. 내가 도우러 갈게."

이시하라는 세이다가 판단을 내리기도 전에 차에서 내려 재빨리 언덕길을 올라갔다.

45

그것보다 말해줘

미끼 역할을 맡아 야마시로와 함께 식탁에 둘러앉은 경찰관 세 명은 아버지와 어머니, 아야와 체형은 물론 생김새까지 비슷했다.

"여기는 아사노, 이상 없습니다."

거실 옆방에 대기 중인 아사노라는 형사의 목소리가 들렸다. 운동복 밑에 입은 방검 조끼가 갑갑한 탓에 야마시로는 무의식중에 심호흡을 했다.

"야마시로 씨, 걱정하지 마세요."

아버지 역할을 맡은 듬직한 인상의 경찰관이 야마시로가 긴장한 줄 알고 힘을 북돋우듯이 말했다. 하지만 야마시로는 얼굴과 몸집이 비슷하면 목소리까지 비슷해지는구나, 하고 묘한 부분에서 감탄했다.

"좀 더 긴장을 풀고 편안히 있을까요."

어머니 역할을 맡은 경찰관의 말에 아야 역할을 맡은 경찰관이 딱딱한 웃음을 지었다. 전대미문의 살인귀와 맞설 예정인 만큼, 아무리 경찰관이라도 공포를 극복하기는 쉽지 않으리라. 야마시로는 호주머니 속에서 진동하는 스마트폰을 꺼냈다. 화면을 보자 발신자는 어머니였다.

"받아도 될까요?"

야마시로는 아버지 역할의 경찰관에게 허락을 구했다.

"그러시죠."

스마트폰을 귀에 댔다.

"엄마, 왜? 다들 괜찮아?"

"그건 내가 할 말 같은데."

억지로 기운을 낼 때 나오는 목소리였다.

"야마시로, 위험한 짓 하면 안 된다."

"알았어."

야마시로도 일부러 밝은 목소리로 대답했다.

"그러고 보니 아야가 아까 나츠미랑 통화했어."

"나츠미랑……?"

"아야도 참, 동생이 폐를 끼쳐서 미안하다고 사과하면서 태어날 아기가 남자인지 여자인지 가르쳐달라고 조르지 뭐니."

어머니의 목소리 뒤편에서 아버지와 아야의 웃음소리가 들렸다. 하지만 야마시로는 어쩐지 찜찜한 예감이 들었다. 뭔가 중요한 걸 잊어버린 듯한 기분이었다. 그때 다른 전화가 걸려왔다. 어머니에게 양해를 구하고 전화를 끊은 뒤, 그 전화를 받았다. 멍청하게도 누구에게서 온 것인지조차 확인하지 않았다.

"야마시로 선생, 마지막 회는 거기서 일어나지 않아."

귀를 비집고 들어오는 목소리였다.

"난 정말로 사이가 좋은 4인 가족에게만 화가 나거든."

야마시로는 무심코 식탁에서 일어섰다.

"모로즈미……, 무슨 소리를 하고 싶은 거야!"

가짜 가족 행세를 한 경찰관 세 명이 입을 떡 벌린 채 야마시로를 쳐다보았다.

"야마시로 선생의 아버지와 어머니는 겉으로만 화목한 척 연기하잖아. 아버지는 유흥업소 여자와 놀아나느라 바쁘고 어머니는 아야에게 불평만 늘어놓지. 죽여버리고 싶다느니, 언제 헤어질까 고민이라느니……."

모로즈미는 소리 내어 웃었다.

"어? 몰랐어?"

어렴풋이 눈치는 챘지만, 생각하지 않으려 애쓰던 사실이었다. 어릴 적에 부모님이 이혼할 위기를 여러 번 겪었다. 하지만 이제는 다 지나간 일로 여기려 했다.

"그렇게 구질구질한 게 싫어서 야마시로 선생이 집을 나갔다고 아야 짱이 그랬는데. 그래서 선생이 집에 올 때만이라도 아버지와 어머니가 정다운 척 연기하는 거 아니야?"

"무슨 소리를 하고 싶은 거냐니까?"

"그러니까."

노골적으로 한숨을 쉬는 소리가 귀를 때렸다.

"부부가 가면을 쓴 4인 가족은 노리지 않는다는 거야."

전화가 끊겼다. 야마시로는 한순간 머릿속이 새하얘졌지만, 현실을 외면할 때가 아니라고 마음을 다잡았다.

그럼 놈은 누구를 노리겠다는 거지……? 대답이 떠오른 것 같았다. 어쩌면……!

"야마시로 씨, 왜 그러십니까?"

심상치 않은 전화임을 깨달았으리라. 숨어 있던 아사노가 야마시로 옆에 섰다.

"잠깐만요."

아사노를 세워놓고 스마트폰으로 전화를 걸기 시작했다. 하지만 발신음만 울릴 뿐 좀처럼 전화를 받지 않았다. 공포가 정점에 달했을 때 목소리가 들려왔다.

"케이고?"

"나츠미."

"아까 아야 짱이랑 통화했는데, 괜찮아?"

"그것보다 말해줘. 우리들, 아니! 나와 나츠미의 아이, 쌍둥이야?"

"뭐⋯⋯?"

"대답해줘, 쌍둥이야?"

"저기, 누구한테 들었어? 우리 엄마? 아니면 그냥 감?"

쌍둥이라면 4인 가족! 지진이라도 났나 싶었지만, 알고 보니 몸이 덜덜 떨리고 있었다.

"지금 바로 그쪽으로 갈게. 절대로 아무도 집에 들이지 마."

전화를 끊으려다 번쩍 생각이 났다.

"나츠미, 전화 끊지 말고 그대로 있어. 무슨 일 있으면 바로 알려줘!"

야마시로는 현관으로 뛰어갔다.

"야마시로 씨, 무슨 일인데요?"

아사노가 소리쳤다. 야마시로는 서둘러 운동화를 신으며 말했다.

"모로즈미의 목표물은 나츠미예요."

"나츠미?"

누구인지 퍼뜩 떠오르지 않는 모양이었다. 하지만 설명할 시간은 없었다. 야마시로는 현관문을 열면서 말했다.

"세이다 씨는 밖에 있나요?"

"집 앞에 세워둔 차 안에요."

무슨 상황인지 이해하지 못해 동요한 목소리였다.

46

이제 다 왔어

현관문이 벌컥 열리고 야마시로가 몹시 당황한 표정으로 뛰쳐나왔을 때, 세이다는 어느 틈엔가 모로즈미가 몰래 침입해 끔찍한 살육이 시작된 줄로만 알았다. 하지만 세이다가 문을 열고 차에서 내리려 하자 "그냥 계세요!" 하고 야마시로는 고함을 질렀다.

미끄러져 들어오듯 조수석에 올라탄 야마시로가 "나츠미가 사는 코난구의 연립주택으로 가주세요"라고 말했다.

"나츠미 씨라면 야마시로 씨의?"

세이다는 간신히 그 사람이 누구인지 떠올렸다.

"아무튼 빨리 출발부터."

야마시로가 애원했다.

"어딘지 아세요?"

마카베 반장이 야마시로를 미행하다가 다다른 연립주택이었다. 지도로 확인했으므로 기억 속에 있기는 했다.

"아마도……. 이상하다 싶으면 안내해."

세이다는 시동을 걸었다. 꽤 빠른 속력으로 언덕길을 내려가며 세이다는 야마시로에게 이야기를 들었다. 계산 착오가 있어 찜찜함이 가시지 않았던 거구나, 하고 세이다는 자기 자신을 책망했다.

"하지만 놈은……, 제가 도착하기 전에는 나츠미를 죽이지 않을 겁니다. 그러니까 빨리!"

그건 공허한 외침이자 소망이었다. 모로즈미는 이미 나츠미와 나츠미의 배 속에 있는 쌍둥이를 죽였을지도 모른다.

사이렌을 울리며 한동안 나카무라강을 따라 달렸다. 야마시로는 스마트폰을 손에서 한시도 놓지 않고 계속해서 귀에 대고 있었다. 나츠미와 전화가 계속 연결되어 있는 상태인 듯했다.

야마시로는 "나츠미, 괜찮아?" 같은 질문을 되풀이했고, 상대의 목소리를 들으면 안도의 숨을 내쉬었다. 세이다는 운전을 하며 무선으로 후나키 계장에게 상황을 알리고 지원을 요청했다. 옛 카마쿠라길을 단숨에 내달려 카미오오카역을 지나쳤다.

"야마시로 씨, 이제 다 왔어."

세이다는 기운을 북돋아 주려고 그렇게 말하며 옆을 힐끔 보았다. 야마시로의 얼굴에서 표정은 사라져 있었고, 스마트폰을 쥔 손은 축 늘어졌다.

"왜 그래, 야마시로 씨."

야마시로는 아무 말도 없었다. 스마트폰에서는 음악이 흘러나왔다. 세이다는 곧 이해했다. 그 음악은 〈미카도〉였다.

"놈을 죽여버리겠어."

야마시로가 중얼거렸다.

47

눈이 참 크네

나츠미를 묶어서 방바닥에 앉혔다. 배가 뺑 하고 터질 것처럼 불룩했다. 나츠미의 얼굴을 빤히 들여다보았다.

"눈이 참 크네."

친근함을 담아 말을 걸어보았다. 하지만 무서움에 넋이 나갈 때면 눈을 부릅뜨는 사람이 있다는 게 생각났다. 그러다 나츠미의 스마트폰이 현재 통화 상태라는 걸 알아차렸다. 상대가 누구일지는 뻔했다. 그는 곧 본인의 스마트폰으로 〈미카도〉를 재생했다.

컴컴한데도 실내가 밝고 쾌활한 분위기로 가득했다. 자신의 스마트폰과 나츠미의 스마트폰을 부엌 테이블에 나란히 내려놓았다. 그는 승리를 확신했다. 자신의 작품이 《34》를 뛰어넘었다는 것이 무엇보다 기뻤다. 원조의 스토리를 능가하는 마지막 회! 완결이 코앞이다.

벽에 걸린 시계를 보니 자정을 넘겨 12시 반을 가리켰다. 〈미카도〉를 듣고 절망의 구렁텅이에 빠졌을 야마시로 선생이 곧 도착한다.

혼자일까? 아무래도 상관없었다.

48

우리는 파트너인데

코난구의 주택가, 나츠미가 사는 연립주택은 조용했다. 건물 앞길에 차가 멈추자마자 문을 열고 뛰쳐나가려는 야마시로를 세이다가 손으로 제지했다.

"지원을 기다려야 해."

"시간 없어요. 보내주세요."

야마시로는 몸싸움을 벌여서라도 나갈 작정이었다.

"그럼 내가 간다. 일반 시민인 당신을 앞장세울 순 없어."

그건 형식적인 경고나 다름없었다. 실제로 야마시로가 차 문을 열었지만 세이다는 이를 보고도 아무 말이 없었다. 분명 세이다도 마음속에 펄펄 끓는 뭔가가 있는 것이리라.

"빨리 가지 않으면, 나츠미가!"

달려가려는 야마시로에게 세이다가 말했다.

"야마시로 씨 말처럼 모로즈미가 당신을 기다리고 있다면, 당신이 올 때까지 나츠미 씨를 살려두었겠지. 그렇지 않다면 이미 죽었을 테고."

세이다가 냉정하면서도 잔인하게 현실을 분석하자, 야마시로도 머리가 조금 차가워졌다.

"몇 호야?"

세이다가 물었다.

"2층 제일 끝 집이요."

희미하게 그 음악이 들렸다.

"내 뒤를 따라와."

세이다는 양복 주머니에서 금속 삼단봉을 꺼냈다. 2층으로 가기 위해 계단을 오르려는데 검은 형체가 앞을 가로막았다. 회칼을 든 남자였다.

"접니다. 전부 제가 그랬어요."

남자는 세이다를 도발하듯 히죽히죽 웃으며 중얼거렸다.

"헨미……."

세이다는 목구멍 안쪽에서 밀어내듯 나지막한 목소리로 말했다.

"이 자식은 내가 맡을게. 야마시로 씨는 올라가."

어째선지 여기까지 와서 세이다가 냉정함을 잃은 듯했다. 야마시로는 헨미를 피해 계단을 뛰어올랐다. 복도를 달려 드디어 나츠미의 집 현관문 앞에 섰다. 문을 열었다. 그러자 어둠 속에 모로즈미의 얼굴이 떠올랐고, 순간 허벅다리에 심한 통증이 느껴졌다. 야마시로는 균형을 잃고 고꾸라지듯 집 안으로 들어갔다. 그리고 그대로 부엌 바닥에 쓰러졌다.

발버둥을 치며 상체를 일으키자 바로 옆에 꽁꽁 묶인 나츠미가 있었다. 입에 재갈을 물려놔서 아무 말도 할 수 없었고, 겁에 질렸는지 눈만 크게 부릅뜨고 있었다.

"다친 데는 없어?"

나츠미는 고개를 끄덕거렸고, 야마시로는 안심하며 말했다.

"꼭 구해줄게."

신기했다. 절체절명의 상황에 처했는데도 전혀 두렵지 않았다. 분노가 공포라는 감정을 이겨낸 것이다.

"머리와 손가락이 아니라 몸을 사용해 작품을 만드는 거, 야마시로 선생은 처음이지?"

식칼을 든 모로즈미가 부엌 싱크대에 등을 기댄 채 이쪽을 내려다보았다.

"내가 선생의 작품을 재현하는 거, 얼마나 힘든지 알아? 인간은 무거워. 특히 죽은 인간은 더. 그걸 혼자 의자에 앉히고, 묶고……. 이봐, 선생. 지금까지 내 작품을 하찮게 여겼지?"

시간을 벌어야 한다. 곧 세이다가 도우러 온다. 지원 병력도 올 것이다. 그때까지 나츠미와 함께 살아남아야……!

"당신이 고생하는 걸 하찮게 여겨서 미안해……. 우리는 파트너인데."

모로즈미의 표정이 누그러졌다.

"만화는 봤어?《34》의 스핀오프."

어쨌거나 말을 거는 작전으로 나가자.

"봤어. 재미는 있지만 내가 구상한 이 상황보다는 별로던데."

"만화를 봤으면 그대로 해야지."

"뭘?"

"가족 중에 제일 먼저 죽이는 건 나잖아."

"아아……."

모로즈미는 뭔가 깨달은 것처럼 고개를 끄덕였다.

"그럼 해."

야마시로는 허벅다리가 아픈 걸 참으며 일어서려고 했다. 다리에서 흐른 피로 바닥이 미끌미끌했다. 바다 같은 냄새가 풍겼다. 다행히도 뼈는 상하지 않은 모양이었다. 야마시로는 일어서서 모로즈미를 똑바로 보았다. 죽음이 눈앞에 다가왔지만 여전히 냉정한 상태였다. 두 팔을 벌렸다.

"자……."

"알았어."

모로즈미가 찌를 자세를 취하며 다가왔다. 나츠미가 뭐라고 끙끙대는 소리가 들렸지만 무시해야 했다. 지금은 집중해야 할 때였으니까. 심장이 쿵쿵 뛰는 소리가 들렸고, 허벅다리에서는 아까보다 더 많은 피가 흘렀다. 미지근한 감촉, 바닥이 피로 물들고 있었다. 칼에 찔리더라도 모로즈미의 목을 꽉 조를 작정이었다.

모로즈미가 배를 향해 식칼을 쑥 내밀었다. 고통이 밀려올 걸 각오했다. 하지만 식칼은 배에 박히지 않고 도중에 멈췄다. 방검 조끼다! 이런 상황을 예상하지 못한 듯 모로즈미의 얼굴에는 한순간 동요한 기색이 서렸다. 그 빈틈을 놓치지 않았다.

식칼을 쥔 모로즈미의 손목을 힘껏 움켜잡아 손목을 비틀었다. 예상과 다르게 모로즈미는 힘이 없었다. 식칼이 바닥에 툭 떨어졌고, 야마시로는 재빨리 식칼을 집어 들었다. 몸을 일으키자 겁먹은 모로즈미의 얼굴이 보였다. 야마시로는 자신이 웃고 있다는 걸 알아차렸다. 내가 대거고, 이 녀석이 나다. 그 순간 힘이 솟구쳤다. 사람을 죽이고 싶다! 칼로 찌르고 싶다! 캐릭터가 모로즈미에게서 야마시로에게 옮겨왔다.

"내가 네 캐릭터를 빌려서 만화를 성공시켰다? 넌 그렇게 생각하겠지. 하지만 아니야. 알지도 못하면서 깝죽거리지 마."

야마시로는 모로즈미에게 천천히 다가갔다.

"네가 사람을 죽이는 동기는 치졸해. 그저 세상에 가득한

4인 가족한테 질투가 나서 그런 거잖아."

모로즈미는 한마디 말도 없이 뒷걸음쳤다.

"그러니까 넌 대거가 될 수 없어. 캐릭터가 완전히 다르니까."

야마시로는 모로즈미의 배를 노리며 칼을 휘둘렀고, 모로즈미가 칼날을 손으로 붙잡았다. 피가 바닥에 뚝뚝 떨어졌다. 야마시로는 거리를 좁히며 생각했다. 사람을 찌르려면 좀 더 체중을 실어야 하는구나. 칼을 앞으로 내밀면서 모로즈미에게 몸을 던졌다.

찔리기도 전에 모로즈미가 바닥에 쓰러졌다. 다리가 꼬인 야마시로도 함께 무릎을 꿇었다. 아까 찔린 허벅다리에 다시 통증이 몰려왔고, 그게 불타는 분노에 기름을 퍼부었다. 종합 격투기에서 자주 보는 기술인 마운트 자세처럼 야마시로가 모로즈미 위에 올라탔다. 승리가 눈앞에 보인 야마시로는 경멸을 담은 눈빛으로 모로즈미를 내려다보았다.

"대거라는 캐릭터는, 너와 달리 동기가 없어. 너같이 인간 냄새가 풍기지 않는다고. 대거는 신이야. 넌 절대로 대거가 될 수 없어!"

모로즈미는 단념했는지 눈을 감았다. 야마시로는 칼을 높이 쳐들었다. 번갯불 같은 쾌감이 등줄기를 스쳤다.

49

칼 내려놔

헨미의 눈은 사나운 야행성동물의 눈처럼 번쩍번쩍 빛났다.

"헨미, 칼 버려."

세이다가 경찰 지침에 따라 지시했다. 하지만 헨미는 회칼을 놓지 않았다. 그렇다고 빈틈을 노려 덤벼들 낌새도 없었다. 세이다는 깨달았다. 이 녀석은 모로즈미가 즐길 수 있도록 시간을 벌기 위해 앞길을 막아설 뿐 찌를 마음은 없다.

지금 해야 할 일은 야마시로와 나츠미를 구하는 것이 아닌가. 이런 놈에게 낭비할 시간은 없다.

세이다는 삼단봉을 왼손으로 바꿔 쥐고, 오른손으로 권총을 뽑았다.

예상외였는지 헨미의 눈빛이 인간의 것으로 돌아왔다.

"칼 내려놔."

한 번 더 경고했다. 동시에 탕, 하고 하늘로 위협사격을 가했다. 헨미는 당황한 표정으로 침착하지 못하게 눈을 이리저리 돌렸다. 저항을 포기하고 칼을 땅에 떨어뜨릴 듯한 분위기였다. 그 광경을 본 세이다는 문득 이런 생각이 들었다. 눈앞에 있는 이 인간은 마카베 반장을 살해했다. 칼을 버리기 전에 쏴 죽인다면 자신에게 잘못은 없다. 무엇보다 마카베 반장의 원수를 갚을 수 있다.

세이다는 헨미의 가슴에 총을 겨눴다. 방아쇠를 당기려던 순간 망설였다. 지금 나는 사람을 죽이려 한다……. 그때 사이렌 소리가 귀에 들어왔고, 점점 가까워졌다.

"으아아아아아아아아아아아."

헨미가 느닷없이 칼을 휘두르며 세이다에게 덤벼들었다. 탕! 이번에는 아무 생각 없이 본능적으로 방아쇠를 당겼다. 헨미의 다리에 명중했다.

"ㅇㅇㅇㅇㅇㅇ……."

헨미가 땅바닥에 나뒹굴었다. 세이다는 자기혐오에 빠졌다. 뭐 하는 거야? 왜 가슴이나 머리를 노리지 않았지? 이 인간을 죽여도 윗선은 분명 나를 두둔해줄 텐데…….

울면서 땅바닥을 기어다니는 헨미는 마치 떼쓰는 어린애

같았다. 어쩐지 익살스러운 희극을 보는 것 같아서 우습기도 했다. 그러다 해야 할 일이 생각났다. 야마시로와 나츠미를 지키고 모로즈미를 막아야 한다. 지원 나온 경찰관이 헨미를 체포하길 바라며 계단을 뛰어올랐다.

부디 늦지 않았기를!

50

이건 내 얼굴이야

죽음을 눈앞에 두고 그는 한 가지를 알아차렸다. 당연한 일인데 왜 지금까지 깨닫지 못한 걸까 생각했다. 태어나서 지금까지 사람을 여러 명 죽였다. 시체를 처리하고 작품을 만드는 건 중노동이었지만, 인간의 생명을 빼앗는 것 자체는 그에게 그렇게 어렵지 않았다.

하지만 야마시로가 자신의 몸에 올라탄 이 순간, 그는 그것이 큰 착각이었음을 깨달았다. 자신이 목숨을 빼앗으려 할 때면 피해자들은 모두 자기 목숨을 지키려고 했다. 목숨을 지키기에 급급해 그 이상은 아무것도 하지 못했다. 하물며 야마시로처럼 그를 죽이려고 반격에 나서는 사람조차 없었다.

그가 아버지를 죽였을 때도 마찬가지였다. 물론 아버지를 죽이기에 당시의 그는 너무 어렸으므로, 마을을 탈출하고 싶어 하는 한 남자와 도움을 주고받았다. 남자가 아버지를 제압하고 억지로 입을 벌리자, 그는 벌어진 입에 독극물을 탄 차를 쏟아부었다. 아버지는 몹시 콜록거렸지만 개의치 않고 차를 계속 흘려 넣었다. 아버지는 저항하지 않았다. 그저 차를 삼키지 않기 위해 필사적이었다.

그는 야마시로의 눈을 보았다. 이어 딱딱한 웃음이 맺힌 야마시로의 얼굴을 보았다.

"이건 내 얼굴이야."

그는 속삭이듯 말했다.

"내가 그고, 그가 나야."

야마시로가 칼을 내리치는 순간, 눈을 감았다. 가슴에 느껴질 충격을 상상했지만, 아무 일도 일어나지 않았다. 천천히 눈을 떴다. 왜일까. 야마시로는 그의 몸에 칼끝을 들이댄 채 꼼짝도 하지 않았다. 말없이 그저 그를 내려다보았다. 아까까지 야마시로에게서 느껴지던 캐릭터가 어딘가로 사라져 버렸다. 야마시로의 평소 얼굴, 인간의 것으로 되돌아와 있었다. 아주 작지만 형세를 뒤집을 기회가 찾아왔다.

그때 뭔가 터지는 듯한 소리가 들린 것 같았다.

51

이제 됐어

간발의 차로 늦지 않았다. 세이다가 권총을 겨눈 채 연립주택 문을 열자 야마시로는 살아 있었다. 나츠미도 무사한 듯했다.

다만, 모로즈미가 야마시로를 찌르려는 것이 아닌 야마시로가 모로즈미 위에 올라타서 칼을 쳐들고 있는 모습에 두 눈을 의심했다. 단정한 얼굴이 일그러지고, 처음 보는 으스스한 웃음이 맺혀 있었다. 반대로 피투성이가 된 모로즈미는 저항을 포기한 모습이었다. 재빨리 표정을 살피자 눈에서 생기가 완전히 사라져 있었다. 죽음을 앞둔 피해자의 표정 그 자체였다.

"야마시로 씨, 이제 됐어. 그만해!"

소리를 질렀지만 들리지 않는지 야마시로는 모로즈미의 가슴에 칼을 내리칠 준비를 했다. 칼을 더 높이 쳐들었다.

"야마시로 씨."

야마시로와 눈이 마주쳤다. 야마시로는 세이다에게도 웃음을 지었다. 그러고는 칼을 똑바로 내리쳤다.

"안 돼, 야마시로 씨!"

세이다는 권총으로 야마시로의 팔을 겨냥했다. 몸을 파고들기 직전에 칼이 멈췄다. 다시 눈이 마주쳤고, 야마시로는 자신의 행동에 놀란 듯한 표정이었다. 위기는 지나갔구나 싶었다. 하지만 모로즈미를 보자 그의 눈에 생기가 돌기 시작했다. 그 순간 증오가 솟구쳤다. 헨미도 죽이지 못했으면서 결국 모로즈미도 살려주는 건가? 자기 자신을 향한 증오였다. 손가락이 무의식중에 움직였다.

총알이 모로즈미의 분홍색 머리카락을 새빨갛게 물들였다.

52

죽이지 않길 잘했어

매스컴은 연쇄 살인범의 죽음을 대대적으로 보도했지만, 일련의 살인사건과 《34》의 관계는 언급하지 않았다. 아무래도 현경이 관계성을 부정한 듯했다.

또한 그 점을 파고들어 추궁하기에는 매스컴 역시 너무 바빴다. 또 다른 살인범인 헨미는 아직 취조 중이고, 사망한 주범 모로즈미는 여전히 신원이 불분명했다. 즉, 연쇄 살인사건의 동기와 전모가 파악되지 않은 것이다. 세상 사람들이 보기에 사건은 아직 끝나지 않은 셈이었다.

야마시로는 중상을 입었지만, 의사 말로는 한 달쯤 입원하면 될 거라고 했다. 허벅다리를 찌른 칼이 다행히도 동맥을

아슬아슬하게 비껴갔다. 입원한 곳은 카나자와구 핫케이지마 섬 근처 대학병원이었다. 이제는 휠체어를 타고 바깥을 산책해도 될 만큼 회복됐다.

아버지와 어머니, 아야가 매일같이 번갈아 찾아왔지만, 산달이 가까워진 나츠미까지 면회를 왔을 때는 정말 놀라며 크게 기뻐했다. 나츠미는 정신적으로 충격을 받았지만, 몸에는 아무 이상도 없었다. 유산을 해도 이상하지 않을 만큼 무서운 일을 겪었지만, 쌍둥이도 기적적으로 무사했다. 하지만 옛날 같은 관계로 돌아갈 수는 없을 거라고 생각했다. 자신에게는 그럴 자격이 없었다. 무엇보다 그날 모로즈미와 자신의 캐릭터가 뒤바뀌었던 것이 가슴에 사무쳤다. 야마시로는 자신의 내면에 무시무시한 살인귀의 재능이 있다는 걸 알아차렸다.

나츠미가 면회를 온 날, 당분간은 오지 못한다는 나츠미와 병원 카페에서 이야기를 나누었다. 곧 태어날 쌍둥이의 장래에 관해서였다. 이야기가 일단락되자 야마시로는 용기를 내어 그날 나츠미가 본 것이 무엇인지 물어보았다. 하지만 나츠미는 아무것도 기억나지 않는다며 화제를 돌렸다.

"그때 죽이지 않길 잘했어."

일단 자신부터 솔직해지기로 했다.

"어쩐지……, 돌아가고 싶거든."

"돌아가고 싶다니?"

"옛날의 인기 없는 만화가로?"

야마시로는 웃었고 나츠미도 따라 웃었다.

"나츠미에게 묻고 싶은 건, 왜 내가 그놈을 죽이지 않았느냐는 거야."

"그게 무슨 소리야?"

"내가……."

아무래도 망설여져서 야마시로는 말을 끊었다. 하지만 각오하고 속내를 드러내기로 했다.

"내가 놈을 죽이려 했던 건 기억나. 하지만 놈을 죽이려다 멈춘 기억은 없어."

"그때 내가 본 건……, 야마시로가 칼로 그 사람을 찌르기 직전에 손을 멈췄고, 얼굴을 보니 평소의 야마시로 모습으로 돌아와 있었다는 거야."

"왜 그랬을까."

야마시로는 말했다.

"세이다 씨는 왜 모로즈미를 쐈을까?"

"그 사람이……."

말을 꺼내기 힘든 듯했다.

"그 사람이……?"

"그 사람의 얼굴이, 야마시로 아래에서 원래대로 돌아왔으니까."

"원래대로 돌아왔다니?"

"날 묶으면서 괴롭히던 얼굴로, 야마시로의 다리를 찌르던 얼굴로……."

"내게 옮겨온 캐릭터가 놈에게 되돌아갔다는 뜻인가?"

나츠미가 고개를 끄덕거렸다.

53

난 어떨까

윗선에서는 세이다가 모로즈미를 사살한 것과 헨미의 다리에 총을 쏜 것에 관해 아무 책임도 묻지 않았다. 카나가와현경은 매스컴이 뭐라고 반응하기도 전에 세이다의 행동은 적절했다고 주장했다. 범죄 역사상 유례없는 흉악범 두 명을 상대한 형사다. 이의를 제기하는 사람은 아무도 없었다. 세이다는 안도했다. 그날 무슨 일이 있었는지, 솔직히 기억이 모호했기 때문이다.

마카베 반장의 장례식 다음 날, 새로운 반장이 부임했다. 5년 전까지 수사 1과에서 경사로 생활했던 사람으로, 관할서에서 경위로 승진해 복귀한 모양이었다. 카나가와현경에서

199번째로 순직한 경찰관의 후임이니 마음이 편치는 않겠다 싶어 세이다는 동정을 금할 수 없었다.

사건이 마무리되고 2개월 후, 야마시로가 현경 본부를 방문했다. 아직 다리를 조금 끌었지만 목발은 짚지 않았다. 세이다는 본부 근처, 개항의 언덕이라는 공원의 통유리 카페로 그를 데려갔다.

카페는 한산했다. 동그란 테이블에 앉아 둘 다 커피를 시켰다. 야마시로의 얼굴을 보니 평온한 표정이었다. 야마시로는 커피에 크림을 넣고 스푼으로 휘저었다.

"그때 일, 기억나세요?"

"일단 보고서는 제출했지만 있었던 일을 순서에 맞춰 사실대로 적었을 뿐……, 실은 기억이 잘 안 나."

세이다는 머리를 긁적였다.

"세이다 씨는 제 생명의 은인이십니다."

"그게 직업이니까……."

야마시로는 커피를 한 모금 마시고 세이다를 보았다.

"그런 뜻이 아니라……."

야마시로는 컵을 테이블에 내려놓고 말을 이었다.

"실은 제가 세이다 씨의 총에 죽을 상황이었어요."

뭔가 찜찜한 기억이 머릿속을 번쩍 스쳤지만, 뭐라 말로 잘 표현할 수가 없었다.

"그때 저는 모로즈미가 됐고, 놈은 제가 됐죠."

야마시로가 차분한 어조로 말했다.

"무슨 소리야?"

"저는 사람을 죽이고 싶어서 몸이 근질거렸어요. 놈의 몸에 올라타 식칼을 쳐들었을 때, 얼마나 즐거웠는지 몰라요."

야마시로는 담담하게 이야기를 계속 이어갔다.

"반대로 모로즈미는 살해당하는 사람의 기분을 맛봤죠. 그게 얼마나 무서운 일인지 깨달았을 거예요."

세이다의 머릿속에 그 정경이 되살아났다. 위에 올라탄 야마시로의 얼굴, 아래에 깔린 모로즈미의 얼굴.

"생각나셨어요? 세이다 씨는 처음에 저를 제지하려고 권총을 겨눴죠."

이건 나츠미가 목격한 사실이라고 야마시로는 말했다.

"그랬나……."

그럼 왜 모로즈미를 쏜 걸까. 쏘지 않아도 그를 체포할 수 있었을 텐데.

"그 직후에 저는 정신을 차렸어요. 즉, 모로즈미에게 옮겨 간 제 캐릭터가 되돌아온 거죠."

"그것도 나츠미 씨가?"

"네, 나츠미 눈에는 그렇게 보였대요."

야마시로는 고개를 끄덕였다.

"바꿔 말하면 모로즈미의 마음이 모로즈미에게 돌아갔다는 뜻이죠."

야마시로는 생각났다는 듯이 컵에 입을 댔다.

"나츠미가 보고 있자니 제게 깔려 있던 놈이 다시 웃음을 지었대요. 원래의 모로즈미로 되돌아왔다나……. 그대로 있다간 제가 살해당할 것 같았다네요."

세이다는 고개를 앞으로 살짝 구부렸다. 부정도 긍정도 할 수 없었기 때문이다.

"세이다 씨는 그 모습을 냉정하게 보고 계셨어요. 그래서 놈을 쏘신 거고요."

"그런가……."

여전히 확신은 서지 않았다.

"그래요."

야마시로는 힘 있게 웃었다.

"그때, 기억나세요? 놈을 찌르려고 한 순간, 저와 세이다 씨도 눈이 마주쳤잖아요. 그 덕분에 제가 살인귀의 정신에 속박된 상태에서 풀려날 수 있었을 거예요."

세이다는 아무 말 없이 커피를 마셨다. 화제를 바꾸고 싶어졌다.

"야마시로 씨, 앞으로 어떻게 할 거야?"

"예전의 인기 없는 만화가, 재능 없던 만화가로 돌아갈 겁니다. 실감 나는 악인을 그려내지는 못해도, 재미있는 만화는 그릴 수 있을지도 모르니까요."

"좋은 생각이네."

세이다는 웃었다.

세이다의 기억이 되살아난 건 야마시로와 헤어진 후였다. 현경 본부 건물로 걸어갈 때, 아까 머릿속을 번쩍 스쳤던 기억의 의미를 이해했다. 야마시로의 말은 틀렸다. 그에게 감사를 받을 이유는 없었다. 헨미에게 권총을 사용한 후로 자신은 광기에 지배당했다. 그리고 권총을 겨눈 채 야마시로와 눈이 마주쳤을 때……! 모로즈미의 캐릭터가 모로즈미에게 되돌아가고, 야마시로의 캐릭터가 야마시로에게 되돌아온 것이 아니다. 그건 야마시로의 착각이었다. 실은 모로즈미의 캐릭터가 세이다에게 들어왔고, 그때 세이다는 모로즈미 그 자체였다.

마카베의 살해 혐의로 취조를 받고 있는 헨미가 뭐라고 진술했는지를 세이다는 신임 반장에게서 들어 알고 있었다. 헨미는 이렇게 말했다고 했다.

"살인은 말이죠, 선택받은 인간에게 전염병처럼 옮아요. 저도 감염되지 않았으면 그런 짓은 안 했을 겁니다. 누구한테 옮았냐고요? 이봐요……, 독감에 걸렸을 때 감염 경로를 술술 읊을 수 있습니까? 거리에 나가면 살인이라는 병에 걸린 사람이 수두룩합니다. 눈만 마주쳐도 서로 이해하고 옮거든요."

나는 그 후에 완치됐을까. 모로즈미, 아니, 대거의 캐릭터는 내게서 빠져나갔을까? 세이다는 주변 건물이 뒤틀려 보였다.

근본부터 선량한 사람

"이제 호러 서스펜스는 그리지 않겠다길래……, 실은 아무리 야마시로 써라도 많이 어렵지 않을까 생각했어요."

"역시……, 전혀 틀렸나요?"

"아니요, 카토 편집장님의 허락도 얻었죠. 이거, 연재합시다."

두 달 전, 《34》는 이제 됐으니 새 마음 새 뜻으로 신작을 그려보지 않겠느냐고 오무라가 제안해왔다. 승낙한 이유는 만화가를 그만둘 수밖에 없다는 걸 스스로 인정하기 위해서였다. 그래서 이번에는 홈드라마나 연애물, 아무튼 독자에게 행복한 기분을 안겨줄 콘티를 그리겠다고 선언했다. 물론 영 안 되겠다 싶으면 사정없이 거절하라는 조건을 달았다.

콘티를 보낸 건 일주일 전이었다. 오무라의 연락을 받고 야마시로는 호되게 퇴짜를 맞을 각오로, 넉 달 만에 〈라이징 선〉 편집부를 방문했다. 그렇기에 오무라의 말은 완전히 예상 밖의 것이었다. 오무라는 싱글벙글 웃으며 말했다.

"빈말이 아니라 정말 재미있었어요."

야마시로는 할 말이 떠오르지 않았다.

"제가 야마시로 씨를 신인 시절에 혹평한 건, 악의가 너무 없어서 이 세상에 절대로 존재하지 않을 캐릭을 그린다는 이유에서였어요."

"기억하고 있습니다."

"하지만 이번 콘티에 등장하는 캐릭들은 전부 최고로 선량한 사람들이지만……, 실은 선량함이라는 껍질을 뒤집어쓴 악인이잖아요."

"잠깐만요. 저는 근본부터 선량한 사람을 그리려고 한 건데요."

"그런가요?"

오무라는 심술궂게 웃었다.

"이렇게 악의를 숨긴 홈드라마는 처음 보는데. 본심을 드러내지 않는 연인 사이가 정말 실감 납니다."

그 사건으로 성장한 걸까 아니면 악에 물든 걸까. 내가 대체 어떻게 된 거지? 야마시로는 속으로 중얼거렸다.

"처음부터 그랬던 거죠."

마치 마음이라도 읽은 것처럼 오무라가 말했다.

"야마시로 씨, 드디어 본성을 드러냈군요."

복잡한 심경으로 야마시로는 웃었다.

캐릭터

2023년 11월 25일 초판 발행

저자 나가사키 타카시
역자 김은모

발행인 정동훈
편집인 여영아
편집국장 최유성
편집 양정희 김지용 김혜정 김서연
디자인 스튜디오 글리

발행처 (주)학산문화사
등록 1995년 7월 1일
등록번호 제3-632호
주소 서울특별시 동작구 상도로 282
편집부 02-828-8833
마케팅 02-828-8962~4

ISBN 979-11-411-1618-7 03830

값 16,800원

북홀릭은 ㈜학산문화사에서 발행하는 일반 소설 브랜드입니다.